U0942221

超能部族 3

攀升

[美国]阿曼达·霍金 著　陈元飞 译

a TRYLLE novel

译林出版社

图书在版编目(CIP)数据

超能部族. 3,攀升 / (美) 霍金(Hocking, A.)著; 陈元飞译.
—南京:译林出版社,2013.1
(超能部族三部曲)
ISBN 978-7-5447-3174-4

Ⅰ. ①超… Ⅱ. ①霍… ②陈… Ⅲ. ①长篇小说—美国
—现代 Ⅳ. ①I712. 45

中国版本图书馆 CIP 数据核字 (2012) 第 178796 号

书 名 超能部族 3:攀升
作 者 [美国]阿曼达·霍金
译 者 陈元飞
责任编辑 杨雅婷
原文出版 St. Martin's Griffin
出版发行 凤凰出版传媒股份有限公司
译林出版社
出版社地址 南京市湖南路 1 号 A 楼, 邮编 210009
电子邮箱 yilin@yilin.com
出版社网址 http://www.yilin.com
经 销 凤凰出版传媒股份有限公司
印 刷 南通印刷总厂有限公司
开 本 880 毫米×1230 毫米 1/32
印 张 10
插 页 2
字 数 194 千
版 次 2013 年 1 月第 1 版 2013 年 1 月第 1 次印刷
书 号 ISBN 978-7-5447-3174-4
定 价 35.00 元
译林版图书若有印装错误可向承印厂调换

目 录

1 特赦

我走到窗前，背对房间凝视窗外。这是妈妈教给我的技巧，可以让我看起来更加冷静自信，一切尽在掌握中。在过去的几个月里，埃洛拉给了我不少指导，但如何掌控一场会议的技巧是其中最有用的。

“公主，我觉得您是在故作天真啊，”宰相道，“您不可能颠覆整个社会传统的。”

“我并不天真。”我冷冷地盯了他一眼。宰相垂下眼帘，攥紧了手中的手绢。“但是我们不能再继续忽视这些问题了。”

我审视着整间会议室，用尽全力使自己表现得像埃洛拉一直以来那样——冷酷而庄严。我并不想把自己扮演成一个残暴的统治者，但是大家根本不会听命于弱者。如果想在这里有一番作为，我就必须坚忍不拔、强势有力。

自从埃洛拉身体变得虚弱以来，我就整天忙于宫殿的事务，包括为数不少的会议。顾问委员会似乎也占用了我不少时间。

本届宰相是经过特雷奥人民选举而产生的，但我计划当他任期一满就尽力赶他下台。他是一个懦夫，却又嫉贤妒能，整日为一己私利秘密谋划，而我需要一位更加强势的人居此要职。

我母亲的“密友”加勒特•斯特罗姆今天也在场，但他并不是每次都出席会议。这要视埃洛拉当天的状况而定——他经常会选择留在埃洛拉身边照顾她而不是参加此类会议。

我的助手乔斯坐在房间最里面，我们一边谈话，她一边快速地做着记录。她个子小小的，是个人类女孩。她作为换生灵成长于弗瑞宁，是埃洛拉的秘书。我执掌王宫大权后，她又成了我的秘书。

我的保镖邓肯在门侧侍立，只要开会他就一直站在那里。他一直跟着我，如影随形。虽然看起来身材矮小、笨手笨脚，可其实他很聪明，只是大家容易被他的外表所迷惑。在过去的几个月中，我最初很反感他像块牛皮糖一般整日黏在我身边，但慢慢地也就适应了他的陪伴，并逐渐开始尊重、感激他了。可即便如此，他也无法完全取代我的前任保镖——芬恩•霍姆斯。

奥萝拉•克罗纳坐在圆桌首席，她旁边是托弗——我的未婚夫。托弗经常在众叛亲离的危急关头力挺我，幸亏有他的支持，否则我根本无法想象如何独自统治一个国家。

出席会议的还有以下几人：拉里斯女爵——一个我不太信任的女人，但此人又是弗瑞宁最具影响力的人物之一；贝恩男爵——他掌管着奇翎的部署和安置；库特男爵——宫殿的财务主管；托马斯·霍姆斯——护卫首领，负责整个宫殿的安全，掌握着所有的追踪者。

还有其他几位高级官员环绕在圆桌旁，看起来都是一本正经的样子。介于特雷奥的形势越来越严峻，我提出了改革的建议。然而他们根本不屑一顾——他们希望我继续支持那个已经维系了几百年的体系，可这个体系现在根本行不通。我们的社会正在崩溃，但他们都拒绝正视现实，继续盲目地在这幢岌岌可危的大厦中"贡献"力量。

"恕我直言，公主殿下，"奥萝拉首先开腔，她的嗓音那么甜美，我几乎没有察觉到她其实正在偷换话题，"我们手头还有更为紧要的议题——威卓部族日趋强大，而停战协定即将到期……"

"停战协定？"拉里斯女爵嗤之以鼻，打断了奥萝拉，"好像我们从中获益颇多似的。"

"停战协定还没到期。"我挺直身体，"我们的追踪者正在各地处理各类问题，所以他们归来时我们应该也为他们预备好犒劳他们的东西，我认为这是很重要的。"

"我们可以等他们回来再操心这些。"宰相道，"现在我们还是先顾自己吧。"

"我并没有要求重新分配财富或者废除君主制，"我说，"我只是认为追踪者们正在外地冒着生命危险保护我们，保护我们的奇翎，他们理应有一个真正的家。目前我们应该预留专款，等这一切结束之后，我们就可以开始为他们建造真正的家园了。"

"尽管这样好像很高尚，公主殿下，可我们还是应该省下钱来，给威卓进贡！”贝恩男爵说。

“我们根本不可能用金钱跟威卓换取和平。”托弗插话道，“这根本不是钱的问题，而是权力之争。我们都知道他们想要的是什么；威卓并不看重那几万，甚至是几百万美元。他们的国王肯定会拒绝金钱换和平的。”

“我会竭尽全力、千方百计保证弗瑞宁的安全，但你们都说得很对，”我说，“目前我们还没能找到一个解决威卓问题的合理方案。这意味着当前事态很可能会演变为一场血腥战争。一旦如此，我们就必须给军队足够的供给和支持。他们应该得到最好的照料，这包括体面的住房供给和伤员的人道待遇——由医者给他们治疗。”

“让医者给追踪者疗伤？”拉里斯女爵笑道，其他一些人也跟着偷偷笑了起来，“简直荒谬透顶，别开玩笑了！”

“为什么荒谬呢？”我尽力让自己的语气不显得那么冷冰冰的，“他们为我们而战，甚至为我们献出生命，而我们却不愿意为他们疗伤？我们不能总是过分索取，而自己又一毛不拔！”

“他们身份卑微，”拉里斯说，好像我不理解这个观念似的，“我们究竟为什么要平等地对待他们呢？事实上我们本来也就是不平等的啊！”

“因为这是最基本的常识，”我坚持道，“也许我们不是人类，但这并不意味着我们必须远离人性。这也是族人们即便会丧失超能力，也逐渐选择离开特雷奥而居住在人类中间的原因。我们必须让他们感受到幸福，哪怕是很有限的幸福。否则他们为什么要留下呢？”

拉里斯狠狠地盯着橡木圆桌，并没有改变主意，还在小声嘟囔着抱怨。她的黑发都拢在耳后，盘成一个紧紧的发髻，看上去非常紧张、刻板。也许她是有意为之吧。

拉里斯女爵是个力量十分强大的特雷奥，她有制造和控制火的能力，可她强大的力量正在枯竭。超能力让特雷奥逐渐衰弱下去，会夺去他们的生命力，让他们快速衰老。

可如果特雷奥不使用他们的能力，这些能力就会以某种方式影响他们的精神，吞噬他们的思维，最终会令人发狂。这种作用在托弗身上体现得尤其明显——如果托弗不使用他的各种意念力，就会变得精神涣散、粗暴无礼。

“是时候做些改变了，”托弗大声说，打破了房间里恼人的静默，“变革可以逐步实施，却势在必行。”

一屋子政客似乎十分不屑，正欲反驳，一阵敲门声吸引了大家的注意。不过宰相憋得满脸通红，似乎十分激动，看来有些话他还是不吐不快。

邓肯打开门，威拉探头进来，犹豫地笑着。她是女爵，是加勒特的女儿、我的挚友，很有资格来这里参加会议。我也经常邀请她参加此类会议，却几乎每次都遭到拒绝——她说自己恐怕不会在里面起到积极的作用。与他人意见相左时，她总是难以克制自己的脾气，无法做到彬彬有礼。

“不好意思。”威拉说，邓肯往旁边靠了靠，让她进来。“并非有意打断诸位，只是现在已经五点多了，而我本该三点就来找公主去准备她的生日聚会的。”

我看了看表，意识到这次会议确实比我预想的时间要长。威拉走到我身边，给屋里其他人一个歉意的微笑；但我知道，如果我再不结束会议，她一定会连踢带叫把我拖出去的。

“啊，对呀，”宰相眸子中闪烁着让人恶心的欲望，冲我微笑道，“我都忘记您明天就十八岁了呢。”他舔着自己的嘴唇，接着托弗站了起来，有意挡住了宰相看我的视线。

“抱歉，诸位，”托弗说，“今晚公主和我已经有安排了，我们下周开会时再议如何？”

“您下周就要回来工作吗？”拉里斯显得十分惊愕，“婚礼一结束就回来？您和公主不去度蜜月吗？”

“鉴于现在的形势，我认为度蜜月可不是明智之举，”我说道，“这里还有很多事情等着我处理呢。”

这当然是事实，却不是我跳过蜜月的唯一理由。目前我对托弗仅有好感而已，实在无法想象我们俩怎么度蜜月，我甚至不敢想象，自己应该如何与他度过新婚之夜。

“我们需要重新研究一下奇翎的契约，”贝恩男爵急匆匆地站起来说，“由于追踪者们越来越早地带回奇翎，同时一些家庭又拒绝把孩子作为奇翎送出去，安置工作也一直是一变再变，我需要您来签署相关文件。”

“正事已经谈得够多啦！”威拉挽住我的胳膊，准备带我离开会议室，“公主会于周一回来继续工作，那时你们让她签什么都可以。”

“威拉，这只要花一小会儿就签好了。”我说，但她满面怒容，狠狠地盯着我，我也只好客气地朝贝恩笑笑。“我下周一早上会第一时间处理此事。”

托弗停留片刻，与贝恩说了些什么，但很快又赶上我们俩，和我们一起步入大厅。虽然我们已经远离会议室，可威拉仍旧挽着我，生怕我再去忙其他什么琐事。邓肯一直紧紧跟着我们，最大距离不过一步之遥。我已经不知道被告诫过多少次了，处理公共事务时我绝不能平等地对待他，必须把他当作随侍人员，我们身边毕竟还有其他正在工作的特雷奥官员呢，他们看见邓肯和我平起平坐一定会觉得有些别扭，甚至会认为邓肯的行为是难以容忍的僭越。

“公主？”乔斯跑到我身后，几张纸从她的活页夹中散落出来，“关于那份契约，是否要我在周一为您和贝恩男爵安排一次会谈？”

“好的，那可真是太好了，”我放慢脚步跟她说，“谢谢你，乔斯。”

“您在上午十点和奥斯林纳的男爵先生有一场会谈。”乔斯快速翻阅着文件夹中预约的部分。突然一张纸掉了出来，未及落地，邓肯就一把抓住递给了乔斯。“谢谢，不好意思，那么您是想在那之前还是之后见贝恩男爵？”

“她婚后马上就会回来工作，”威拉说，“当然，公主也不会想一大早就见他，安排在下午吧。”

我看了一眼走在旁边的托弗，但他始终面无表情。向我求婚后，他很少与我谈论结婚一事。他的母亲和威拉承担了婚礼大部分的策划工作，我甚至还没问问他在色彩和鲜花布置上的想法，一切就都已经被安排好了，所以我们几乎也没什么可讨论的。

“下午安排两场会面没有问题吧？”乔斯问。

“嗯，没有问题，”我说，“谢谢你，乔斯。”

“好的。”乔斯停下脚步，很快在文件夹上做了记录。

“那么，从现在开始直到周一，公主都不需要工作啦，”威拉回过头来对乔斯说，“也就是说整整五天没人给她电话，没人与她交涉，也不需要她参加会议了。记住，乔斯，如果有人向你问及公主，你要告诉他公主正在休假。”

“当然，斯特罗姆女爵，”乔斯微笑道，“生日快乐，公主殿下，也祝您新婚愉快！”

“难以置信，你竟然是个工作狂！”我们离开时威拉叹着气说，“等你真成了女王，我恐怕连见都见不到你了。”

“很抱歉，”我说，“我本来想尽早摆脱这个会议，但最近的事态好像越来越无法控制了。”

“那个拉里斯都要把我逼疯了，”想到她，托弗就一脸苦相地说，“等你当上女王，一定要罢免她。”

“等我成了女王，你就是国王啦，你可以自己罢免她。”

“好了，殿下，你就等着瞧吧，看看今晚我们都为你准备了什么，”邓肯咧着嘴笑道，“到那时你会非常开心的，也就没心思再为拉里斯或别的什么人头疼啦。”

过不了几天我就要结婚了，很幸运，我因此摆脱了按照惯例要为公主举办的生日舞会。埃洛拉已经和奥萝拉有所约定，我一满十八岁就举办婚礼。我的生日在周三，婚礼在周六，所以根本没时间举办大型的特雷奥式生日宴会。

威拉还是坚持要给我举行一个小型生日聚会，尽管这并非出自我本意。想想弗瑞宁正值多事之秋，再聚会狂欢似乎有些不合时宜，甚至有点大逆不道。威卓曾跟我们签订了一份和平条约，约定在我成为女王前不对我们发起攻击。但我们没能及时注意到他们所使用的语言技巧。不对"我们"发起攻击——这里的"我们"，仅指居住在弗瑞宁的特雷奥，其他地方的特雷奥则都是可以攻击的对象。

威卓已经开始跟踪我们的奇翎，也就是那些还待在人类社会寄主家庭的特雷奥儿童。在我们察觉此事之前，他们已经抓住了一些奇翎。而我们一发现他们的行径，就尽快派出最好的追踪者，把超过十六岁的奇翎全部带回来。未满十六岁的，追踪者会待在他们身边护其周全。我们知道，威卓一般也不会带走十六岁以下的奇翎，以免触发安珀警戒系统[①]。尽管如此，我们依旧认为，所有的预防措施都必须用于保护我们当中最有价值的人。

威卓的举动立刻让我们捉襟见肘、疲于应付。要保护奇翎，我们的追踪者就必须在外执行任务，但这样做同时也意味着他们无法留在这里保卫宫殿。一旦威卓撕毁和平协议，悍然对弗瑞宁发起攻击，我们就难以为继了。可是除此之外别无选择，我们不能任其绑架和伤害奇翎，只能命令绝大多数追踪者外出执行任务。

芬恩已经连续外出好几个月了。他是我们最好的追踪者，

---

① Amber Alert，美国确认发生儿童绑架案时，通过各种媒体向社会大众传播的一种警戒告知。

这段时间给各个特雷奥聚居区都带回了不少奇领。圣诞节前我在图书室最后一次见他，此后就没有再见，有时我依然会思念他，但相见的渴望却逐渐淡去。

我即将和别人结婚，虽然我还是在乎芬恩，但我必须将这一切抛诸脑后，把这一页彻底翻过去。

“聚会在哪里举办？”我问威拉，尽量不想芬恩的事。

“楼上，”威拉说着带我走向前厅宽大的楼梯，“马特正在那儿做最后的润色。”

“最后的润色？”我扬起眉毛。

这时忽然传来了敲门声，力气很大，两边的门框都颤动不止，大厅里的水晶吊灯也开始摇晃起来。一般来访者都会按门铃，但今天的大门简直要被砸破了。

“留在后面，公主殿下。”邓肯一边说一边向门口走去。

“邓肯，我能应付一切。”我说。

如果这个人能把门砸到摇晃，恐怕对邓肯也不会太客气。我朝门口走去，但威拉阻止了我。

“温迪，让邓肯去吧，”她坚决地说，“如果需要，你和托弗随时都能施以援手。”

“不。”我挣开她拉住我的手，跟在邓肯身后，这样在必要时我就可以在第一时间保护他。

这听起来十分荒唐，因为他应该保护我才对，但我比他更加强大。事实上他只是我的一个挡箭牌而已，而我决不会让他真的做我的挡箭牌。

门被打开时，我正站在他身后。邓肯本想只开一道缝，这样他就可以看明白到底是谁在门外。然而狂风骤起，刮开了大门，雪打着旋儿冲进前厅。

一阵冷风向我袭来，但马上就偃旗息鼓了。威拉有控制风的能力，所以寒风一吹进宫殿，她就抬手一挥，风即刻停了。

有个人站在门外，双手抓着门框勉强支撑着身体。他垂着头猛地向前一个趔趄，黑色的毛衣上满是雪花。他衣衫褴褛，很多地方都成了布条。

“你怎么了？”邓肯问。

“我要找公主。”他说。

一听到他的声音，我猛然间战栗起来。“洛基？”我倒吸了一口冷气。

“公主殿下？”洛基抬起头，还是那样莫测高深地朝我笑笑，只是完全不像平时那样虚张声势。他褐色的双眸显得疲倦而痛苦，脸上青一块紫一块。

“发生了什么事？”我问道，“你怎么在这儿？”

“为我的唐突向您致歉，公主殿下，”他的笑容转瞬即逝，“虽然我十分想说我是来消遣的，但我……”他双手用力握紧门框，吞吞吐吐地咽下了后半句话。

“你还好吧？”我推开邓肯走到他身边。

“我……”洛基还没来得及说话，就支撑不住向前倒了下去，我赶紧冲上去扶住他。洛基倒在我的臂弯里，我扶着他慢慢躺在地上。

“洛基？”我把贴在他眼皮上的头发向后捋了捋，他颤巍巍地睁开了双眼。

“温迪，”他抬眼向我微笑，但依旧非常虚弱，“要是知道这样就能让你抱住我，我早就晕倒了。”

“到底怎么了，洛基？”我温柔地问。如果他不是如此虚弱，我肯定会因为他刚才的话而打他，可他在我碰到他面颊时痛得连表情都扭曲了。

“特赦，”他闭上眼睛沙哑着嗓子说，“我需要特赦，公主。”他的头歪向一边，身体完全放松，晕了过去。

2 生日

托弗和邓肯把洛基抬到二楼仆人的住处。威拉怕马特等得着急，就先回去帮他了。而我完全不知道应该拿洛基怎么办，只好让邓肯去把托马斯叫来。洛基还没有恢复意识，因此我也不知道到底发生了什么事。

“你会赦免他吗？”托弗站在我身旁抱着双臂，居高临下凝视着洛基。

“不知道，”我摇头道，“这得看他跟我们说什么。”我看了托弗一眼。“怎么，你觉得我应该赦免他吗？”

“我不知道，但只要是你做出的决定，我都会支持的。”

“谢谢，”我说，但我知道他一向如此，“你能帮我找个大夫看看他吗？”

“你不是想让我请母亲来治疗吧？”托弗问。他的母亲是位医者，只要把手放在病人身上，就能治愈几乎所有的伤口。

“不，她绝不会救治威卓的。而且，我也不想让任何人知道洛基在这里，至少现在还不是时候。我需要一个普通的大夫。城里有个换生灵大夫，是吗？”

“是的，”他点点头，“我去把他找来。”他转身离开，却在门口停住了脚步。“你跟他在这里没问题吧？”

“嗯，当然没有。”我微笑道。

托弗点点头离开了，把我和洛基单独留在房间里。我深吸一口气，盘算着下面应该怎么办。洛基仰面躺在床上，浅色的头发如瀑布般掩着脸庞，不知怎的，我觉得他昏睡时比清醒时更加迷人。

邓肯和托弗抬起他时，他一直没有苏醒，期间邓肯还好几次差点把他掉在地上。洛基总是穿得很利索，可现在他身上的衣服却跟破布差不多；但即便如此，也能看出他的衣服曾经是很整齐的。

我挨着洛基坐在床边，轻触着他衬衫上的一个洞。他衣衫下的皮肤浮肿而苍白。我犹犹豫豫地掀起了他的衬衫，他还是没有反应，我又往上多掀起了一些。

脱他的衣服让我觉得自己真是怪异而不可理喻，但我又想检查确认一下他身上是不是有更严重的伤口。如果他伤得厉害，比如有断裂的肋骨从里面戳出来，我就会召见奥萝拉，并命她施以治疗——不管她是否情愿。我是决不会让洛基因为奥萝拉的拒绝治疗而死的。

给他脱下衬衫以后，我才第一次得以好好看看他，眼前的一切让我的喉咙哽住了。正常情况下，他强健的体魄就已经足以令人吃惊了；但真正让我震惊的却不是他的体格，而是他身上遍布的淤伤、两肋上横着的又长又深的伤疤。

伤痕绕过身体，我把他稍微扶起来一点，发现他后背也是如此。有些是旧伤，但大部分颜色鲜红，似乎是新伤。

我拿手捂住嘴，泪水刺痛了我的眼睛。洛基伤得太重了，连前臂上也满是伤痕，简直体无完肤，这一切应该都发生在我上次见他之后。

洛基有威卓血统，身体强壮得令人难以置信，正是由于这个原因，他才有那么大的力量捶击大门，以致整个前厅都为之震颤。这也意味着他的恢复能力比绝大多数人强得多。让他伤到如此程度，那么伤他的那个人一定是把他往死里打，而且是一遍又一遍翻来覆去地打，不给他任何恢复和治疗的时间。

一条凹凸不平的伤疤从洛基胸前蜿蜒爬过，就像有人用刀子划的一样。这让我想起了我身上横贯腹部的那道伤痕。在我小时候，我的寄主妈妈曾经想杀了我——这似乎已经是上辈子的事了。

我轻轻抚摸洛基的胸膛，手指一点一点滑过他身上伤疤的沟壑。我不知道自己为什么要这样，可我就是控制不住地要这么做，仿佛那些伤疤让我们认同了彼此，从而志同道合一般。

“您这是迫不及待地要把我脱光，是吗，公主？”洛基疲惫地问。我想收回手来，可他却抢先一步把手压在我的手上，阻止了我。

“不，我……呃……只是在检查伤口。”我避开他的视线，吞吞吐吐地说。

"我知道,"他用拇指轻抚着我的手,忽然碰到了我的戒指,"这是什么?"他尽力坐了起来,想看清楚点,于是我抬起手给他看我手指上镶着椭圆形绿宝石的戒指。"这是结婚戒指?"

"不,订婚戒。"我把手放在他身旁,"我还没结婚呢。"

"那我还不晚。"他笑着躺了回去。

"什么还不晚?"我问。

"当然是阻止你结婚啦。"他仍旧笑着,闭上了眼睛。

"这是你来这儿的原因吗?"我没有告诉他现在离我的婚期已经很近了。

"我已经告诉你我来这儿的原因了。"洛基说。

"到底发生了什么事,你到底怎么了,洛基?"一想到他那些伤疤和遭受的痛苦,我禁不住哽咽了。

"你在哭吗,公主?"洛基睁开了双眼。

"不,我没有。"我没有哭,但双眼还是湿润了。

"别哭。"他挣扎着想坐起来,可稍一抬头就抽搐了一下。我温柔地把手放在他胸前让他躺着。

"你需要休息。"我说。

"我早晚会好起来的。"他又一次把手放在我手上,我没有抽出来。

"能告诉我到底发生了什么吗?"我问道,"为什么你需要特赦?"

"还记得我们在花园里吗?"洛基问。

我当然记得。洛基当时偷偷翻墙溜进来,想带我逃离这一切,远离特雷奥,远离威卓。我拒绝了他,但他在离开前从我这里偷走了一个吻——一个十分美妙的吻。想到这儿我觉得面颊微微发热，可能是脸红了吧，这让洛基笑得更厉害了。

“能看出来，你记得。”他露齿而笑。

“这跟今天发生的事有什么关系吗？”我问。

“‘这’跟今天的事是没什么关系，”他是在暗示那个吻，“我是说那时我曾告诉过你国王很恨我，他真的非常恨我，公主。”他的眼神暗淡下来。

“这一切都是威卓国王干的？”我心里一沉，“你是说奥伦，我的父亲？”

“不要担心这些。”他试图平息我胸中的怒火，“我会好起来的。”

“为什么？”我问道，“国王为什么恨你，为什么要这么对你呢？”

“公主，求你了，”他闭上眼睛，“勉强赶到这里，我已经筋疲力尽了。等我稍微好点再说，一两个月之后怎么样？”

“洛基，”我叹了口气，但他说得的确有理，“你先休息吧，但是我们明天得谈谈，好吗？”

“如您所愿，公主殿下。”他勉强答应下来，马上又进入了梦乡。

我又在他身旁坐了一会儿，手始终放在他胸膛上，可以感觉到他有力的心跳。确定他已经睡着后，我悄悄把手从他手下抽出，站了起来。

我抱着胳膊站在大厅里，无法摆脱自己沉重的罪恶感，洛基被打，好像某种程度上我也要承担一部分责任似的。其实我只和奥伦说过一次话，他的所作所为，我根本控制不了。既然如此，洛基几乎被他打死，我为什么要如此内疚呢？

我在大厅里待了不久，邓肯和托马斯就来了。我不想引人注目，洛基在这儿，知道的人越少越好，但托马斯是可以相信的。他是护卫首领、芬恩的父亲，同时，他还曾经帮埃洛拉处理过一些秘密事务，所以我觉得他是会保守秘密的。

“威卓的男爵在这儿，是吗？”托马斯问道。没等我回答，他就越过我望向后面的房间——洛基正睡在里面。

“是的，但他被打得皮开肉绽，”我搓了搓手臂，好像浑身发冷，“已经晕过去了，估计一时半会儿醒不了。”

“邓肯说他向您请求特赦了，”托马斯低头看着我，“您打算批准吗？”

“还说不准。”我说，“他还没来得及跟我说明白呢。但我想可以让他暂时待在这儿，至少待到他痊愈，我们可以好好谈谈的时候。”

“那您觉得，这件事我们应该怎么处理呢？”托马斯问。

“我们不能告诉埃洛拉，至少现在不行。”我说。

我们没有真正意义上的监狱，所以上次洛基被软禁在这里时，埃洛拉只能用她的意念力来限制他的行动。这样一来，埃洛拉大大透支了她的生命，甚至几乎丧命，其实到现在都还没有彻底恢复。当然，她是不可能再拘禁洛基了。

而且，我觉得现在洛基应该也没本事制造什么麻烦，至少，基于他目前的身体状况，可能性是很小的。更何况他还是自己跑到这儿来的，我们应该不用把他拘禁起来。

“为了安全起见，我们还是应该在他门外设一个二十四小时哨位，”我说，“我觉得他不会构成什么威胁，但我也不愿意给威卓任何可乘之机。”

“我现在就可以站岗，但是还得要有个人能跟我替换才行。”托马斯说。

“一会儿我可以接替你。”邓肯提议说。

“不不，”托马斯摇摇头，“你要守在公主身边。”

“还有什么别的护卫值得信赖吗？”我问道。

护卫们大都喜欢传播流言蜚语。什么事一旦被一个护卫知道，就等于做了全体通知。但目前他们没有多少传播渠道——大部分人都外出保护奇翎去了。

“我知道一两个。”托马斯点头说。

“太好了，”我说，“告诉他们绝对不能透露给任何人，在我想好应该怎么办之前，一定要保密，明白吗？”

“是的，殿下。”托马斯答道。被人称作“殿下”总是让我觉得有点陌生和怪异。

“谢谢。”我对他说。

没一会儿托弗就带着人类大夫来了。大夫在屋里给洛基做检查，我等在门外。检查时洛基醒了过来，但并没有对他的伤口做太多解释。检查结束，大夫说洛基的伤并不严重，给他开了点止痛药。

“好啦，”大夫离开后托弗说，“他正在休息。这里已经没有什么需要你做的了，为什么不去享受你的生日聚会呢？”

“如果他有什么事的话，我会告诉你的。”托马斯保证说。

“谢谢。”我点点头，与托弗和邓肯沿着大厅朝我的房间走去。

洛基还没来宫殿大敲大砸之前，我就不想参加什么聚会，现在更不想了。可我必须试着去享受这些，这样才不会伤害到威拉和马特的感情。我知道他们办这个聚会费了好大的劲，所以我必须为他们扮演好快乐的生日女孩的角色。

“大夫说他会好起来的。”见我表情严肃，邓肯安慰道。

“我知道。”

“那你还担心什么？”邓肯问，“我知道你们在某种程度上算是朋友，可我还是理解不了。他可是威卓啊，而且还绑架过你。”

“我没有担心，”我打断他，勉强笑笑，“我内心十分激动，正期待着这场聚会呢。”

邓肯把我带到了楼上的一间起居室，其实那是里斯小时候的游戏室，等他长大后，那儿就变成了一间举办小型聚会的房间。房间的天花板上仍然画着云朵和一些幼稚图案，墙上钉着的白色短槅板上还放着一些他的旧玩具。

我一打开门，就被彩带和气球轮番轰炸。房间的后墙上挂着条幅，上面“生日快乐”四个大字闪闪发亮。

“生日快乐！”还没等我走进房间，威拉就喊道。

“生日快乐！”里斯和雷亚农一起对我说。

“谢谢你们，”我推开脸前一只充了氦气的气球才走了进去，“你们都知道吧，明天才是我的生日。”

“我当然知道，”马特的嗓音因为吸入了一点氦气而显得有些高亢，他把手上一只漏气的气球扔到一边，向我走来，“你出生时我就在你身边，记得吗？”

他一直在微笑着，后来忽然结巴起来，因为他意识到自己的话有问题。里斯和我出生时被调了包。马特是眼看着里斯出生的，并没有眼看着我出生。

“呃，至少你从医院回来时我在你身边，”马特拥抱了我，“生日快乐！”

“谢谢。”我也紧紧抱住了他。

“我可绝对知道你的生日是哪天哦，”里斯向我走来，“生日快乐！”

“也祝你生日快乐，”我微笑道，“成年的滋味怎样？”

“跟十七岁没什么不同，”里斯笑道，“你感觉自己变老了吗？”

“不，真的没觉得。”我实话实说。

“噢，得了吧，”马特说，“在过去的这六个月里，你成熟了很多，我甚至都快不认识你了。”

“我还是我，马特。”他的赞誉让我有点不安。

我知道自己成熟了一些，身体上也有了变化。我的头发留得更长了，之前的十几年我一直在与我桀骜不驯的头发斗争，而现在我终于想办法搞定了我的头发。另外，由于现在执掌一国，我必须进入角色，每天都穿着暗色的长款礼服——我必须让自己像一位公主。

“这是好事啊，温迪。”马特对我微笑道。

“停，停，”我挥挥手，“别这么严肃啦，这可是个聚会，又不是开会。”

“聚会开始!”里斯大喊一声,吹响了他们新年时曾用过的硬纸壳喇叭。

聚会开始后,我切切实实感受到了快乐。这比举办一场舞会好多了,如果是舞会的话,这里的大部分人都不可能参加。马特甚至不应该住在宫殿,而里斯和雷亚农是换生灵,他们也不会被允许参加舞会的。邓肯也许能获准进入舞会现场,但他的职责是保护我,他必须高度警惕、随时戒备,根本不可能像在这儿一样悠闲自在、开怀大笑。

“温迪,来和我一起切蛋糕吧。”威拉提议道。这时,托弗正在表演哑剧字谜[①],他用尽各种线索给出提示,邓肯几乎猜遍了世界上所有的事物,可从托弗沮丧而滑稽的回应来看,邓肯的答案根本不沾边。

“呃,没问题。”我说。

之前我一直坐在长沙发上,看着每个人手舞足蹈一番,却都不能被观众猜中,让我大笑不止。我站起身来,走到威拉身边,靠着桌子。一个蛋糕放在亮色的桌布上,旁边是一堆礼物。我和里斯都明确说过不要礼物,但礼物还是被堆在了这里。

“不好意思,”威拉说,“你刚才那么开心,我真的不想打搅你,但我还是想跟你谈谈。”

“没关系。”我耸耸肩。

“这是你哥哥做的蛋糕。”威拉给我一个歉意的微笑,她正切开白色的奶油,“他坚持说这是你的最爱。”

---

① 一种字谜游戏。给一人或一群人一个词或是词组,他或他们要以哑剧的形式传达给猜谜者,直到被猜谜者猜中为止。

马特可能是个不错的厨师，尽管这一点我并不能确定。我不喜欢大部分食物，特别是加工过的食物。但马特很不容易，他尽心尽力地照顾了我这么多年，所以很多我不喜欢的东西在他面前我都会假装喜欢，生日蛋糕就是其中之一。

"这并不可怕。"我说，实际上这确实有点可怕，至少对我来说是这样，对威拉和其他所有特雷奥来说也是如此。故作高兴地吃下难以下咽的食物，这种滋味可不好受。

"跟你说，我没告诉马特洛基的事。"威拉放低声音，同时小心地将蛋糕放在小纸盘上，"这只会让他担心。"

"谢谢。"我回头望着马特，他正笑得前仰后合——托弗正笨拙地在邓肯面前指手画脚地比画呢。"我想最终我还是得告诉他。"

"你觉得洛基过段时间就会好起来吗？"威拉问，她舔舔手指上黏的奶油，做了个鬼脸。

"嗯，我觉得他会好起来的。"我点点头。

"好啦，别担心这个了，"她换了个话题，"这可是最后一天当孩子啦，明天你可就是成年人了。"

我试着把所有的恐惧、忧虑，包括洛基，都逐出脑外。最终我让自己彻底放松了下来，和大家一起玩得十分快活。

3 伤疤

梦中满是狂风骤雪：大雪纷飞，让我什么都看不见；寒风凛冽，让我觉得冰冷彻骨。可我必须前行，一定要战胜这场暴风雪。

早上九点出头，邓肯把我从睡梦中唤醒。要在平时，我六七点钟就要起床准备工作了——具体时间要看早上第一场会议几点开。由于昨天是我的生日，我才稍微多睡了一会儿。睡得晚一点固然很惬意，但又感觉很奇怪。

要不是埃洛拉想要在我生日这天与我共进早餐，邓肯是不会把我叫醒的。可尽管如此，我并不介意，睡到这么晚让我出奇地懒散。

我完全不知道今天该干点什么好。平常我不是忙于国事就是和奥萝拉一起忙活婚礼的事，或者跟威拉和马特在一起。拥有一整天时间，而又没有任何日程安排，这已经是很久以前的事了。

我去埃洛拉的卧室和她共进早餐，通常我也是在那儿见她的。这段时间她已经很衰弱了，早在圣诞节之前，她就在卧床静养。奥萝拉几次尝试给她治疗，但已是回天乏术，不过略微延缓些日子罢了。

埃洛拉的房间在南翼，路上正好经过洛基的房间。他卧室的门关着，托马斯守卫在门外。我知道一切都很正常——刚才路过的时候，托马斯冲我点了点头。

埃洛拉的房间十分宽敞，对开的房门直抵天花板，有将近两层楼高。我的卧室已经很大了，而她的房间却可以轻松装下两间我的卧室。整整一面墙的窗户让房间看起来更加空旷。不过埃洛拉大多数时候总是拉着窗帘，只让床头灯散发出微光。

为了不使房间显得太过空旷，埃洛拉安放了几个大衣橱、一张写字台、一张超级大的床——这样的尺寸我还从没见过。她还划分了一个休息区，那儿摆放了一张长沙发、两把椅子和一个茶几。今天她在窗边布置了一张小小的餐桌和两把椅子，上面摆满了水果、酸奶和麦片，这些都是我的最爱。

前几次我见她都是躺在床上，可这次她坐到了桌边。埃洛拉原来是一头黑发，如今却已是一头雪白。她深色的眼睛很浑浊，上面似乎长了一层云翳，原来陶瓷般的肌肤也满是皱纹。她仍旧优雅而美丽，我觉得这就是她永恒的气质，但她的确是日渐苍老了。

我进门时她正在给自己倒茶，丝绸睡裙拖曳在身后。

“来点茶吗，温迪？”埃洛拉仍旧低着头。她是近来才开始叫我温迪的。以前很长一段时间她都只肯称呼我为“公主”，但我们的关系一直在改善。

“好的，”我一边回答一边坐到她对面，“这是什么茶？”

“黑莓茶，”她给我面前的小茶杯里倒上茶水，然后把茶壶放下，“希望你今天很饿，我让厨子做了一桌子好吃的呢。”

“我正饿得很呢，谢谢。”这时，我的肚子就像要为我作证般咕咕叫了起来。

“快吃吧，”埃洛拉指着桌子上的饭菜说，“挑你喜欢的。”

“你不吃吗？”我一边问道，一边给自己盛了一份树莓。

“我会吃的。”埃洛拉说，但她根本没有拿盘子盛食物，“生日过得怎么样？”

“目前来看挺好，可我从没那么晚睡过。”

“威拉给你准备了个聚会是吧？”埃洛拉问，心不在焉地拣了一颗李子，“加勒特跟我说了一些你们生日聚会的事。”

“嗯，她昨天准备了一个小型聚会，”我一边吃一边说，“很不错。”

“我还以为她要把聚会安排在今天呢。”

“里斯今天还有别的安排，而且我也没多少朋友，所以我觉得昨天办更好些。”

“我明白了。”埃洛拉喝了一小口茶，接下来几分钟什么都没有说，只是看着我吃。要在以前，这肯定会让我感到手足无措，但现在我已经明白，她就是喜欢静静地看着我。

“你今天觉得怎么样？”我问。

“我已经能下床活动了。”她轻轻耸了耸肩，转脸望向窗外。

窗帘稍稍拉开了一些，明媚的阳光照进了屋子。外面树冠上顶了一层厚厚的积雪，经过阳光反射更加明亮了。

“你今天看起来状态不错。”我说。

“你也是，”她仍旧没有转过脸来，“这件衣服颜色很配你。”

我低下头看看身上的裙子，它是深蓝色的，装饰着黑色花边。这是威拉帮我选的，确实很漂亮，但我还是没有适应埃洛拉对我的夸奖。

“谢谢。”我说。

“我跟你说过你出生那天的事吗？”埃洛拉问道。

“没有，”我正在吃香草酸奶，听到她的话，我把勺子放到盘子上，“你只跟我说过那一天很忙乱，很仓促。”

“你是早产儿，”她嗓音低沉，仿佛陷入了回忆，“是我母亲协助我生下了你。她用自己的意念控心术，控制我的身体让我生产。我们要保护你，这是唯一的办法。但你还是早产了两周。”

“我生在医院里吗？”我突然意识到对自己的出生几乎一无所知。

“不，” 她摇头说，“我们去了你寄主家庭所在的那个城市。奥伦一直认为我中意的是一个住在亚特兰大的家庭，但其实我真正看中的是埃弗利一家，他们住在纽约北部。

“我和母亲当时住在附近的一家旅馆里，一直躲着，害怕奥伦尾随而来。” 埃洛拉接着说，“托马斯密切注视着埃弗利一家的动向，直到他看着孕妇开始生产。”

“托马斯？”我问。

“是的，托马斯跟我们一起去了，”埃洛拉说，“我就是这么认识他的，就在我们从我丈夫那里逃跑的时候。托马斯当时刚当上追踪者，但那时他已经崭露头角了，他非常可靠，于是母亲就选他贴身保卫我们。”

“也就是说，我出生时他就在旁边？”我问。

“是的，他就在现场。”她回想着这一切，笑了笑，“我在旅馆浴室的地板上生下了你。母亲用她的超能力为我引产。她做得很成功，我既没有尖叫也没特别痛苦。托马斯就坐在我身边，抓着我的手，告诉我一切都会顺利。”

“那样生孩子，你害怕吗？”我问道。

“我吓得不轻，”她承认道，“但我别无选择。我必须把你藏起来，必须保护你，没有其他办法。”

“我懂，”我说，“你做得很对，现在我能理解了。”

“你出生时很小，”她侧了侧头，笑容慢慢消失了，“我没想到你出生时会只有那么一丁点。但你很漂亮，刚生下来就有一头浓密的棕发，还有大大的黑眼睛。你那么漂亮、那么完美，你就是我的一切。”

她停下来，陷入了沉思，而我哽咽了。母亲谈论我出生时的事，就像任何一位平常的母亲谈论自己的孩子一样。听着这些，让我感觉有些奇怪。

“我想抱抱你，” 埃洛拉最后说，“我求母亲让我抱你一下，但她说这样做只会让事情变得更糟。她抱着你，用床单裹起来，然后低头看着你，两眼满含泪水。

“然后她就离开了，”她继续道，“她带你去医院，把你留给了埃弗利一家，又把那个婴儿带了回来。她想让我抱养他、照顾他，说这样能让我好受点。可是我根本不想要里斯。你才是我的孩子，我只想要你。”

埃洛拉转过身来看着我，双眼比之前明朗通透了。“我真的很想你，温迪。虽然我跟你父亲之间发生了那么多不愉快的事情，可我还是想你。在这个世界上，你是我的唯一。”

我什么都没说，我不能说。只要一开口，我一定会哭出来的，而我不想让她看见我哭。尽管她现在对我非常坦白，可要是我冲她大哭起来，我不知道她会做何反应。

“可是我不能拥有你，”埃洛拉又朝窗口转过身去，“有时候我觉得这简直就像是我人生的一个缩影，凡是我深爱的东西，我永远都不能拥有。”

“我很抱歉。”我低声说。

“不要这样，”她挥了挥手，“我做了自己的选择，也尽了最大的努力。”她勉强朝我笑笑。“看看我，今天是你生日，我不该冲你倒这些苦水的。”

“没有，”我尽量小心地擦了擦眼，喝了一小口茶，“我很高兴你能对我说这些。”

“不管怎样，我们应该先讨论讨论换房间的事，”埃洛拉一边说一边把脸旁的头发掠回脑后，“我准备把大部分家具都留下，当然你要是想换掉的话也行，这是你的权利。”

“换什么房间？”我有点摸不着头脑。

“你结婚后就应该搬到这个房间来住了，”她指了指周围的一切，“这里将是你们的婚房。”

“哦，是啊，当然。”我摇摇头，理清思路，“我一直都在忙其他事，把这茬给忘了。”

“没关系，”她说，“搬搬东西没什么麻烦的，而且要搬入搬出的也只有些私人物品。周五的时候，我会让几个追踪者帮我把东西搬走，以后我就住在大厅那边的房间里了。”

“然后他们就可以把我的东西搬进来了，”我说，“当然，我要和托弗住在一起，所以他的东西也要搬进来。”

“婚礼准备得怎么样了？”埃洛拉向椅背靠了靠，审视着我，“都妥了吧？”

“奥萝拉肯定已经准备好了。”我叹了口气，“你要是想问我是否准备好结婚了，那我觉得我自己也不确定。反正也没法准备，顺着往下走呗。”

“你和托弗会很好的，”她冲我微笑着，“我敢肯定。”

“你能肯定？”我扬了扬眉毛，“你把它画出来了吗？”埃洛拉有预言能力，但她只能看到将来某些静止的画面。

“没有。”她笑了，摇了摇头，“这是母亲的直觉。”

我吃得有点多了，但埃洛拉却只是在挑挑拣拣。我们聊了很多，她去世后我会很怀念她的，想想这一切我觉得很奇怪。其实我认识她还没多久，而且这期间大部分时候我们的关系还很紧张。

我离开的时候，埃洛拉颤颤巍巍地躺回到了床上，让我找人收拾桌子。邓肯正守在外面等我，于是我就叫他去帮忙收拾桌子了。

趁邓肯还在埃洛拉那里忙碌，我去了洛基的房间，看看他是否好些了。如果他身体条件允许，我想和他谈谈，问明白到底发生了什么事。

托马斯还守在门外，所以我只敲了一下门，没等回应就直接进去了。当时洛基正在换衣服，他已经脱下了破烂的裤子，换上一条睡裤，现在正拿着一件白色T恤准备套在身上。

他背对着我，脊背上的伤势比我想象的严重得多。

“哦，我的天哪，洛基……”我倒吸了一口冷气，他背部的累累伤痕着实吓了我一跳。

“我不知道是你来了，”他转过身来，笑嘻嘻地说，“现在我需要脱下这件T恤吗？”

“别，把它穿上。”说着，我关上了身后的门，这样就没人能看到或听到我们谈话了。

“你真没幽默感。”他皱皱鼻子，一把把T恤套在身上。

“你的后背太吓人啦。”我说。

“我本来是想跟你说你今天看起来很漂亮，可既然你说话那么无趣，我也就不费这么大劲讨好你了。”洛基坐回床上，几乎躺下了。

“严肃点，我可是认真的。到底发生了什么事？”

“我曾经告诉过你，”他低头看着自己的膝盖，择着裤子上的线头，“国王非常讨厌我。”

“为什么？”不知不觉间，我已经开始对父亲在他身上做的一切感到愤慨，“上帝啊，为什么他要对你如此残暴？”

“你真是完全不了解你父亲呀，”洛基说，“对他来说这根本不算残暴。”

“这怎么不算残暴？”我挨着他坐在床上，“而且你已经差不多算是亲王了，他怎么能这样对你？”

"他可是国王啊，"他耸耸肩，"他想做什么就做什么。"

"那王后呢？"我问，"她没有试图制止这一切吗？"

"一开始，她想给我治疗，但最后她透支了自己，无法支撑下去了。萨拉能做的也只有这么多了。"

萨拉是威卓的王后，也就是我的继母，但她还曾和洛基订过婚。萨拉比洛基大十岁有余，这是一场约定的婚姻，洛基九岁时就解除了。他们既不浪漫，也没有任何感情，她总是把洛基看作自己的弟弟，并尽心尽力地保护他。

"所有这一切都是国王亲手做的吗？"我轻声问道。

"什么？"洛基抬起头，金色的眼睛盯着我。

他下巴上有一道伤疤，我很确定他之前没有。他的皮肤曾经光滑而健康，完美无缺，当然，并不是说现在身上有了伤疤他就不英俊了。

"这个，"我轻触他下颌上的疤，"这是他给你留下的吗？"

"是。"他嗓音沙哑。

"怎么做的？"我又去触碰他太阳穴上的疤，"他是怎么把你伤成这样的？"

"有时候他打我，"洛基一直看着我，任由我的手指抚摸着他的伤痕，"要不就是踢我。但通常他都是用一只猫来折磨我。"

"你是说一只活生生的猫？"我显出一副诧异的表情，他对我笑笑。

"不，事实上叫作九尾猫，"他说，"它的尾巴像鞭子一样，不是一条，而是九条。比起一般的鞭子，伤害要大得多。"

"洛基！"我惊骇万分，手不由得放了下来，"他竟然那样对你？你怎么不逃离那儿呢？你反击了吗？”

“反击不会有任何帮助，只会更加糟糕，而且恢复一点体力之后，我第一时间逃离了牢房，”洛基说，“所以我现在在这里。”

“他把你关起来了？”我问。

“他把我锁在地牢里，”他转身走开了，“公主，我很高兴能见到你，但我实在不想再说这件事了。”

“你想让我给你特赦，”我说，“那我就需要知道他为什么这么对你。”

“为什么？”洛基阴沉地大笑起来，“你觉得是什么原因呢，温迪？”

“我不知道！”

“因为你。”他回头看着我，一种诡异而扭曲的笑容浮现在他脸上，“因为我没有把你带回去。”

“但是……”我皱起了眉头，“是你自己要求回威卓的。我们和威卓国王做了交易，这样他才把你赎回去的。”

“对，但是，他仍然觉得你会回去。”他一只手梳理了一下头发，坐得更直了，“可是你没有，而且他觉得一开始让你走就是我的错。没能把你带回来，又是我的错。”他咬了一下嘴唇，摇了摇头。“他决心要得到你，公主。”

“所以他就折磨你？”我轻声问道，努力不让自己的嗓音颤抖，“因为我？”

“公主，”洛基叹了口气，走到我身边，温柔地、几乎是小心翼翼地用手抱住我的双肩，“发生这一切并不是你的错。”

“也许你说得对，但如果那时我和你一起离开的话，这一切可能就不会再发生了。”

“你现在也可以和我一起离开所有这些是是非非啊。”

“不，我不能。”我摇头道，“还有那么多事情必须要做，我不能把这一切都弃之不顾。但是你可以待在这里，我会给你特赦的。”

“嗯，我知道了，”他微笑道，“如果我走了，你会想我想得不行的。”

“这很难。”我大笑。

“真的很难吗？”洛基坏笑道。

他垂下手臂，双手停在我的腰上。他离我非常近，几乎就在我身边，我甚至都能感受到他强健的肌肉。我知道我应该走开，我没有任何正当的理由和他如此亲近；可我没有。

“你想吗？”洛基问，声音低沉。

“想什么？”

“你想跟我逃离这一切吗？如果没有这些责任、宫殿的事务和其他事情的话，你愿意跟我一起离开吗？”

“我不知道。”

“我觉得你会的。”

“你当然会这么想啦，”我扭头不看他，身体却没有动，“对了，你是从哪里找到这件睡衣的？你来的时候可什么都没带。”

“我不想告诉你。”

“为什么不想？”我严厉地看着他。

“因为——我这会儿告诉你会很煞风景，”洛基说，“很不提情绪。难道我们就不能只是坐在这儿，用渴望的目光彼此凝视、相拥，直到激情热吻吗？”

“不，”我终于开始想挣脱他的怀抱，“除非你告诉我……”

“托弗。”洛基赶快说出答案，试图挽留我。他比我强壮很多，但还是听任我推开了他。

“果然如此，” 我站起来，“这确实是我未婚夫的做事风格。他总是为其他人着想。”

“只不过是件睡衣啊！”洛基坚持道，好像是说这不算什么，“好吧，他是个非常不错的人，但这也没什么啊……”

“这怎么没什么呢？”我问道。

“因为你不爱他。”

“但我很关心他。”我说。他耸了耸肩。“这跟我对你的爱是不一样的。”

“可能你现在不会爱我，”他承认道，“不过你会的。”

“你这样认为吗？”我问。

“记住我的话，公主殿下，”洛基说，“总有一天，你会疯狂地爱上我的。”

“好吧，”我大笑，因为我实在不知道还能怎么回应，“但我得走了。如果要给你特赦，那我就得去具体讨论和实施，让每个人都同意这不会是个自杀式的决定。”

“谢谢。”

“没关系。”我打开门准备离开。

“这是值得的。”洛基突然说道。

“什么是值得的？”我扭头看着他。

“我经历的这一切，”他说，“为了你，这是值得的。”

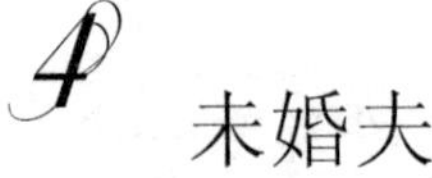

未婚夫

因为要给洛基颁发特赦令，我原本轻松的假期变成了一场激烈的会谈。绝大多数人都觉得我这样做十分荒唐，必须把洛基带来现场接受质询。在这场大型审讯会上，托马斯问了洛基很多问题，洛基的回答跟当初对我说的一模一样。

但实际上，他掀起自己的衬衫给大家看了那些伤疤后，他就毋须再多做解释了。那之后，他们又让他躺了下来。

我和威拉、马特吃了一顿舒心的午餐，这很难得。玛吉姑妈打来电话，我们聊了一会儿。她说想来看我，可我尽量找借口拖延，让她过段时间再来。我还没有向她解释我的身份，只是让她明白我现在正和马特在一起，非常安全。

我本想约她圣诞节时来弗瑞宁，告诉她所有的一切。可是随后威卓就开始跟踪奇翎，我害怕他们会通过跟踪她来接近我，所以只好再拖一段时间，现在还是不敢见她。

玛吉经常旅行，这很好，不过她对我现在的情况完全没有概念，所以每次电话中都非常好奇，问东问西。我也有点等不及了，当这一切尘埃落定之后，我一定会让她重新走进我的生活，我已经非常想她了。

饭后，我回到房间，和邓肯看了点八十年代的电影，照例很糟糕。邓肯白天有十六小时要一直跟着我，然后和晚间的护卫换班。我曾经想过要学习，因为托弗一直在教我特雷奥语，可邓肯不让。他固执地认为我应该什么事都不想，好好放松。

邓肯在我房间里睡着了，这是常有的事。他是我的保镖，所以不会有人说闲话，况且他睡着了总比一天到晚黏在我身边要好。不过等周六一过，他应该就不能继续睡在我的房间里了，为此我觉得有点难过。我懒懒地歪在床上，邓肯则蜷身躺在沙发上，身上裹着一条薄薄的毯子。

“今天是周四。”醒来后，我依然躺在床上，盯着天花板说。

“是的。”邓肯打着哈欠伸了伸懒腰。

“离我结婚就只有两天了。”

“我知道，”他站起来拉开窗帘，一片阳光洒了进来，“你今天想干点什么？”

“我得让自己忙活着，”我站起来，眯着眼沐浴在明亮的阳光里，“就算别人劝我应该放松和休息，我也不在乎。我得一直有事干才行，今天我要和托弗训练。”

“那么至少今天你和你的未婚夫能有效地培养感情。”邓肯耸耸肩。

一想到婚礼我就会胃部一阵翻腾，有时想得太多真的会吐出来。这辈子我还从没遇到过一件让自己如此担心的事。

我洗了个澡，迅速吃了早餐，到托弗房间去看看他是不是想给我来点训练。我已经掌握了大部分超能力的要领，但为了不丧失这些超能力技巧并继续保持强大，我得常常加以练习。

自从威卓绑架我那次事件后，为了保证安全，托弗搬进宫殿居住了。他确实比这里任何一名护卫都要强得多，甚至可能比我还要强大。他的房间在我楼下，我走到门口时发现门是开着的。

房间里散放着一些纸箱，有的空着。有只箱子里满满地装着各种书籍，有几本已经掉出来了。还有一只箱子在床上，托弗正把几条牛仔裤往里塞。

"这是要去什么地方？"我倚着门框问道。

"不，就是为搬家做准备，"他指指埃洛拉房间的方向，也就是我们的新房，"为周六做准备。"

"哦，对啊。"我说。

"需要帮忙吗？"邓肯问。我走到哪儿邓肯就跟到哪儿，此时他自然也跟着我来到了托弗的房间。

"好啊，如果你愿意的话。"托弗耸耸肩。

邓肯走进来，从衣橱里抽出几件衣服。我依然站在原地，心中恼恨地想：作为即将结婚的夫妻，我和托弗的关系怎么还是这么尴尬。无论是训练还是彼此交换政见，我们都很融洽；只要是关于宫殿防卫或者工作方面的事，我们都能开诚布公地交谈讨论。

但涉及我们的婚姻和我们俩之间真正的关系时，我们就都沉默了。

“你今天想训练吗？”我问托弗。

“嗯，这个主意真不错。”托弗听起来松了一口气。

训练也让他受益匪浅。宫殿里人员众多，托弗能感知到他们的思想和感情，这些信号在他的头脑里形成了嘈杂的电波，让他头痛欲裂。训练能消除这些干扰，让托弗集中精力，使他看起来更像一个正常人。

“去外面？”我建议道。

“好。”托弗表示同意。

“可是外面太冷了。”邓肯抱怨。

“要不你待在屋里怎么样？”我问道，“你可以帮托弗搞定收拾东西搬家的事。”邓肯犹豫了一会儿，我接着说：“托弗会和我在一起，不会有事的。”

“好吧，”邓肯说，但看起来有点勉强，“我就在这儿，如果有什么事立刻叫我啊。”

我和托弗朝宫殿后面的秘密花园走去。我猜它的存在并不是什么真正的秘密，但因为它藏在树林和高墙之后，所以可能感觉有点神秘。尽管现在是一月份，最近几天一直暴风雪不断，但花园里依旧平静而美丽。

花园被施了魔法，即使风雪席卷，依旧鲜花盛开，仿佛冰雪中封存的宝石一般。本应冰封的一涓细流仍然流淌，从断崖处直落而下，潺潺作响。

小径上满是积雪，托弗只简单地摆摆手，积雪就像红海一般自动向两边散去[1]，一条狭长的走道出现了。他走进果园，在一棵树下停下来，树上挂满了冰封的树叶和蓝色的花朵。

“今天做点什么？”托弗问道。

“不知道，”我说，“你有什么想法？”

“打个雪仗怎么样？”他顽皮地笑了。

他用自己的超能力朝我扔过来四个雪球。我抬起双手，用超能力把雪球推回去，压力之下，雪球碎了。接着轮到我向他掷雪球反击了，可是托弗也像我一样，轻而易举地把雪球打碎了。

他再次开火，操纵更多雪球回敬我，我挡住了其中大部分，可还是有一个飞过来，正好打在我腿上。我抽身跑了，隐蔽在一棵树后开始还击。

我们来来回回地交锋，用雪球向彼此发起攻击，雪仗变得越来越难以驾驭。这看起来就像是一场游戏，而且很有趣，可这又不仅仅是场游戏。阻止一大堆雪球能训练我快速抵挡来自不同方向、复杂多样的进攻。我试着在抵御托弗投来的雪球的同时开始反击，这样我可以学习如何一边保护自己，一边展开回击。

这是两个完全不同的任务，掌握起来很有难度。为了实现这个目标，我这段时间一直在努力，但还不能完全做到。在防御我的进攻时，托弗也做不到这一点，不过他认为这根本不可能实现。要真能做到这一点，我的头脑就必须在阻止某物飞来的同时又把某物掷出去，要在同一时刻完成这两项任务几乎是不可能的。

---

① 《旧约·出埃及记》中，摩西向红海伸杖，耶和华便让海水分开。

当我们两人都筋疲力尽、无力再战时，我仰身倒在雪里，十分放松。因为计划要进行训练，我今天穿了长裤和毛衣，可足量的训练让我热气腾腾、大汗淋漓，所以躺在雪地上的感觉还是很不错的。

“这是休战了吗？”托弗紧挨着我倒在雪里，大口喘着气。

“休战。”我笑了笑。

我们仰面躺在雪地里，伸开双手，好像准备在雪中印出天使的形状——尽管我们俩都没有这样做。呼吸平缓之后，我们仰望着天空，凝视着云彩在天上飘过。

“如果我们的婚姻就像这样的话，那也不是很坏，不是吗？”托弗问道。这是个很诚恳、很坦率的问题。

“确实不坏，”我附和道，“如果只是打雪仗的话，我是可以搞定的。”

“你紧张吗？”托弗问。

“有点，”我把头扭向他，脸颊压在雪上，“你呢？”

“我也是。”他皱皱眉头，沉思般望着天空，“我觉得我最怕接吻。那将是我们第一次接吻，还是在众目睽睽、万众瞩目之下。”

“嗯，”一想到这些我的胃又开始痉挛起来，“但你不能真的把那场吻戏搞砸啊。”

“你觉得我们应该那么做吗？”托弗认真地盯着我问。

“接吻？”我问道，“你是说我们结婚时？我觉得我们非那么做不可啊。”

“不，我是说，你是不是觉得我们现在就该试试？”托弗坐了起来，胳膊撑在身后，“也许这会让我们周六接吻时更加轻松点。”

“你觉得我们应该做吗？”我问道，跟着坐了起来，“你想吗？”

“我觉得我们现在已经小学三年级了。”他呼了口气，拍拍裤子上的雪，“不过你以后就是我的妻子了，到时候我们肯定得接吻。”

“是的，到时候我们得那么做。”

“好，那就让我们来试试吧，”他朝我淡然一笑，“我们接吻吧。”

“好。”

我艰难地吞咽了一口，向前靠了靠，闭上了眼睛。不看着他的话，我就不会觉得那么局促了。他的嘴唇很冷，吻也淡淡的，好像很圣洁。只吻了一小会儿，我的胃就造起反来，非常不适。

“怎么样？”托弗坐直了身体问。

“还好。”我点点头，像是在说服自己，而不是告诉他我的感受。

“对，还可以，”他舔舔嘴唇，不再看我，“我们能做到，不是吗？”

“是啊，”我说，“我们当然能做到。如果说有人能做到这一切的话，那就是我们。我们可是史上最强大的特雷奥了，而且道德高尚。我们可以很好地彼此拥有，度过一生。”

“没错，”托弗说，听起来仿佛对未来更有信心了，“其实我很期待我们的婚礼。我喜欢你，你也喜欢我，我们在一起很快乐，对各种问题的看法也基本一致。我们一定能成为天下最好的夫妻。”

“嗯，你说得太对了，”我附和道，“婚姻其实就是友情。”

“而且，处在我们的位置上，是不能仅仅选择想与哪个人待在一起的，”托弗补充道，但我能听出他的嗓音中似乎有一丝悲哀，“至少我们都与我们不讨厌的人在一起了。”

此后我们陷入了沉思，盯着面前白茫茫的一片。我不太确定托弗在想什么，我甚至不知道自己到底在想什么。

从表面上来看，我和托弗比任何人都理智，可现在我忽然觉得并非如此。托弗是同性恋，可这对我来说没什么区别；即便他不是，我也不会因此而对他有感觉。我们可以形成强有力的联盟，以我们自己的方式让我们的婚姻有非凡的意义。他是个好人，值得拥有这一切，我也能给他这一切。

“我们进屋去吗？”托弗突然道，“我有点冷了。”

“好吧，我也是。”

他站起来，拽着我的手把我从地上拉起来。他不是非这样做不可，不过这还是个很友好的姿态。我们俩一起走进宫殿，一路上谁都没有再说话。我一直在转着我的订婚戒指。由于一直躺在雪地里，那块金属冷冰冰的，我突然觉得它太大也太重。我想把它摘下来，甚至想把它退回去，可我不能。

5 计划

我悄悄拿出一本特雷奥语练习册，这是托弗为我准备的，这样，在奥萝拉确认各项安排最后的细节时，我就有事干了。今天是我们婚礼的前一天，我希望一切都能按部就班，顺利进行。现在可没时间再处理什么突发事件了。

我坐在椅子里，膝盖上摊开书，奥萝拉跟威拉正在和差不多二十个婚礼策划人确认一份清单。奥萝拉甚至把邓肯都派出去检查餐桌装饰品了，她要保证万无一失。

有时候他们也请我帮忙，我每次都欣然接受，但我觉得奥萝拉还是在我不参与时更顺心，这样她就能掌管一切了。

我所有的伴娘都在这儿，其中大部分人我从未见过。威拉是我的首席女傧相，她给我选择了其他婚礼随行人员，因为她跟这些人都认识。奥萝拉坚持认为婚礼一行人必须人数众多，因此我就有了十位伴娘。

“这是全国的世纪大婚，而你却在学习。”眼看这一天接近尾声，威拉轻舒一口气，微微埋怨道。奥萝拉已经把所有的安排都检查了两遍，现在房间里就只剩下我、威拉、奥萝拉和邓肯了。

“我需要知道这些，”我指着这本书，“要理解以前这些协约，学会特雷奥语是最基本的，而且我并不需要知道这些异常奢侈的庆典计划，你和奥萝拉已经替我准备周全了。”

“是的，”威拉微笑道，“我想一切都已经各就各位了，明天你一定会有一个异常美妙的婚礼的。”

“谢谢，”我合上书，“我真的很感谢你们为我做的一切。”

“嘿，得了吧，我乐在其中呢，”威拉笑道，“如果我自己不能拥有一个童话般的婚礼，那我至少筹划了一场曼妙的婚礼，不是吗？”

“你不是公主，但这并不意味着你不能拥有一场梦幻婚礼。”我一边说一边站了起来。

她受伤似的冲我笑笑，我突然意识到自己说错了话。威拉是女爵，而她正在和我哥哥马特——一个人类——谈恋爱，事情一旦暴露，威拉一定会被流放的。她根本不应该与马特约会，更别提和他结婚了。

“对不起。”我说。

“别这样，”她挥挥手，“你已经尽力了，我们都知道。”

她是在说我正致力于推进特雷奥、追踪者和人类之间的平等。我们的人口正在大量流失；只要爱上人类，就会被放逐，这样一来愿意继续做特雷奥的人就越来越少了。

不论从何种角度出发，一个人都应该可以爱自己所愿意爱的任何人，这样才更加合理。反正无论怎样都不能禁止人们爱的脚步和自由，如果我们立法认定通婚合法的话，对整个特雷奥社会都有益处。

我还没来得及劝说大家接受通婚，因为威卓的问题一直让我焦头烂额。一旦解决上述问题（如果可以的话），我的首要任务就是开展工作，为弗瑞宁所有人的平等权利立法。

"这儿的一切都结束了吧？"我问。

"嗯，"威拉说，"剩下的都不用你操心了，你现在要做的就是让自己休息好，在明天婚礼前把自己打扮得漂漂亮亮的，到婚誓时说'我愿意'就行了。"

"这没什么问题。"我说，但其实我对这一点并不确定。

"你一个人没问题吧，奥萝拉？"我们往门口走时威拉问道。

"我马上就把最后几件事搞定了，"奥萝拉仍旧在专心确认纸上的信息，连头都没抬，"可还是谢谢你。"

"谢谢，"我说道，"明天见。"

"睡个好觉，公主殿下。"奥萝拉匆匆抬头冲我笑笑。

邓肯跟我送威拉出去，威拉一直不停地说话，想让我相信明天的婚礼一定会很愉快。在大门口，她紧紧地拥抱了我，向我保证所有的一切都会有条不紊、进展顺利。

我不知道为什么这样说就会让人放心。如果注定是个灾难怎么办？当然，预先知道这是场灾难并没有任何意义，也改变不了什么。

"需要我陪你进去吗？"走到卧室门前，邓肯问道。

“不，今天不用，”我摇摇头，“我想我需要自己待一会儿。”

“我明白，”他安慰性地朝我笑笑，“那么……明天见。”

“谢谢。”

我关上身后的房门，打开电灯，低头瞅着手指上的巨大戒指。它向我昭示着我属于托弗——一个我并不爱的人。我走到梳妆台前摘下其他首饰，可眼睛还是一刻也没有离开手上的戒指。

我实在控制不住自己，摘下了这枚戒指。它很美，托弗送给我时我也曾倍感甜蜜。但现在我开始恨这个小小的金属圈了。

摘戒指时，我不经意扫了一眼梳妆台上的镜子，结果差点被里面的镜像吓得叫出声来。从镜子里我发现芬恩正坐在我身后的床上。他的双眸乌黑发亮、深不见底，与我在镜中对视，让我简直不能呼吸。

“芬恩！”我倒吸一口冷气，转身看着他，“你在这里干什么？”

“我错过了你的生日。”他说，好像这样就算回答了我的问题一样。他低下头看着手里的一个小盒子。“我给你带了件礼物。”

“给我带了件礼物？”我朝后靠在梳妆台上。

“嗯，”他点点头，仍旧瞅着那个小盒子，“两周前我在波特兰市外挑了又挑，最终选定的。我本想及时赶回来，在你生日的时候送给你的。”他咬着嘴唇。“现在我回来了，却不知道自己是不是应该把它给你。”

“你这是在说什么呀？”我问道。

“我觉得这好像不对，”芬恩抹抹脸，“我不知道自己到底在干什么。”

“我也搞不清楚，”我说，“你别误会，我很高兴能见到你，我只是……不太明白。”

“我知道，”他叹了口气，“那是枚戒指——我带给你的。”他的视线扫过我身边梳妆台上放着的戒指。“可你已经有一枚了。”

“为什么要给我买一枚戒指？”我问得犹犹豫豫，心也扑扑地跳。我搞不懂芬恩在说什么，也不知道他在做什么。

“我并不是要向你求婚，如果你对这点有疑惑的话，”他摇摇头，“看见这枚戒指时我就想起了你，现在看来它似乎并不是很好看，品位也不高。但不管怎么说，我来了，在你结婚的前一天偷偷溜了进来，我想送给你一枚戒指。”

“你为什么要偷偷溜进来？”我问道。

“我不知道，”他看着远处，抑郁地笑了，“这是在说谎。我清楚地知道自己在做什么，但我实在不明白自己为什么会这么做。”

“你到底在干什么呢？”我轻声问。

“我……”芬恩出了一会儿神，然后转身面对着我，站了起来。

“芬恩，我……”我刚要说话，他就抬手制止了我。

“别说了，我知道你马上要跟托弗结婚，”他说，“你必须这么做，这对你来说再好不过了，而且这也是我对你的希望。”他停了停，继续说道：“但我也想跟你在一起。”

一直以来，我就在等芬恩这句话，希望他承认对我的感情，可他却一直拖到我结婚的前一天才说。太迟了，一切已经尘埃落定，无法挽回。当然，即便他早说出来，我也无法改变什么——不管我有多想改变这一切。

“你为什么要对我说这些？”泪水在我眼眶中打转。

“因为——”芬恩朝我走来，站到我面前。

他低头看着我，双眸一如既往地让我神魂颠倒。他伸出手，擦掉我脸颊上的一滴泪水。

“为什么？”我的声音颤抖得厉害。

“我想让你知道——”他说，好像自己都无法完全理解这一切似的。

他把盒子放在我身旁的梳妆台上，双手抱住我的腰，把我拉向他。我任由他抱着我，抬眼看着他，呼吸变得急促起来。

“明天你就属于别人了，”芬恩说，“但今晚，你跟我在一起。”

他的双唇粗暴地压在我的双唇上，急切地吻着，我已经逐渐适应了他这种野蛮，并且非常喜欢。我也张开双臂迎接他，用尽我所有的力量把他紧紧抱住。就这样，他抱起我走向床边，途中我们依然激吻不断。

芬恩把我放在床上，马上就压在了我身上。我很喜欢他骑在我身上的这种感觉，犹如一股热浪冲击着我。他的吻像雨点一般铺天盖地而来，印在我的脸和脖子上，硬硬的胡楂扎着我的肌肤，让我紧张而又舒服。

他的手伸向我的裙带，把它们拉了开来。我突然有点惊讶地意识到，今天晚上可能确实会发生点什么。他以前总能在事情变得难以控制之前及时刹车，但现在他却一边吻我一边把手罩在了我的胸部。

我坐起来，急切地扯开他的衬衫，一颗纽扣应声而掉。我抚摸着他的胸膛，沉溺于他肌肉顺滑的曲线和猛烈的心跳。他又俯下身，再次贪婪地吻我，赤裸的胸膛压在我身上。

他皮肤发烫，胸膛的热度简直要把我点燃，双唇急切地探索着我的双唇，手臂把我环抱得更紧。

我们接吻时，我的胸中洋溢着幸福感。当我意识到我的第一次将是和芬恩在一起时，难以明了的解脱感如狂涛巨浪般向我袭来。但几乎是在同时，我心中的这盏明灯又黯淡了下来，因为我马上就意识到了其他一些事。

即便我的初夜是与芬恩共度，这也会是我和他的最后一夜。

我明天还是得跟托弗结婚。就算我不和托弗结婚，也绝不可能和芬恩在一起。

上次见到芬恩是我订婚宴的前夜——差不多在三个月前。那天我们在图书室里接吻，而他被自己的行为吓着了。没有任务时，他选择单独跟我在一起，哪怕一会儿也是大逆不道的，更何况他还没有控制住自己。后来一有机会，他就离开了宫殿。

芬恩自告奋勇接下了追踪其他奇翎的任务，我知道他这么做是要远远地离开我。我们好几个月都没说上一句话了。这期间我接管了宫殿事务，做了我一生中最艰难的决定，而做这一切时，他都不在我身边。

如果现在我和芬恩春风一度，那么他肯定还会立即离我而去。事实上每当我们彼此亲近之后，这一切都会宿命一般地发生。他会出于一种羞耻心而避开我，躲起来，远走高飞。

这次我受不了了。他让我把自己全部交给他，而他却不愿意把自己全部交给我，他只会再次从我的生命中消失。我不能把自己托付给一个注定要消失在我生命中的人。我需要他陪在我身边，支持着我，而不是耻辱地逃避。我希望芬恩能够光明正大地选择跟我在一起，而他能给我的却只是一个晚上。

即便我今晚和芬恩共赴云雨，也不会有什么意义。他明天就会离开，我却依然要和托弗结婚——这正是芬恩所希望的，而那时我一定会更加伤心。

“怎么了？”芬恩发觉我的状态好像有点变化。

“我不能，”我低声道，“对不起，我不能这么做。”

“你说得对，我很抱歉。”芬恩看起来很惭愧，他慌乱地从我身上爬下来，“我不知道自己在想什么，对不起。”他站起身来，匆匆地系着衬衫。

“不，芬恩，”我坐起来，整理着我的裙子，“你无须道歉，但……我实在不能再这样做了。”

“我能理解。”他抚平头发，不敢再看我。

“不，芬恩，我是说……”我艰难地吞咽了一下，颤抖着呼出一口气，“我不能再爱你了。”

他抬头看着我，看上去既惊讶，又很伤感，可他什么都没有说。他只是在那儿站了一会儿。

“你说我明天将属于别人，而今天我是你的，可是事实并不是那样，芬恩。”泪水流过我的脸颊，我一把擦掉，“我谁都不属于，在你难以抑制自己的感情时，你也不会只想得到一个不完整的我。

“我知道你不是故意这样做的。”我说，“我们俩都不是故意要这样的。我们把握了每一次能在一起的机会。那片刻的欢愉、那些美妙的吻，我都很怀念，而且这也不怪你，但是……我不能继续再这么做了。”

“我没有……”芬恩嗓音越来越低，“我并没有想从你身上得到什么，我们俩的……这种……感情一直在进展着，我也不知道这到底是种什么感情。你理应得到更多，但我却无法给你，这个现实和社会也不允许我给你，甚至根本不允许我爱你。”

“我正试图加以改革，”我说，“而且我承认，一部分原因是出于我的自私。我想要废除那些法律，这样也许有一天我们还有机会在一起。但是……我不能指望这个。就算我想指望这个，明天我也要跟别人结婚了。”

“我也希望你能如此，公主殿下，”他静静地说，“很抱歉打扰了你。”他走到门口，离开前又停了下来，但却没有回头。“我衷心祝你新婚快乐，祝愿你们二人幸福美满。”

芬恩走后，我尽量克制自己想哭的冲动。如果明天威拉看见我脸颊通红肿胀，一定会很沮丧的。我走进衣帽间，一边忍着泪水，一边脱下长袍换上睡衣。回到卧室时，我看到了放在梳妆台上的那个小盒子，那是芬恩给我的礼物。

我缓缓打开它，里面是一枚纤细的银戒指，正中镶嵌着一块石榴石——那正是我的诞生石[1]。说不上什么原因，看到这枚戒指，我还是没能忍住，滑坐在床上呜咽起来。

① 与某一特殊月份相关的宝石，按传统由该月出生的人佩戴。

圣坛

我想让马特陪我走过通往圣坛的通道。我活到这么大，马特可以说是我真正的家长，是我人生的支柱。可如果真这么做的话，其他特雷奥官员一定会对我大加诟病，拉里斯女爵甚至可能会从我手里夺走王位，理由是我精神错乱。

不过至少拉里斯女爵和其他特雷奥人管不着我把谁带进梳妆间。邓肯整整一个早上都守在我卧室门外，只要来者不是马特或威拉，一律赶走。其他人可以等我到了宴会大厅再见，那时我将由威拉的父亲加勒特引领出嫁。

几个小时前我就已经准备好了。昨晚和芬恩折腾了一通后我根本睡不着，早上天还没亮我就起来，开始梳妆打扮了。威拉也早早地过来帮我，但我已经学会了怎么打理头发和化妆。她真正干的只是帮我系上婚纱纽扣而已，再就是安慰我，不过这也就是我需要的全部了。

“你脸色苍白，”威拉有点不快，“几乎像你的婚纱一样白。”

她挨着我坐在床上。我裙摆长长的缎子拖尾摆在我们俩身边，威拉不断整理着，不让裙子起皱或是沾上灰尘。她的裙子也很可爱，暗绿色的裙身带着深色的饰边，这也很好理解，因为都是威拉选的嘛。

“别再为这些枝节问题找她的麻烦了。”马特说，这时威拉正准备再次给我理顺裙摆。马特一直在我房间里踱步，漫无目的地抠着西装上的袖口，要不就是反复拉衬衫的领子。

“我这可不是找麻烦，”威拉狠狠地看了马特一眼，不过她还是放下了整理裙摆的手，“今天是她的大好日子，我想让她看起来完美无缺。”

“可你这样让她很紧张。”马特指指我，因为我一直两眼漠然地望着前方。

“要说让她紧张，这个人应该是你吧？”她反唇相讥，“你绕着屋子走来走去都整整一早上了。”

“抱歉，”他停下脚步，但是看起来仍旧有些焦虑不安，“我的妹妹就要结婚了，没想到她这么早就要嫁人。”他又一次用手挠了挠头，一头金色短发显得有些杂乱，他叹了口气。“你并不一定非要结婚，温迪。你知道的，对吗？如果你不想嫁给他，完全不必勉强自己。我是说，你不应该勉强自己。不管怎样，你还这么小，不需要用这种方式决定自己的一生。”

“马特，她知道的，”威拉说道，“同样的话你今天已经说了一千遍啦。”

“不好意思。”马特又一次道歉。

“公主殿下？”邓肯小心地打开门，探进头来，“你让我一点差一刻叫你，现在正好到点了。”

“谢谢你，邓肯。”我说。

“那么，”威拉看着我，微微一笑，“准备好了吗？”

“我觉得我都快要吐了。”我老实交代道。

“不会吐的，你不过是有点紧张罢了。你会做得很好的！”威拉说。

“可能不是紧张吧，”马特说，“没准她就是不想继续下去。”

“马特！”威拉打断了他，回头看着我，棕色的眼眸中饱含着热情和关切，“温迪，你愿意结婚吗？”

“是的，”我坚定地点了一下头，“我要结婚。”

“好的，”她站起来，微笑着向我伸出了手，“现在让我们把你嫁出去吧。”

我拉住她的手站了起来，她紧紧握住我的手，就像是要再次确认我刚才说的话一样。邓肯正站在门边等我们，见我们要动身，就走过来抱起我婚纱的拖尾，避免让它拖在地上。

“等等，”马特说，“你婚礼前我得最后说一句，嗯，我只是想告诉你……”他支吾了一会儿，又撸了撸袖子。“我真的有很多话想对你说。我是看着你长大的，温迪。你以前还是个小姑娘啊，忽然就长大了。”他紧张地笑了起来，我也笑了。

“你在我身边茁壮地成长，”他说，“你非常强大又极其聪明，既美丽动人又富有同情心。你能成长为这样的女性，我感到无比自豪。”

“马特。”我快速擦了擦眼睛。

“马特，别把她说哭了。”威拉说着，自己也有点抽噎。

“抱歉，”马特说，“我并不想把你弄哭的。我知道你必须下楼了，可是我想对你说，不论发生什么，今天、明天、无论何时，你永远是我的妹妹，我会永远站在你的一边。我爱你。”

“我也爱你。”说着我拥抱了他。

“真是太温馨啦，”马特放开我时威拉说，她飞快地亲了马特一下，然后挽着我离开了房间，“但我还是希望你们在以前无所事事的时候说这些，这会儿我们真得快点了。”

值得庆幸的是，在这儿我们从不穿鞋，这让我穿着婚纱下楼的过程非常平稳。还没走到大厅，我就听见了大厅里传来的奏乐声。奥萝拉专门找来了乐队，他们正在现场演奏《月光奏鸣曲》，不少已经到场的宾客正在小声地交谈着。

伴郎和伴娘们排成一排站在门外，正等着我的到来。加勒特见我来了，冲我笑笑。他总是对我这样和蔼，所以我选他带领我走向圣坛。

“温柔点，爸爸，”把我的手交给他时，威拉说，“她有点紧张。”

“别担心，”加勒特露齿一笑，挽起我的手，“我保证从头到尾都不会让你摔倒或者绊脚。”

“谢谢。”我勉强冲他笑笑。

一位伴娘把一束百合花递给了我。能抓着什么东西，仿佛找到了依靠，这让我觉得好点了。

当婚礼一行人走向圣坛时，我不断地进行着吞咽的动作，心里翻江倒海，差点没吐出来，可我尽量抑制着。我只是要跟托弗结婚而已，没什么可怕的。他是这世间少数几个我可以信任的人之一。我能做到的。我是可以嫁给他的。

威拉朝我微微挥了挥手，然后站到了婚礼通道的一边。邓肯就在我身后，尽力把我的裙摆整理得顺滑笔直，音乐逐渐走向高潮，轮到我出场了。邓肯后退两步，以便让我更加突出。他和马特并排站着，一起鼓励地对我笑笑。他们不想混进大厅，所以只能等在外面，从后方观看。

我踏上绿色丝绒地毯，步入通道。到处散落着花童撒的玫瑰花瓣，我觉得自己可能会晕过去的。地毯似乎有几英里长，怎么也走不完，让我感觉十分无助。大厅里全是人，我走进大厅时他们都站起来，面对着我。

里斯和雷亚农就在后排，雷亚农看见我时疯狂地挥手。在我执掌宫殿事务的过程中，我见过很多人，他们现在几乎都站在这里，可我真正的朋友却寥寥无几。托弗站在圣坛上，看起来并不比我轻松多少，不知为什么这让我觉得稍微安心了一些。我们都有些怯场，但我们必须共同面对。

埃洛拉坐在最前面，她也是在场的人当中唯一没有站起来的，不过这应该是她太虚弱而站不了的缘故吧，我还是很高兴她能到场的。我经过时她朝我微微一笑，十分真诚，扣我心弦。

我离开加勒特，向前两步走上圣坛，托弗牵过我的手，紧紧地攥着。站在他身边时他勉强向我挤出了一个微笑。威拉走到我身后，再一次理顺了我的裙摆。

“嘿。”托弗说道。

“嘿。”我也向他打招呼。

“请大家就坐。”贝恩男爵说。作为部署奇翎事务的最高指挥官，他被批准主持特雷奥人的婚礼。他站在我们面前，身穿白色西装，有点紧张地朝我们笑笑，蓝色的眼睛似乎在托弗的身上停留了片刻。

所有的宾客都坐下了，我尽力不去想他们，不去想我是怎么认真观察他们、搜寻芬恩的，可我没发现芬恩的身影。他父亲在场，此时正站在门口附近执勤，不过芬恩很可能已经再一次离开了。他有工作要做，而我们俩的事情都已经结束了。

“尊敬的来宾，”贝恩男爵的话打断了我的思绪，“我们今天齐聚一堂，共同见证公主殿下和男爵先生神圣的婚礼，这一盛事被交口称赞，是我们所有特雷奥人的荣誉。所以，这一盛典我们绝不能鲁莽从事、轻率进行，而应该虔诚祈祷、慎重行事，把婚事办得庄严而典雅。”

他略一停顿，刚要张嘴继续，忽然砰的一声，整个宫殿震动了。我被吓了一跳，扭头望向门口，所有人都惊讶地看着大门。马特这时正站在大厅门外，邓肯已经跑进了大厅。

“这是怎么了？”威拉问道，这也恰恰是在场所有人的想法。

“公主殿下！”邓肯喊道，不一会儿就跑到近前，“他们来找你啦。”

“什么？”我问。

我把花束扔到一边，提着裙子快速跑下圣坛。威拉急切地叫我，我置之不理。刚走到一半，我就听到奥伦低沉的嗓音隆隆作响。

“我今天不为任何人而来，”奥伦说，“如果要干什么卑鄙勾当，我就不会站在这里了。”

我停下脚步，不知道下面应该怎么办才好，接着奥伦就步入了我的视线。邓肯和马特冲向他，却被奥伦带来的两个侍卫抓住。他们正要对马特动粗，我抬起手，让那两个侍卫向后飞了出去，猛地一下撞到了墙上。我依旧抬着手，让他们钉在墙上下不来。

“令人赞叹，公主殿下。”奥伦微笑道。

他鼓了鼓掌，但他戴着黑皮手套，所以掌声发闷，并不响亮。他一头乌黑的长发闪着光泽，就像埃洛拉以前那样，但他的眼睛却是漆黑的。

我可不想让他好好站在这儿。我得让他后退几步，打个趔趄，这样他就会明白我的力量了。我暗暗动用我的超能力，可他竟然没动。威卓人天生就比特雷奥人强壮，奥伦则更加强大；托弗就曾经告诉过我，我的能力可能对奥伦不管用。

马特和邓肯站了起来，都被我迅速的反应搞得有点懵。萨拉——奥伦的妻子——正站在奥伦身后，低着头一动不动。她和奥伦都穿了一身黑，这种打扮来参加婚礼实在有点奇怪。

“你要干什么？”我问道。

“我想干什么？”奥伦大笑着，胳膊伸向两侧，“这可是我独生女儿的婚礼。”他向前踏了一步，我放开了那两个威卓侍卫，他们掉到地上。一旦有需要，我要确保把全副精力集中在对付奥伦上。

“停下！”我命令道，同时对着他伸出一只手掌，“要是你再迈近一步，我就让你从宫殿的顶棚飞出去。”

要撞碎屋顶、穿墙而出，听上去好像很不可思议，但顶棚其实完全是玻璃制成的，打碎玻璃并不是太难；可即便如此，我也不确定自己能否做到。我感觉托弗已经走到了我的身后，就隔我几步远，这让我信心倍增。

“唉， 公主，” 奥伦失望地说，“你就是这样接待你父亲的吗？”

“考虑到你不仅绑架过我，还曾要杀我，所以，是的，我想用这种方式招待你非常合适。”我答道。

“我什么都没做，”奥伦把手放在胸前，“你看，我并不是来兵戎相见的，陪我来的只有我妻子和两个侍卫，没有其他人了。我可以保证，公主，只要你愿意，我愿意一直遵守我们之间的协约。在弗瑞宁的土地上，我绝不会主动攻击你或者你的子民。不过，当然，前提是你也不能进攻威卓。”

奥伦的眼睛闪着幽光，他这是在激怒我。他想让我主动发起攻击，这样他就能够理所应当地展开还击。如果我真的这么做了，就意味着我在特雷奥和威卓之间挑起了战争，这会让两国耗尽一切的。而最关键的是，我们还没有完全准备好应对这样一场战争。

我也许可以保护我自己和一小部分特雷奥人，但是大多数护卫和追踪者可能会为此失去生命。如果奥伦已经让威卓军队在弗瑞宁外围严阵以待的话，那所有特雷奥人将会惨遭屠戮，我的婚礼也就会变成一片血海。

“按照我们的条约，我要求你离开我们的土地，”我说，“这是个人私事，而你并不在受邀之列。”

“可我是来送你出嫁的，”奥伦装作很受伤的样子，“我大老远跑来全都是为了你。”

“太晚了，”我说道，“再说我也不是你的什么人，所以你根本没有权利送我出嫁。”

“那你到底是谁的女儿，这里有谁能有这个权利把你嫁出去？”奥伦问道。

“奥伦！”埃洛拉大声喊道，在场的所有人都扭头看着她。“收起你那套把戏吧。”她站在宫殿大厅的另一侧，加勒特正站在她身后。我相信他这是为了能在埃洛拉倒下时一把扶住她，但从表面上来看他却只是在表现一种支持的姿态。

“啊，我的女王，”奥伦朝她邪恶地笑着，“你在这儿呀。”

“你已经玩够了吧，”埃洛拉说，“我劝你尽快上路！我们对你的容忍是有限度的。”

“看看你自己吧，”他自顾自地笑出声来，“你真的快要走到头了，不是吗？你现在简直就是个丑陋的老太婆，当然，其实你一直都是这样。”

“够了！”我厉声打断了他，“我已经礼貌地请你离开了，不要让我再说第二遍。”

他抬眼看着我，忖度着我是不是认真的，而我尽量保持着那种强硬的姿态。最终，他耸了耸肩，就好像这一切对他没什么大不了一样。

“随你的便，公主殿下，”他说，“但看你母亲现在的样子，我相信没多久你就能当上女王了。所以我们不久就会再见的。”

他转身离开了，我也终于放下了抬着的手。可没走几步他又停了下来。

“还有一件事，公主，”奥伦回头望着我，“我相信我有个废物正在这儿。他是个极其讨厌的家伙，可是他确实是属于我的，所以我想要他回来。”

“我完全不知道你在说什么。”我决不会把洛基交给他，我已经看到了他对洛基做的一切，决不能让悲剧再次上演。

“如果他出现了，”奥伦说，我不知道他到底有没有相信我的话，“把他交给我。”

“当然。”我撒谎道。

奥伦转身扬长而去，甚至都没有等一下萨拉。她惭愧地冲我笑笑，快步追了上去。那两个威卓侍卫也好不容易爬起来，匆匆忙忙追了出去。他们离开时我听见奥伦说了句什么，可我没听明白。

邓肯停在门口，我直接用心语命令他跟上去，确保奥伦和萨拉真的离开。

大家都望着我，看我有什么反应。我想长长地舒一口气，来缓解我紧张的情绪，可我不能。我既不能让他们知道我有多慌乱，又不能让他们知道我有多害怕——害怕奥伦会杀了我们，而我却对此无能为力。

“发生了这个小插曲，我很抱歉。”我嗓音出奇地平静，我用最温婉大方的微笑面对每一位宾客。“不过这一切已经过去了，我想我们还有一场婚礼要继续，”我转身望着托弗，微笑道，“假如你仍旧想娶我的话。”

“当然。”他对我回以笑容。

他向我伸出手，我接住了。当我们重新回到通往圣坛的绿色地毯上时，乐队又开始演奏《月光奏鸣曲》了。

“你是怎么稳住的？”托弗在踏上圣坛的台阶时悄悄问我。

“没什么，”我小声说道，“结婚看起来好像也没那么可怕了。”

我们站在了贝恩男爵面前，我回头扫了一眼——邓肯正站在门口，他用口型对我说“目标离开”。我感激地冲他笑笑，转过身继续面对男爵。

“那么，我们开始宣誓吧？”贝恩男爵问道，“公主殿下、男爵先生，请转身面对彼此。”

我转身面对着托弗，挤出一丝微笑，希望他不要听到我怦怦的心跳声。宣誓之后，我们交换了戒指。我发誓说一生都会把托弗当成我的丈夫，至死不渝。我们以轻轻的一吻结束了婚礼，宾客席爆发出阵阵掌声。

7 插曲

值得庆幸的是，在婚礼和宴会之间有一个短暂的间歇。工作人员要利用这个时间撤掉椅子，布置好餐桌和舞池。我不知道这会儿别的新娘都应该在哪儿，可是我从头到尾都与威拉一起待在最近的盥洗室里。

我把冷水扑在脸上，好让自己头脑更加清醒，不过这可把威拉气疯了。感觉稍好点之后，我用纸巾擦干了脸，威拉就马上开始疯狂地为我补妆。

我们及时离开了盥洗室。作为夫妻，我和托弗要以夫妻身份公开露面。我们步入大厅时，加勒特站了起来，向观众介绍我们——公主温迪·克罗纳和托弗亲王，宾客们又一次为我们鼓掌。

我不知道他们是怎么在这么短时间内做到这些的，我眼前的大厅实在是太美了，简直令人惊讶。如果我是一个梦想童话般婚礼的女孩，那么现在的这个大厅就能完全满足我的要求。婚礼时亮着的水晶吊灯现在已经关掉了，房间里到处闪烁着梦幻般的光线——烛光在餐桌上摇曳，整个大厅里都是百合花的香气。

在众人的注视下，我和托弗领跳了今天的开场舞，曲子是埃塔·詹姆斯的《终于》[①]，这是我让托弗选的，而他是埃塔·詹姆斯的忠实歌迷。我们跳得不错，这要归功于威拉让我们参加的难以计数的舞蹈课——目的就是让我们能跳得无可挑剔，虽然我们并没有真正做到舞步飞旋、翩翩若仙。

一曲结束后，乐队又开始演奏，这次是巴赫的曲子。如果整晚都能和托弗跳舞的话，我会非常高兴，不过这一曲终了之后，大家都集中到舞池里来了。我得和任何向我发出邀请的人跳舞。

加勒特首先和我共舞，托弗则要和奥萝拉一起跳。虽然我自己的母亲可能不能跟托弗跳舞，但她一直待在宴会上。我想她整晚都不会离开，不管此后她会多么劳累虚弱。由于奥伦刚才对她做了那样的评论，她就必须得证明她的身体还可以，尽管实际上她的身体确实很糟糕。

中间威拉还请我跳了一曲，令我非常舒心。她搞得我哈哈大笑，我的心情顿时好了不少。我一直这么煞有介事地端着肩膀、挺着身子跳舞，我知道，舞会结束时肩膀肯定会疼得发疯的。

一位男爵和我跳舞，当他领我旋转时，我无意间瞥到马特、

① “At Last”，美国作曲家麦克·戈登和哈里·沃伦于1941年创作的歌曲，埃塔·詹姆斯曾翻唱过此曲。

里斯、雷亚农和邓肯四人坐在后面的桌子旁。我突然想下去和他们待一会儿。可我一旦停下来，就必须一桌挨一桌地和到场的宾客应酬，这还不如跳舞呢。

我烦恼而惊讶地发现好多人在利用这个机会游说我，说他们想要通过某某法案，说他们想把自己的孩子安排到哪个家庭，要不就是抱怨税收。虽然实际上我生命中的一切已经取决于政治需要，但如果能让我假装这一切不是如此，痛痛快快地跳跳舞放松一下，该多好啊。

宰相也插进来跟我跳舞，我自然是严阵以待，尽量伸直手臂跟他保持距离，可他还是不停地把我往他怀里按。他的肚子实在太圆了，要极力远离他汗津津的身体确实有些困难。他那肥腻腻的手很可能在我婚纱的后背上留下了一大团汗渍。

“今晚您看起来非常非常美，公主。”宰相觍着脸说。他看我时饥渴的样子真让人厌烦、恶心，甚至让我毛骨悚然。

“谢谢。”我强迫自己笑笑，可对他笑出来也不是一件容易的事。

“即使到现在，我也真的很希望当初您能答应我的求婚。”他舔着嘴唇，而那上面早已经湿乎乎地布满了汗渍，“还记得吗？上次我们一起跳舞时，我提议您和我……”

“不好意思，”托弗出现在我身旁，“我想跟我妻子跳一段，如果您不介意的话。”

“好，当然。”宰相鞠躬让开了，但丝毫没有掩饰他那张肥脸上的激愤之情。

“谢谢。”托弗一边说一边牵起了我的手。

“以后别再跟他跳舞了，”托弗说，他听起来颇为恼怒，“求你了，尽量离他远点。”

“十分乐意，”我奇怪地看了他一眼，“怎么了？”

“太让人受不了了，那个男人。”他做了个鬼脸，回头朝宰相看了看，此时那个肥胖的人又往嘴里塞了一块婚礼蛋糕。“从没见过像他这样思想肮脏、无耻龌龊的人。他靠近你时，思想就更加淫邪，而且非常嚣张，他内心深处想对你做的那些恶心的事情……”托弗忍不住打了个寒战。

“什么？”我问道，“你是怎么知道的？你不是不能读取一个人的思想吗？”

“我确实不能，”托弗说，“只有当人们在忘乎所以地谋划一些事情时我才能听到，而他刚才显然是太兴奋了。更糟糕的是，我一整天都在移动东西，能力也因此弱了很多，几乎听不见其他人的声音，只有他的声音那么大，我可是听得清清楚楚。”

“他真的无耻到那个程度了吗？”我问，这时我都有点后悔今天让他碰了我，真恶心。

“他太可怕了，”托弗点头说，“一有机会，我们一定要让他出局，不能再让他继续当宰相了。如果有可能的话，甚至应该把他赶出弗瑞宁。我可不想让他待在我们的人民附近。”

“是的，毋庸置疑，”我表示同意，“我已经设计了一个方案来除掉他了。”

“太好了，”托弗冲我微笑道，“看，我们已经共同进退了。”

一阵窃窃私语从人群中传来，我抬头看看到底有什么值得大惊小怪的。然后我就看到了他——他正旁若无人地在餐桌间穿行，对大家惊愕的目光置之不理。

洛基冒险从扈从的住处下来了。因为他已经获得了我的特赦，所以没人看守他了，也就是说他可以到处走动。可我并没有邀请他来参加婚礼。

我和托弗依然在跳舞，不过我的眼睛一直没有离开洛基。他顺着舞池走到饮食区，一直看着我，就像一只野兽在追踪它的猎物。他取了一杯香槟，可即便在喝酒时他的眼睛也一直在盯着我。

另一位男爵走了过来，想跟我跳舞，可我一直没有注意，直到托弗把我交到别人手上时我才发现。我尽量把注意力集中到我的舞伴身上，但我总是摆脱不了怪怪的感觉，有些心不在焉，可能是因为洛基一直那样盯着我吧。

音乐一下子变成了现代风格，这八成是威拉偷偷塞给乐队的乐谱。她坚持说，如果从头到尾都是古典风格也太乏味了。

窃窃私语声慢慢平息下来，大家继续跳舞、聊天。洛基又喝了一大口香槟，然后放下杯子走进舞池。大家都尽量躲开他，不知道是出于尊敬还是畏惧。

他穿了一身黑，连衬衫都是黑的。我不知道他从哪儿弄来的衣服，不过他看起来倒像个温雅的绅士。

“能让我跟她跳一曲吗？”洛基对我的舞伴说，不过他的眼睛却一直看着我。

“呃，我不太确定。”我的舞伴有些手足无措，但我已经离开了他。

“没关系。”我说。

那位男爵犹豫不决地退了一步，洛基牵住了我的手。当他把手放到我后背上时，一阵颤抖顺着脊椎向我袭来，但我尽量掩盖住自己的紧张，把手搁到了他肩膀上。

“你知道的，我没邀请你。”我跟他说道，然而他只知道一边跳舞，一边坏笑。

“那你把我扔出去呀。”

“我可能真会这么做的。”我挑衅般地抬起手，可这却让他笑得更厉害了。

“如果这真的是公主您所希望的话。”他说，但他并没有走开，不知怎么着，我松了口气。

“你没听说婚礼的事吗？”我问道，希望他不要走开，“奥伦来祝福我了。”

“我听一个护卫说了，”洛基褐色的眼睛变得严肃起来，“他们说你为自己辩护，干得漂亮。”

“不管怎么说，我尽力了，”我耸耸肩，“他正在找你。”

“国王？”洛基问，我点了点头。“那你准备把我交给他吗？”

“我还没想好呢。”我戏弄他道，他又笑了起来，刚才那种严肃的表情荡然全无。“你是从哪儿搞来这身正装的？”

“是你那个可爱的朋友威拉给我的，信不信由你，”洛基道，“昨晚她给我带来一大堆衣服。我问她怎么这么慷慨，她说这是怕我赤身裸体地跑出去。”

“这倒确实像你干出来的事，”我微笑道，“可你为什么又穿了一身黑？你不知道你要参加的是婚礼吗？”

“正好相反，”他尽力做出悲伤难过的样子，“我这是为你的婚礼而感伤呢。”

“哦，因为一切已经太晚了吗？”我问道。

“不，温迪，永远都不会太晚的。”他声音听起来轻松，但眼神却严肃而郑重。

“打扰一下，可以请公主和我跳个舞吗？”男傧相问道。

“不，这会儿还不行。”洛基说。我其实已经松开了他，准备和男傧相跳舞了，洛基迅速把我搂了回去。

“洛基。”我双目圆睁。

“我还在和她跳着呢，”洛基扭头看着男傧相，“我跳完了你再和她跳吧。”

“洛基！”我又一次厉声呵斥他，不过他已然带着我转到了另一个地方。“你不能这么做。”

“可我刚才就是这么做的。”他咧嘴笑道，“哦，温迪，别那样一副激动的表情。我是从敌方势力中叛逃过来的亲王，这个形象已经够坏了，没有什么能更加败坏我的形象了。”

“但你绝对会败坏我的形象。”我指出问题所在。

“绝对不会的，”洛基说，这次轮到他看上去一脸激动了，“我只是要让他们看看舞应该是怎么跳的。”

他开始领我绕着舞池大弧度旋转，我的长裙也跟着画出优美的弧度。他是个出色的舞伴，我们既舞出了速度，又非常优雅，宾客们都驻足围观，可我并不在乎。在婚礼的当天，一位公主就是要舞出她的风采。

一曲终了，又换成了莫扎特的音乐。他也慢了下来，几乎不动了，但他一直把我揽在怀里。

“谢谢。”我微笑道。因为跳舞的原因，我皮肤发烫，而且微微有点气喘，“这支舞真是太美妙了。”

“客气客气，我还可以跳得更好呢，”他心无旁骛地看着我，“你真美。”

“别说了。”我脸红了，不敢再看他。

“你怎么能害羞呢？”洛基温文尔雅地笑了，“今天大家都会成百上千次地告诉你你到底有多美的。”

“这不是一回事。”我说。

“不是一回事？”他重复道，“为什么？因为你已经知道了，他们说这句话意思跟我说的不一样吗？”

那时我们停了下来，谁都没有说话。加勒特来到我身边，他微笑着，但从眼眸中能看出他好像并不高兴。

“我可以打断一下，邀请公主跳个舞吗？”加勒特问。

“好的，”洛基刚才十分紧张，可转眼间他又恢复了常态，灿烂地冲加勒特笑笑，“她是你的了，幸运的先生，可得照顾好她噢。”

他拍了拍加勒特的肩膀以示友好，然后又匆匆向我笑笑，转身朝饮食区的餐桌走去。

“他在骚扰你吗？”开始跳舞时加勒特问。

“呃，没有，”我摇摇头，“他只是……”我的声音低了下去，因为我也不知道他到底怎么了。

我望着洛基，他又喝光了一杯香槟，然后径直离开了大厅。

“你确定吗？”加勒特问道。

“是的，一切都很顺利，”我保证般地向他笑笑，“怎么了？我和他跳舞会惹什么麻烦吗？”

“我想不会的，”他说，“这是你的婚礼，你应该好好享受。当然，刚才那段舞要是和新郎一起跳的话就更好了，不过……”他耸了耸肩。

“埃洛拉没气得发疯吧？”我问道。

“埃洛拉已经没有力气跟任何人发脾气了，”加勒特有点难过地说，“别为她担心。你已经有够多事情要操心了。”

“谢谢。”我说。

我朝舞池四周看去。威拉又在跟托弗跳舞，她和我对视时的表情好像是在问我：“你搞什么鬼呢？”我想她是指我和洛基跳舞这件事，但托弗看起来并不烦乱。我想至少这是个安慰。

8 翌日清晨

虽然我穿着一件至少二十磅重的婚礼长袍，可我还是感觉自己一生当中从未穿得如此之少。

我站在自己新房卧室的婚床床尾旁边。这儿原来是埃洛拉的房间，她把这间很大的屋子分成好多隔断，但现在已经归我所有了——当然，是与我丈夫共同分享。托弗站在我旁边，我们两人都直勾勾地盯着床发呆。

宴会接近尾声时，托弗的父母、我母亲、威拉、加勒特、其他的一些高级官员——包括那位让人恶心的宰相，他们带我们来到这个房间，一边开怀大笑，一边说这将是多么让人着迷的一夜，然后关上了我们身后的门。

“在新婚之夜，当一位王子或者国王成亲时，他们往往会把四柱床的床帘拉上，”托弗说，“然后家人和宰相就围坐在四周，整整一晚。这样他们就可以确定这一对新人确实做了该做的事。”

“真烦人，”我说，“这到底是为什么呢？”

“为了保证他们确实会繁衍后代，”他耸耸肩道，“这是他们撮合婚姻的唯一动因。”

“那么我应该感到庆幸，至少他们没有对我们这么做。”

“你觉得他们会在门外偷听吗？”

“真希望他们不会，真的。”

我们就这么一直瞪着床，不看彼此。我觉得我们俩都不知道该怎么办才好。我想多等等，直到我能确定门外的人等得失去耐心，然后离开。不过再往后，我就完全不知道该怎么度过这一夜了。

我和托弗绝不可能过正常的夫妻生活，但从某种程度来说，我又的确希望我们能在新婚之夜圆房，反正我们早晚得这么做——大家寄希望于我们能生育后代，继承王位。与此相比，我们俩是否彼此吸引、心心相印也就无所谓了。甚至就托弗而言，他是否对异性感兴趣都根本不是大家关注的事。

“这身裙子实在太重了。”我终于说话了。

“是的，看起来不轻。”托弗扫了一眼我的裙子。层层叠叠的裙摆都被固定在我身上，不能拖地，确保我能在舞会上翩翩起舞。“我觉得光你裙子的拖尾就差不多要有十磅重。”

“至少十磅重，”我同意道，“所以……我想把它脱下来。”

“啊，好的，”他犹豫道，“那就还是脱下来吧。”

“嗯……你得帮帮我，”我向他示意我的后背，“好像有上千个纽扣和按扣要解，可我又够不着。”

“啊，好的，当然，”托弗摇了摇头，“我早应该注意到的。”

我转过身背对着他，耐心地等他解开这些纽扣和按扣。想想就觉得可笑，不过就是脱一件裙子罢了，可他却至少花了十五分钟。而且整个过程中，我们都没有说话。

“好了，”他说，“一切搞定。”

“谢谢，”我转过身来，为了不让裙子滑下来，我从正面撑住衣服，“我，呃……我应该换上睡衣吗？”

“哦，”他双手在裤子上蹭了蹭，“嗯，如果你想的话。”

“那你换不换？”我问道。

“我……嗯，换。”他咂了一下嘴，然后低下头说，“我们不是必须得，嗯，你知道的，我是说做爱。当然，如果你想的话，那我们就……但我们并不是一定要做的。”

“哦。”我说。除此之外，我实在不知道还能说什么。

“你想做吗？”托弗看着我问道。

“呃……不太想，不，”我承认道，“不过也许我们可以试着接接吻。”

“哦，不用，那就算了吧。”他挠挠后脑勺，朝房间四周看看，“我们可以慢慢来，今晚只不过是第一夜。我们有一辈子的时间去……嗯……弄明白怎么跟另一个人一起睡觉。”

“是呀，”我紧张地笑笑，“那，我就去换睡衣了？”

“好，我也会换上的。”

我一边提着裙子，一边进了衣帽间，才发现了这个问题——这儿没有我的衣服，连埃洛拉的衣服也没有，衣橱是空的。

“你那儿有衣服吗？”托弗在卧室里问道，“我这里的衣橱是空的。”

“噢，真见鬼，他们肯定是故意的。”我叹了口气走了出来。

“他们不给我们衣服是因为……”他声音低了下来，尴尬地笑笑。

“这样我就没有能穿着睡的了。”

“你可以穿我的T恤。”托弗想到了一个主意。他解开自己西装衬衫上面的几颗纽扣，把它脱了下来，露出了他身上的一件纯白T恤。“你要吗？”

“要，谢谢。”我说。

他把自己的T恤脱掉，递给了我。我转身背对着他，脱下礼服，穿上了这件T恤。摆脱沉重的礼服真是太舒服了，一切好像都变得轻松了。

我换完衣服时，托弗正在脱裤子，这样他就只穿着平角内裤了。我走到床铺属于我的那一边，在床沿上坐了下来，开始摘掉我今天戴的首饰——那枚镶着巨大钻石的婚戒除外。

我爬上床，钻到一大堆被褥里面。床十分宽大，即使托弗爬上来，我们之间还是可以有不小的距离。等他安顿好，我俯下身关上了我的床头灯，整间屋子沉入了黑暗。

“没关系吗？”托弗问道。

“什么？”

“我不爱你，这也没关系吗？”

“呃……嗯，”我小心翼翼地说，“我想没关系。”

“我不太确定是不是应该告诉你，我不想伤害你，但我觉得你应该知道。”他动了动，我这边能感觉到有隐隐约约的晃动。

“不，没事的，我很高兴你能告诉我。”我顿了顿，“我也不爱你。”

“这也没关系吗？”

“我想是的。”

“这是个不错的婚礼，”托弗有点随意地说，“如果没有你父亲的话就堪称完美了。”

“嗯，是挺不错的。”我同意道，“威拉和奥萝拉做得很好。”

“确实如此。”

今天一天令人精疲力竭，而且我昨晚也没睡多少，所以今晚一沾枕头，睡意就汹涌袭来。在自己的新婚之夜，我很快睡着了，仍旧是个处女。

房门啪地被打开，我惊醒了，差点从床上跳起来。托弗在我身边呻吟着，因为我每次惊醒时都会用意念力猛击他人——前提是那个人能感知到意念力，而这恰恰对托弗有巨大的伤害。我几乎把这茬事给忘了，因为上次发生这种事已经是几个月之前了。

“早安，早安，早安啊，一对可爱的新人。”洛基一边轻松愉快地大声喊着，一边推着一张桌子走了进来，桌子上放着银色的碟盖。

“你在干什么呢？”我斜眼瞅着他。这时他已经猛地拉开了窗帘，屋里一下子亮了。可我累得要死，而且困意十足，于是胸中升起一股怒火。

“我想你们一对小情人应该要吃早饭了，”洛基说道，“所以我让厨子迅速地给你们做了点美味。”他把桌子安置在会客区，然后看着我们说道：“不过，作为新婚夫妇你们俩应该相拥而眠啊，而现在你们却隔着十万八千里，离得太远了吧。”

“噢，上帝呀。”我呻吟着用被子蒙住头。

“你知道吗，我觉得你就是个探子。”托弗一边下床一边说，“但我现在正饿着，所以，我愿意装作这件事根本没有发生，但下不为例。”

“一个探子？”洛基装作被冒犯了的样子，“我只是担心你们的健康罢了。如果你们的身体没有习惯额外的运动，比如一夜激情燃烧般地做爱，那就得及时补充蛋白质和碳水化合物，要不你们会虚脱的。我这是为你们着想。”

“是的，我们都相信你是为‘这个’而来的。”托弗讽刺地说着，给自己拿了一杯橙汁，这是洛基刚刚倒上的。

“你怎么样，公主？”洛基一边倒满另一杯橙汁，一边抬眼看着我。

“我不饿。”我叹了口气，坐了起来。

“哦，真的吗？”洛基扬了扬一边的眉毛，“是不是因为昨天晚上……”

“昨天晚上无论怎样都跟你没什么关系。”我打断他道。

我站起来，一摇一晃地去拿埃洛拉的缎子长袍，它被搁在了床边的一把椅子上。我的脚和脚踝疼得厉害，昨天跳舞时间太长了。

“别在我面前遮遮掩掩的啦，”我穿睡袍时洛基说，“你没啥我没见过的了。”

“噢，有的是你没见过的呢。”我穿上了睡袍。

“你应该多结几次婚，”洛基戏弄道，“这样你的脾气就会更加火爆了。”

我翻了翻白眼，朝餐桌走去。洛基已经把饭摆好了，甚至还在正中央放了只花瓶，里面有朵鲜花。他打开碟盖，一桌丰盛的早餐呈现在我们面前。我坐在托弗对面，然后才发现洛基竟然也为自己拿了一把椅子。

“你这是干什么？”我问道。

“你想，我这么费事给你们准备了早餐，所以我应该也可以一起分享吧。”洛基坐了下来，递给我一个装着橙色液体的容器，“我亲手调的含羞草鸡尾酒①。”

“谢谢。”我说，然后我和托弗交换了个眼色，看他是否介意洛基待在这里。

“他就是个侦探，整天喜欢窥探他人的秘密，”托弗嘴里装着满满的食物，耸耸肩说，“但我不介意。”

老实说，我们两个人都想让洛基留下。他就像我们之间的调和剂，这样我们就不用非得在早餐时斟酌说什么好了。

“那么，你们昨晚是怎么睡的？”洛基问道。

卧室里忽然响起一阵急促的敲门声，我还没应声门就被打开了。芬恩大步流星走了进来，我的心猛地一沉。他是我最不想见到的人，我甚至以为他不会再出现在我面前了。那晚之后我以为他就离开了；婚礼上没再见到他，更坚定了我的想法。

“公主，我很抱歉——”芬恩一边匆匆地走进来一边说，看

① 用香槟与橙汁调成的鸡尾酒。

见洛基时他突然停住了。

“芬恩?”我吃惊地问道。

“你在这里干什么?”芬恩指着洛基,看上去很惊讶。

“我在喝饮料,”洛基向后靠在椅背上,“你在这里干什么?”

“他在这里干什么?”芬恩扭头看着我。

“别管他,”我不在意地说,“怎么了?”

“你看,芬恩,我问你时你就该回答我嘛。”洛基一边喝饮料一边说。

“嘿,你们俩一定……”邓肯一边说着一边走了进来。很明显,因为芬恩没关门,邓肯觉得他可以直接进来。

“很好,每个人都能随便进来,就好像我不是什么公主,而这里也不是我的私人房间一样。”我抱怨道。

邓肯看到这古怪的一幕,马上停住了脚步,又看看洛基。“等等,他怎么在这里?昨晚他没跟你们一起过夜吧?”

“温迪正热衷于某些你不能理解的变态的事。”洛基对他眨眨眼睛道。

“你到底为什么在这里?”芬恩并不放弃,他双眼中闪着寒光。

“请问,你们谁能告诉我这他妈的到底是怎么一回事?”托弗非常恼火。

“我可以告诉你,不过这可是个私人会谈。”芬恩一直盯着洛基,双眼冷若冰霜,而洛基看起来一点都不脸红。

“说吧,芬恩,我跟这小两口之间没什么秘密。”洛基朝我和托弗挥挥手,咧嘴笑道。

“私人谈话的意思是不是说托弗、洛基、邓肯都应该离开?”我小心翼翼地问道。我不知道芬恩这次来是不是为了我,如果是,我也不清楚自己是不是应该给他点时间和我独处。

“不,”芬恩摇摇头,“这是国事,但我不信任施塔特男爵。”

“我拥有特赦,你知道的,”洛基朝前靠了靠,听起来很生气,“这意味着她信任我,我是特雷奥社会已经接受的成员。”

“没人会接受你,”芬恩冷酷地说,“而且我心中一直怀疑……”

“快说正事吧!”我打断了他,“我很累,过了一个超级漫长的周末。如果有什么事情需要我知道的话,你应该快点告诉我。”

“抱歉,”芬恩垂下眼帘,“今天早上我和我父亲整理安全简报,很明显,威卓已经开始攻击奥斯林纳了,而且手段十分残忍。”

“奥斯林纳?”我问道,“我明天早上跟他们的首领男爵有个会谈。”

“无法会谈了,”芬恩静静地说,“他已经死了。”

“他们杀了他?”我倒吸一口气,听见托弗在低声地咒骂,“这是什么时候的事?还有多少人被杀了?”

“我们还不太确定具体的损失情况,”芬恩说,“突袭发生在半夜,我们还在调查。但是到目前为止,伤亡总数已经很高了,并且依然在增长。”

“哦,上帝呀!”我用手捂住嘴,难受得简直想吐出来,甚至想哭。

我在跳舞时又有很多人被屠杀了，这些都是我们的人民，我曾发誓要保护他们的。这可能就是我父亲做的，就在他离开我的婚礼现场之后。去奥斯林纳要开车十小时，不过他是有可能赶到那里的。他杀了他们也许只是因为生我的气。

也许并不是这样，这可能是他一直以来的计划。他先是同意与弗瑞宁保持和平，然后开始跟踪我们的奇翎，现在他又开始袭击别的特雷奥聚居地了。这可能是他引发全面战争的第一步。

我冷静下来，暂且放下所有的情感，因为这些只会成为障碍。如果我想要帮助奥斯林纳剩下的人，我就必须让头脑保持冷静。

“我们得做点什么。”我一时有些麻木。

“我父亲正在安排一个防务会议。”芬恩说。

“他是因为这个才没来找我，是吗？”我问道。芬恩的父亲托马斯是侍卫领袖，这类问题通常都是他向我汇报的。

“不是，”芬恩充满歉意地看了我一眼，“他不想向你汇报。他觉得我们应该等等，等得到更多情报后再告诉你，因为你刚刚结婚。”

“可我还是公主！”我站了起来，“这些都是我的责任，我的责任不会因为一场愚蠢的聚会而中断。”

“所以我来找你了。”芬恩说，但他却不看我，而我也觉得这不是他今天早上来找我的唯一目的。

“你来这儿也是为了此事？”我问邓肯道。

“是的，”他点点头，“我在楼下拿早餐，听两个人说起了奥斯林纳遭袭的事，我想你应该知道这件事。”

“谢谢，”我用手捂着胃，试着平复肚子里的不适，我必须冷静，“通知召开防务会议，我们需要尽快有所行动。”

“当然。”芬恩点头道。

“邓肯，你能跑去把威拉找来吗？”我问道，然后用心语告诉他：她正在马特屋里。她最近在马特房间里的次数越来越多了。

“当然，好的。”邓肯快速向我鞠躬，准备马上去办。

“哦，还有一件事，你能去我的房间给我拿点衣服来吗？”我问，“他们昨天好像没把衣服搬过来。”

“很抱歉，”邓肯的脸红了起来，“这是威拉的主意，她觉得这样会……”

“没关系，”我不在意地说，“给我找点穿的就行，一定让威拉马上过来，我想让她出席这次会议。”

“好的，公主。”他跑出了房间，急匆匆地去完成任务了。可芬恩仍待在那里。

“怎么了？”我问道。

“他怎么办？”芬恩把视线转向洛基。

“什么他怎么办？”我问道，有些恼火。

“他是威卓人。”芬恩说。

“他不是……”我没再继续，转而扭头看着洛基，“你知道奥斯林纳遇袭吗？”

“不知道，当然不知道。”洛基说，而且他看起来确实对此事十分忧虑，这和他平时的趾高气扬、自鸣得意完全不同。他平常挂在嘴上的那种坏笑不见了，双眼看上去十分痛苦，脸色苍白。

“国王永远不会告诉我他的计划。”

“怎么样?”我又一次转向芬恩,“他什么都不知道。”

“公主。”他严厉地看了我一眼。

“我没时间在这里和你争论,芬恩,”我说,“你应该下楼去准备参加会议,保证在我到会之前没人做出什么愚蠢的举动。别让宰相决定任何事情。我会在十分钟内到达战情室,好吗?”

“是,公主。”芬恩看起来不太高兴,但还是点点头离开了。

“我也得去找点衣服,”托弗说着把自己的椅子推了回去,站起来把餐巾扔在吃了一半的盘子上,“你想好怎么处理这件事了吗,温迪?”

“还没有,”我摇摇头,“我还没有把整件事情完全搞明白。”

“我们会搞清楚的,”托弗走到我身边,温柔地拍拍我的胳膊,“到战情室再说吧。”

“好,”我点头道,“快点。”

我用手梳理一下头发,大脑快速运转着。一次袭击意味着肯定有人被杀害了,但这也意味着很多人受伤了,他们的家园也毁了。我们必须想办法帮帮这些幸存者,同时也必须搞清楚如何对付威卓。

“我可能应该让你自己把这件事好好想清楚。”洛基说着,站了起来。

“什么?”我转过头来看着他。我刚才忘了他还在这里了。

“发生了这样的事情,我非常难过,”洛基严肃地说,“你的人民不应该遭受这些灾难。”

“我知道。”我艰难地吞咽了一下。他转身欲走,我问道:“你会这样做吗?”

“什么?”洛基在门口停住。

“如果你还在威卓的话,”我直直地望着他,他就站在离我几英尺远的地方,金黄色的双眸看起来阴郁而悲伤,“你会袭击奥斯林纳吗?你会杀人吗?”

“不,”他说,“我一个人都没杀过。”

“但你和他们打过仗。”

“我从没追随国王跟他人厮杀过,”他摇摇头,“这也是我最后被关进地牢的原因。”

“我知道了,”我低头盯着地板,逐渐明白了一些事,“尽量不要让其他人看见你,他们都不信任你。”

“我会的。”

“洛基,”在他出门的那一瞬,我扭头看着他,让他看到我是认真的,“国王毁了你的生活,也会毁了我的一切,我们应该有共同的敌人。但是,如果我发现你知道这次袭击的任何事情,我会亲自把你带到国王面前的。”

“是,殿下。”他微微屈身鞠个躬,离开了我的房间。

9 反击

几分钟后邓肯跑了回来，我快速穿好衣服，尽量抚平我的头发，我可不想让自己在会上像个怪物。但我已经没有时间让自己看起来极其精明干练了。

我几乎是跑着下楼去大厅的，邓肯紧跟在我身后。我在楼梯口处正好碰见了威拉，她的裙子皱巴巴的，头发也很凌乱，很明显她也是匆忙而来。我一句话她就这么当回事，可见她对我的支持。我很高兴。

“邓肯说你想让我去参加这个会？”威拉一边下楼，一边有点困惑地问。

“是的，”我说，“我需要你开始参与政事。”

“温迪，你知道我并不擅长。”威拉说。

“我不知道你为什么要这样说，公共关系恰恰是你的特长；而且就算不是，这也是你的工作。你是我们最高贵的女爵之一，你应该帮着管理和塑造这个国家，而不是任由别人破坏它。”

“可我不知道怎么做。”她摇摇头。当我们下完最后一级台阶时，我停了下来，扭头看着她。

“你看，威拉，我需要你的支持，”我说，“我马上要走进这个屋子，里面的人全都觉得我是个白痴，也是他们的负担。而奥斯林纳的人正在遭受苦难，这都是我们的人民啊。我没有时间跟他们争论，不过他们喜欢你。我需要你来帮我，好吗？”

“当然，”威拉紧张地笑笑，“只要能帮到你，怎么做我都愿意。”

我们还没进屋，就已经听见人们的争论声了。声音太过嘈杂，我很难听明白他们到底在争吵什么，但大家都情绪激昂。

“我们需要冷静！”我、威拉和邓肯走进会议室时，芬恩正在向大家大喊，可没有人理他。他站在战情室的正前方，显得有些势单力薄。

托弗倚在办公桌前，看着这嘈杂的场面发呆。宰相满脸通红，让人恶心，他正在声嘶力竭地向可怜的贝恩男爵骂骂咧咧，唾沫到处飞溅。拉里斯女爵站在那里，朝加勒特尖叫，而加勒特还是尽量想保持脸色平静，不想也表现得像个泼妇一般。但我知道，加勒特扇她一巴掌的心都有。

“请注意！”我大声说道，可根本没人注意到我。

“我一直都想让大家冷静下来，”芬恩抱歉地看着我，“但他们实在是太激动了，他们认为弗瑞宁会是威卓的下一个攻击目标。”

“我明白了。”威拉说。

她爬到托弗身后的桌子上，因为今天穿了一条短裙，她显得格外小心。她把两根手指放进嘴里，大大地吹了一声口哨。声音很大，托弗不得不捂住了自己的耳朵。

“你们的公主就在这儿，她想跟你们谈谈，大家请注意。”威拉微笑着说。

邓肯走到桌子跟前，伸手扶威拉下来。威拉向他道了谢，整理好自己的裙子。我走上前，站在她与托弗之间。

“谢谢你，尊贵的女爵，”我对她说，然后转而看着会议室里激动的众人，“奥斯林纳遭袭的情况，你们谁最清楚？”

“我。”托马斯从奥萝拉·克罗纳身后向前跨了一步。

“把你知道的都告诉我。”我说道。

“我们已经都听过了，”拉里斯女爵抢在他开口之前说，“不需要再重来一遍，我们现在应该制订一个防御袭击的计划。”

“很抱歉，可在我搞清楚整个事件之前，没人能制订什么计划，”我说，“所以必须让托马斯告诉我一切，这样我们才能更有效率。”

拉里斯一边低声抱怨，一边扭过头去，似乎非常不屑，但她还是没敢再说什么。大家终于陆续安静下来，我转身向托马斯点点头，示意他继续说。

“昨天夜里，威卓袭击了奥斯林纳，”托马斯说，“那里是特雷奥人在北密歇根州一个较大的聚居地。具体时间有好几个说法，但我们认为应该是在晚上十点半左右。”

“可以肯定是威卓所为吗？”我问道。

“是的，”托马斯说，“他们的国王奥伦并不在现场，但攻击者代表他向我们传递了一个信息。”

“什么信息?”我追着问道。

“‘这仅仅是个开始。’”托马斯说道。

房间里顿时炸开了锅,我抬手示意大家安静。

“你知道有多少威卓士兵参战吗?”我问。

“具体数字不详,”托马斯摇摇头,“他们在战争中动用了小妖精,而在以前对特雷奥的进攻中,他们很少让小妖精参与。所以我猜测实际参加袭击的威卓数量并不多。”

“噢,那些丑陋的小东西。”拉里斯提到小妖精时轻蔑地说,不少人跟着笑了起来。

“也就是说这次威卓军队主要是由小妖精组成?”托弗有点拿不准,“那他们还有什么威胁?他们又小又弱。”

“也许他们很小,但他们也是威卓,”托马斯说,“他们体格强悍、力大无穷,当然思维似乎有些迟缓。相对于大部分精灵来说,他们几乎对特雷奥人的超能力毫无招架之力,不过现在在奥斯林纳已经没有多少人还拥有超能力了。”

“那么正是这些小妖精给奥斯林纳带来了真正的伤害?”我问道。

“是的,”托马斯说,“整个城镇完全毁了。现在还没有确切的死亡人数,但我们推测至少有两千人,而奥斯林纳一共也就三千多人。”

后排有人倒吸了一口冷气,连威拉也不免唏嘘,但我依然面无表情。此时表露同情会让大家认为我太过柔弱。

“现在知道威卓军队的伤亡情况吗?”我问道。

“不太清楚，但数字应该不会太大，”托马斯说，“可能差不多一百人吧，或者再多点。”

“也就是说他们杀了我们上千人，而伤亡却只有百八十人？”我问道，“这怎么可能？怎么会这样呢？”

“那时我们的人都在睡觉，或者准备睡觉，”托马斯说，“这是一次突袭，而且发生在半夜。他们也可能低估了小妖精的实力，在这次袭击之前我们根本不知道小妖精竟然如此强悍。”

“那我们现在说的‘强悍’到底是多强呢？”我问，“比我还强？比芬恩还强？到底有多强？”

“他们的力气大到可以拔起一栋房子的地基。”托马斯说，屋里更是炸开了锅，大家都极其不安。

“安静！”我一声怒喝，但与会者好久才逐渐安静下来。

“下一个就轮到我们了，”拉里斯站起来说，“你刚才没听到威卓国王的威胁吗？他们马上就要来对付我们了，而我们毫无招架之功，根本抵抗不住。”

“那也没有必要这样歇斯底里，”我摇摇头，“我们拥有世界上最强大的特雷奥人，他们是地球上最强的生物。拉里斯女爵，你可以制造火；托弗和我可以移动任何东西；威拉可以掌控风的动向。我们有足够的能力来保卫自己。”

“可那些没有超能力的人呢？”宰相说道，“在那些怪物面前我们不堪一击，他们会把我们的家都扔出去的！”

“我们并不是毫无防卫能力。”我看了芬恩一眼。

“我们应该把追踪者召集回来，”芬恩理解了我的意图，“我们需要有卫士来保卫家园。”

不管我有多么不愿意这么做，我们都必须如此。这会让我们的奇翎暴露，失去保护，而且他们还只是孩子。我不知道威卓抓到他们后会怎么处置，但我们实在是别无选择了。整个国家风雨飘摇，也就无力庇护这些在外的孩子们了。

“执行吧。”我说，芬恩点点头。“他们回来之前，我们得想想如何救助并安置奥斯林纳的人民。”

“我们为什么还要管奥斯林纳的事？”拉里斯迷惑地看着我。

“他们刚刚遇袭，”我好像在回答一个孩子的问题，“我们得帮助他们。”

“帮助他们？”宰相道，“我们连自己都帮助不了。”

“我们没有足够的资源。”奥萝拉也表示同意。

“可跟其他聚居地相比，我们的资源还是更丰富一些，”托弗说道，“你怎么能这么说呢？”

“我们得集中精力保护自己，”拉里斯说，“我一直都在这么说，我们都知道这一天早晚会来。自从这个该死的公主出生后——”她朝我努努嘴。

“女爵，你要自重！”威拉打断她，“她是你的公主，想清楚你在跟谁说话！”

“我怎么会忘记我在跟谁说话？”拉里斯道，“她就是那个会让我们所有人都付出生命代价的人！”

“够了！”在有人附和她之前，我举起双手制止了大家，“这就是我们马上要做的：首先，托马斯去召回所有的追踪者。他们回来后，我们可以组建一支军队自保，但同时也要保卫其他聚居地。

“其次，我们应该派人赶往奥斯林纳，确定伤亡情况，救治伤员、安置难民、清扫战场，并更多地了解威卓的情况，以避免他们再次突袭。

“最后，你们都要学会运用自己的超能力。我们是很强大的，我决不会浪费一兵一卒去保护在座的诸位，因为大家都有能力自保。”

“你可别指望我们去战场卖命！”拉里斯吃惊不小。

“我没让你去，不过如果你们愿意去的话我非常欢迎。”我说道。

“这简直太卑鄙了，”奥萝拉说，“你不是真要让我们去打仗吧。”

“没错，我就是要让大家去打仗，”我说，“老实说，我根本不在乎你们怎么想。这已经是我们保护自己国家的唯一方法了。”

“你想让谁去奥斯林纳？”加勒特问道。

“真正有能力提供帮助的人，”我说，“所以我要去。”

“公主，对你来说离开弗瑞宁是不太明智的，”芬恩说，“我们和威卓国王签订的停战协定是他不会袭击这里的任何人，但对于弗瑞宁之外的人他没有提及。”

“你不应该外出，”威拉也同意道，“至少战时不行。”

“为什么不行？”拉里斯问道，“让她去吧，让她死在那里吧！这样我们就把所有棘手的问题都解决了。我并没有觉得她死在那里是理所应当，而是说她很应该去，去与那儿的人民共建家园。”

“拉里斯女爵，”托弗怒目圆睁，盯着她说，“如果你胆敢再次对公主说这样的话，我就要以叛国罪的罪名将你流放。在弗瑞宁之外，没有了特雷奥人的庇护，你可就真得好好想想怎么以自己的力量对抗威卓了。”

“叛国罪？”她瞪圆了眼，“我不承认，我怎么犯叛国罪了？”

“根据《叛国罪法案》第十二款规定，任何人只要密谋或设想国王、女王或其长子、长女等继承人死亡，都可以被判处为叛国罪。”托弗说，“而你刚才在众目睽睽之下说你希望公主死去。”

“我……”拉里斯想为自己辩护，接着又放弃了，只是低头盯着自己的手。

“那到底谁会去奥斯林纳呢？”奥萝拉问道。

“我希望能有自愿参加这支队伍的人，”我说，“既然我不能去，那我们就需要一位高级官员代表我去慰问伤员。实在不行，我就只能指定在座诸位参加了。”

“我去，”芬恩说，“我父亲可以在弗瑞宁把军队整顿好，而我可以带一队人去奥斯林纳。”

“我也去，”贝恩男爵也主动请缨，“我妹妹就住在那里，我应该帮助她。”

“还有吗？”我扫视大家，但其他人的目光空洞而呆滞，“这种情况下，如果有个医者肯定很有用。”

“克罗纳女爵怎么样？”奥萝拉根本不说话，威拉只好提议道。

“我是亲王的母亲，”奥萝拉惊骇万分，她下意识地双手护在胸前,“没有可能!”托弗严厉地看了她一眼。她发现连儿子都不帮自己，只好慌乱地随便找了个借口:“宰相去比我更合适，他有治愈伤口的能力!”

“但是我的能力没有您强大,” 宰相反唇相讥，力图自保，“我跟您根本没法比。”

“你可是被选出来的宰相,”奥萝拉说道,“既然人民选择了你,他们就应该得到你的救助。”

“你为什么不去呢,宰相?”托弗问道,“你可以做我的联络官。”

“我还有其他选择吗?”宰相十分沮丧,甚至都带了点哭腔。托弗目光如炬,宰相终于没敢再多说什么。

会议又持续了几分钟，威拉做了一场激情洋溢的演讲,告诉大家帮助同胞是多么地重要。好像有些人有所触动,但还是没人主动提出愿意远赴奥斯林纳;直到威拉指出,如果我们帮助了奥斯林纳的特雷奥人,那么他们将来也会反过来帮助我们抵御外敌,这才又有人举手报名。

最后,我们终于凑了一支十人的小队,说实话,这已经超过我的预期了。队伍将在两个小时后出发。散会后,托弗、威拉、邓肯和我留在了战情室里。

“我觉得一切还算顺利。”威拉向后倚着桌子。

“要是威卓又在其他地方下手了呢?”我问道,“那我们该怎么办?”

“我们无须再做更多了,”托弗说,“至少现在不用,但我们需要把追踪者叫回来。我敢肯定,这就是威卓国王的计划。他希望我们把所有的追踪者派出去保护奇翎，这样我们的本部就十分空虚了，威卓正好有机可乘。”

“可我那时还是得派追踪者外出执行保护任务，”我叹了口气，“威卓正在绑架奇翎，我绝不能让这样的事情发生。”

“那时你那么做是对的，”威拉说，“而现在召回追踪者来帮助奥斯林纳，你做得也没错。”

“还不够好，”我摇摇头，后退几步，“我还是应该亲自去，这会很有帮助。如果小妖精们把房子都毁了的话，他们应该需要我这样有能力移动断壁残垣的人。”

“公主，你现在是国家元首，”邓肯说，“你必须留在这里发布命令，让其他人去具体实施。”

“但不应该这样，”我反驳道，“如果我最强大，我就应该干最多的工作。”

“温迪，你现在正在工作呀，”威拉说，“他们想要抛弃奥斯林纳的特雷奥人，任其自生自灭。你需要留在这里，组织安排救援的力量，并且准备我们的防御工作。如果一切安全、没有再生枝节的话，过段时间你也可以去帮助他们清理废墟、重建家园，不是吗?这支队伍只是先期到达，做一番调查而已，这样我们就能知己知彼了。”

“我知道，”我挠了挠后颈，“我一直在想办法尽力避免不必要的流血事件，可不管我怎么努力，奥伦还是要带来战争。”

“但这不是你的错，”威拉说道，“他做什么不做什么，你可管不了。”

“任何人都无法选择自己的父母，”托弗说，“但至少今天我让拉里斯哑口无言了。”

“干得好!”威拉大笑道。

“干得确实不错。”邓肯同意道。

“谢谢你为我这么做,”我不由自主地笑笑,“你真的会流放她吗?”

“不知道,”托弗耸耸肩,“我只是受不了她骂骂咧咧的样子。”

“你现在要干吗?”威拉问道。

“现在?”我重重呼出一口气,意识到自己必须马上去做一件事,“我得把这件事告诉埃洛拉。”

救助

埃洛拉没有朝我发火，这让我大感意外。她已经开始信任我，放心地让我管理整个王国，我觉得压力很大，可我决不会让她失望。我尽可能地不征求他人的建议和意见。我必须了解怎样独立行事，多数情况下，她都会接受我的决定。

我们遭到袭击一事让她大为恼火，这正是我所担心的。她想下床亲自去找奥伦，但怒火已经耗尽了她的精力，她连坐起来的力气都没有。她已变得如此虚弱，我真的非常害怕。

我让加勒特照顾她，然后径直去找芬恩——我得在他离开之前找到他。我不确定自己对他领导这支队伍有什么感觉。我无权阻止他，这一点我很清楚。即使可以阻止，我甚至也不会跟他提这件事。

然而，奥斯林纳之行可能会非常危险。我不知道威卓部族的计划，甚至根本没料到他们会偷袭我们，所以我明显地低估了奥伦要摧毁我们的决心，或者更具体点，是摧毁我的决心。

虽然芬恩已有大半个月不在家了，但从道理上来讲，他依然住在宫殿里。他仅有的几样物品都在他那位于宫殿扈从区的房间里。去他房间时，我途经洛基的房间，看到房门紧锁，我非常满意。他已采纳了我的建议，保持低调，不再四处招摇。

芬恩卧室的门开着，他正在收拾随身携带的衣物。虽然不确定会去多久，但至少应该需要几天，具体情况要取决于奥斯林纳遭袭的恶劣程度。

“你这就收拾行李了吗？”我问道。我就站在他门外的大厅里，不敢再靠近一步。

“是啊。”芬恩回头瞥了我一眼，把一副拳击手套塞进粗呢布包，然后拉上了拉链，“应该是这样吧。”

“好吧，”我转动着手上的结婚戒指，“你确定你想这样做吗？”

“我并没有多少选择的余地。”芬恩拎起包，转身对着我，依然面无表情。他表现得如此淡然，让我心中渐生恨意，痛恨自己从来不知道他真正的想法和感受。

“你当然有选择，”我说，“我并没有强迫你去。”

“我知道。但是他们需要一位既有经验又精干的人同行。我父亲必须留在这儿，那么下一个合理的选择就是我。”

“我可以去，”我主动说道，“我也应该去，因为我能提供更多帮助。”

“不，我在会议上说过，”芬恩说，“这里更需要你。”

“除了等着你们回来，我在这儿什么都做不了。”这句话听起来有些刺耳，所以我垂下了眼帘。

“我们不会去太久的，”芬恩说，“我们可能会把幸存者带回弗瑞宁，他们在这儿能得到更好的照顾。”

“那么我得把宫殿收拾好，迎接外来的宾客了。”其实我并不喜欢这样，他外出执行任务，我就得在家确保把床铺好。“我应该跟你一起去。留在这里真是太荒唐了。”

“公主，这才是你应该待的地方，”他略显疲惫，“我得走了，我可不想让他们等我。”

“好吧，抱歉。”我挪到一边，以便让他过去。他的肩膀轻轻擦过我的身体，他甚至都没有注意到。我对他说：“小心点。”

“这么说好像你很在意似的。”他低声说道。

“我确实在意，”我反驳道，“我从来没说过我不在意，那不公平。”

他背对着我停下了脚步。“那天晚上，你的意愿已经得到了完美的体现。”

“你也是。” 我说， 他转身面对着我。“你做出了自己的选择。”我接着说。他一次又一次地选择了责任，如果他必须牺牲什么的话，那一定是牺牲我。

“我从来都没有选择的权利，温迪。”芬恩说，听起来非常恼火。

“你一直有选择的机会， 每个人都有， 而且你也做出了选择。”

“好吧，反正你也一样。”他最终说道。

“我是做出了选择。”我同意他的说法。

他盯着我看了好长时间，然后转身快步离开了。我不想让这成为他离开之前我跟他的最后一次谈话。我还是有点担心会发生什么事，但与此同时，我知道芬恩能够处理好一切。

奥斯林纳的幸存者要来弗瑞宁，我得把宫殿准备好，腾出房间。我从没觉得自己是个会居家生活的人，但威拉和马特很擅长这类事情。

我发现他俩都在马特的房间，威拉正试图在不让马特受惊的情况下向他解释奥斯林纳发生的一切。我们告诉马特一些事情时，通常都是用这种方法。我们并不想让他完全置身事外，但如果他确切了解我们所面临的事，可能真的会吓得中风的。

“威卓部族杀人了吗？”马特问道。他坐在床上，看着威拉拉直头发。我们或许碰上了麻烦，但这并不意味着大家就一定要人人自危、无心梳妆。“他们真的杀了像你一样的人？”

“是的，马特，”威拉站在全身镜前，用直板夹拉着头发，“他们是坏人。”

“他们之所以这样做，是因为他们要抓你吗？”马特扭头望着我。

“他们这样做是因为他们是坏人。”威拉替我答道。

“但洛基是他们中的一员，对吗？”马特问。

“不完全是。”我站在房间的一边，倚着墙，小心翼翼地说。

“可他曾经是。”马特说，“他以前绑架过你，你为什么总是和他在一起？”

“我没有。”

“你有，”马特坚持道，“记得婚礼上你跟他跳舞的样子吗？

那不是一个结了婚的女人应该有的行为，温迪。”

“昨天晚上我跟一百个男人跳舞了。”我双脚来回挪动着步子，眼睛向下盯着地板。

“别管她了，马特，”威拉说，“婚礼上她玩得很疯，但你不能因此责备她。”

“我并没有因为任何事情而责备她，我是在试着理解她。”他挠了挠后脑勺，说道，“顺便问一下，你丈夫呢？”

“他在下面，在出发之前对队伍做最后的动员，给他们指导和鼓励。”我说。

“你不想亲自去送行吗？”威拉稍微转了转身，看着我问。

“不想。”我回想起了与芬恩的谈话，摇了摇头，“没有必要，托弗会去做的。他现在是亲王，可以分担一些责任了。”

“等一下。”马特皱了皱眉头，“整个城镇的精灵刚被妖怪袭击，这难道不是天大的消息吗？人们怎么会不知道这件事？”

“奥斯林纳被山谷环绕，与外界隔绝，”威拉解释说，“其他所有特雷奥部族的城镇也都一样。我们都住在边缘地区，远离人类的视线，而且我们尽可能不与外界联系。”

“但是这么一场大型的战争，一定会有人听说的，”马特坚持道，“我们或许有些迟钝，但我相信人们是一定会注意到在自家后院发生的这场战争的。”

“有时候，人类会偶然碰上这些事，发现他们不该发现的东西，”威拉说，“这就是意念控心术存在的作用。如果有人确实看到或者听到奥斯林纳发生的事——由于与世隔绝，这种可能性很小——那么我们会用意念控心术让他们忘记这一切。”

马特摇摇头，似乎依然没有理解。“但这一切为什么要保密呢？为什么要费这么大劲掩盖呢？”

“回想一下你听说过的所有关于精灵的事吧，”威拉身体前倾，在镜子中检查着头发，然后转身继续道，“人类认为我们是可怕的小生灵。过去，他们发现我们时，把我们称为恶魔和巫婆。我们都会被锁起来，绑在火刑柱上烧死。虽然我们力量强大，可人类数量毕竟太多了，两者差距悬殊。如果他们找到我们，就会把我们消灭掉。所以我们得藏起来，精灵之间的战争必须秘密进行。”

停顿片刻之后，威拉换了个话题。

“你觉得难民们什么时候到这儿？”

她把直板夹放到附近的梳妆台上，我发现上面有不少的焦痕，这说明她经常在这儿洗漱打扮。她现在肯定很多时候都住在这儿。

“我不确定，”我说，“也许一天，也许两天，也可能是六天之后。但保险起见，我们应该先准备好房间。”

“好吧，我们当然可以帮你。”威拉说，“多余的毯子和清洁用品在哪儿？”

宫殿南翼的二层主要是仆人的房间和女王的寝室——现在已经是托弗和我的房间了。我不知道为什么女王和仆人住在一起，但反正比较正式的事务通常在南翼进行。

除了两个女佣、一个大厨和两个追踪者，几乎没人住在这儿，所以大多数房间都空着。这些房间已经很久没住过人了，充满了霉味，需要通一下风，但房间并不是很脏。

每个房间都有多余的床上用品，所以我们只需要用吸尘器打扫一下。我们去楼梯顶上的储物壁橱里翻找各类用品，邓肯也上来帮忙，此前他一直跟托弗忙着送队伍出征。

托弗正和托马斯一起召回所有的追踪者。这是一项漫长而费劲的工作，我想过帮他们，但还是觉得做体力活更好一点，这样感觉更像是真正在完成一件事。

邓肯帮忙把各类用品放到楼下的房间，我想争取洛基过来帮忙。我并不想看到他，但这样一来就没有人检查仆人的房间了。如果他在这儿的话，或许还能有点用处。

他同意了。打扫第一个房间时，我再次问他是否知道威卓部族的计划。他坚持说除了奥伦想要据我为己有之外，他什么也不知道，而他唯一的建议就是奥伦恼怒时，千万要躲得远远的。

我们分成两组，马特和威拉打扫一间房，邓肯、洛基和我打扫另一间房。

"你确定我不应该跟他们一起去吗？"邓肯问道。他已经把所有的脏床单都收起来扔到楼下的洗衣槽去了，而洛基则帮我把新铺到床上的毯子抚平。

"是的，邓肯，我需要你在这儿。"这是我第一百次这样跟他说了。对于不能与其他人一起去奥斯林纳，他感到很愧疚，但我就是拒绝放他走。

"好吧，"邓肯叹了口气，但似乎仍不以为然，"我得把这些抱下去洗，待会儿隔壁房间见。"

"好，谢谢。"我说。

他离开了房间。

“你需要他在这儿干什么？”洛基悄悄地问。

“嘘！”我把被单的一角掖好，狠狠盯了他一眼。

“你只是不想让他去，”洛基看穿了我的心思，得意地笑笑，“你在保护他。”

“我没有。”我说谎了。

“那就是你不信任他，不相信他在战场上会有上佳表现。”

“不，不是这样的。”我终于说出了真心话，拿起一块抹布和玻璃清洁剂，“拿着吸尘器。”

“但是你把那个叫弗朗德——就是说话吞吞吐吐的那个家伙送上了战场。”洛基说，我转了转眼睛。

“他叫芬恩，你明明知道他叫什么。”离开房间时我说。洛基拿起吸尘器跟在我后面。“你今天早上叫过他的名字了。”

“好吧，我确实知道他的名字。”洛基还是承认了。我们进入下一个房间，他放下吸尘器，我把满是灰尘的毯子从床上掀起来。“芬恩去奥斯林纳你无所谓，但换成邓肯就不行？”

“芬恩可以照顾好自己。”我没多说。床上用品全都堆在角落里，洛基过去帮我拿过来，我朝他淡淡一笑，说了声“谢谢”。

“但我知道你对芬恩情有独钟。”洛基继续说。

“可我对他的感觉并没有影响他的工作能力。”

我把脏毯子扔向洛基，他轻松地接住，将毯子放在门边，可能是为了方便邓肯送到洗衣槽去。

“不管怎样，反正我从未真正明白你和他之间的关系。”洛基说。我开始往床上铺新床单，他走到另一边帮我。“你们俩在约会吗？”

“没有，”我摇摇头，“我们从来没有约会过。我们之间什么都没有发生。”

我继续拽着床单，然而洛基停下来，看着我。“我不知道你的话是真是假，但我知道他对你不够好。”

“可你觉得你对我足够好，是吧？”我嘲讽地笑笑。

“不，我当然对你不够好。”洛基说。我抬头看着他，他这么说让我稍稍有些惊讶。“但至少我尽力尝试对你足够好了。”

“你认为芬恩没有这么做吗？”我站直身子问道。

“每次看到他在你身边，他总是告诉你做这做那，把你忙得团团转。”他摇了摇头，继续铺床，“我觉得他是想爱你的，但是他不能。他是不会允许自己爱你的，或者他无法爱你、无力爱你；而且——他永远也不会爱你。”

他的话一语中的，深深地刺痛了我，我没想到自己竟然会如此痛苦。我艰难地吞咽了一口。

“而你需要有人爱，这是显而易见的，”洛基继续说道，“你的爱全情投入，非常猛烈，但你也同样需要有人这样爱你。你需要他爱你超过爱责任、王权或是王国，甚至你需要他爱你比爱他自己还多。”

他抬起头，眼睛直视着我，非常严肃。我的心怦怦跳个不停，刚才的心痛好像忽然被新的、更温暖的东西取代了，这让我呼吸急促。

“可你错了，”我摇摇头，“我不值得别人那样爱我。”

“恰恰相反，温迪，”洛基真诚地笑了，这好像触动了我的心弦,“你值得一个男人给你所有的爱。”

我想放声大笑,或是羞愧地脸红,甚至想扭头看向别处,但我做不到。那一刻,我就呆在那儿,发现自己对他有了感情,而我从未对其他人有过这种感情。

“我不知道洗衣槽还能盛多少衣物。”邓肯回到这个房间,打破了这一刻的宁静。

我迅速把目光从洛基身上移开,拿起了真空吸尘器。

“尽你所能往下拿吧,先拿下去再说。”我对邓肯说。

“我试试。”他又抱起一堆床上用品送下楼去。

邓肯刚一走,我马上回头瞥了一眼洛基;但是看到他脸上的笑意,我敢说他之前的严肃已经一扫而光了——他一向如此,这就是他的风格。

“你知道,公主,除了铺床单,我们还可以关上门,上床滚一下床单。”洛基挑了挑眉毛,说道,“你觉得怎么样?”

我转了转眼睛,打开吸尘器,好让它的声音盖过我们的谈话声。

“你不置可否,那我就会认为你觉得待会儿我们也不妨一试。”洛基大声喊道,压过了吸尘器的隆隆声。

我们干了一下午的活儿,到最后简直都要累疯了。不知为何,这种感觉挺不错。因为这意味着我们今天做了一些事,虽然暂时还不能帮到奥斯林纳的任何一个人,但到时还是会对他们有所帮助的。

快吃晚饭时,我却一点都不饿,所以回了房间。我筋疲力尽,本应很快入睡,可就是睡不着。刚躺下不一会儿,托弗就进来了。我们没说什么话，他只是爬上床，我们俩就那样躺了很长时间，都没睡着。

邓肯猛地推门进来时，我不知道自己是否已经睡着了。他没有敲门，看到他那副样子，我差一点叫出声来。他穿着睡衣，头发也没梳，看上去一团糟，一副惊慌失措的样子。

“发生了什么事，邓肯？”我一边问一边坐了起来，把腿垂到床下准备站起身。

“是芬恩，”邓肯气喘吁吁地说，“他们在去奥斯林纳的路上遭到了伏击。”

11 战败

时至今日，我已经记不清自己是走过去的还是跑过去的。在前厅见到芬恩之前，我大脑中一片空白。有几个人已经聚在那里，托马斯也在其中，我推开他们径直走到芬恩跟前。

他坐在地上，我跪在了他身边。他还活着，可一见到他我还是忍不住小声哭了起来。他衣衫不整，太阳穴沾满了血迹，胳膊弯成一个奇怪的角度，过了一会儿我才意识到他胳膊断了。

“发生了什么？”我问道，用颤抖的手摸了摸他的脸，有点不敢相信眼前这个人就是芬恩。

“我们在毫无防备的情况下碰到了他们。”芬恩恍惚地盯着远处，眼睛湿润了。“我想他们那时正在回家的路上，而我们却恰恰迎头碰上了。我们认为能够击败他们，但对手太强大了，”他艰难地吞咽了一下，“他们杀死了宰相。”

“啊，真该死。”托弗说道，我转过身，发现他就站在我身后。

他正在照料同时从战场上回来的贝恩男爵，确保他一切安好。

“托弗，去把你母亲叫来。”我说。托弗立即点点头离开了，我转身问芬恩：“你还好吗？”

“我还活着。”他的话不多。

芬恩好像还没有摆脱战争的影响，所以我没再问他更多细节。最后，贝恩告诉我发生了什么。在去奥斯林纳的路上，他们恰好碰到威卓部族在野外露营。根据他的描述，对方很像是那种侏儒怪。这些小妖怪们点起篝火，围着火又唱又跳，并吹嘘着他们是如何击败奥斯林纳的。

宰相以为他们能够先发制人，想在森林里就把这些小妖精制伏。刚开始芬恩表示反对，但很快也就下了决心，因为要想在威卓部族伤害其他人之前阻止他们，特雷奥的部队就必须抓住这个机会。

队伍里之所以还能有人幸存下来，唯一原因就是他们实施了突袭。当然，付出生命的不止宰相一人，还有一位男爵被杀，有个追踪者伤势也很严重。

所有人都伤痕累累。奥萝拉来给他们疗伤时，贝恩一直在说还能有这么多人活着真是太棒了。奥萝拉治愈了芬恩的胳膊，但对她来说这已经到了极限。不管我说什么，她都不肯再在其他追踪者身上浪费自己的能力。

邓肯和我一起扶芬恩回房休息，托弗则留在了大厅。他想确保其他人都安全到家了，尽管他看起来其实尤其想确认贝恩是否一切安好。我们必须另外想法子帮助奥斯林纳了，但现在我们还无暇顾及这件事。

“我不需要卧床休息，” 邓肯和我扶着芬恩坐到床上时，他坚持道，“我很好。”我碰到了他的胳膊，他疼得往后一缩，我无奈地叹了口气。

“芬恩，你的情况并不好，”我说，“你需要休息。”

“不，我得想想怎样阻止那些可恶的小妖精，”芬恩说，“最终他们会追到这儿来的，我们得想办法打败他们。”

“我们会想到办法的，”虽然我并不确定，可我还是这么说，“但现在我们什么也别做。你先睡一会儿，等明天早上再说。”

“温迪，”他抬头看着我，眼神异常暴躁，“你没见过他们，不知道他们是什么样。”

“是，我的确不知道，”我承认道，他说话的语气让我感觉非常难受，“但你明天可以告诉我啊。”

“至少让我跟洛基聊聊行吗？”芬恩几乎绝望地说。

“洛基？”我问，“你为什么想跟他说话？”

“他一定知道怎样处理这些怪物，”芬恩说，“要打败他们肯定有什么诀窍，如果说有人知道这个秘诀的话，那他应该就是威卓的男爵了。”

“他很可能在睡觉——”

“那就叫醒他，温迪！”芬恩大喊道，我吓得后退了一步。“大家已经到了死亡的边缘！”

我转着手上的戒指，心软了。“好吧。如果你答应卧床休息，我就让洛基跟你谈话。但谈话结束之后，你必须一直卧床休息，直到明天早上。明白了吗？”

“好吧。”芬恩说。我觉得只要能让洛基来见他，他什么事都会答应。

“邓肯？”我回头朝他喊道，他当时正等在门口，“你能把洛基找来吗？告诉他我找他。”

邓肯留我跟芬恩单独在一起。我示意芬恩躺下。他叹了口气，还是照我说的做了。我坐在他身边，他盯着天花板，似乎很生气。他的衬衫被撕破了，而且沾满血迹，我试着伸手摸了摸他手臂上的伤口。

“别碰。”他坚定地说。

“抱歉，”我放下手，“对发生的这一切我感到很抱歉，我本应该跟你一起去的。”

“别傻了。如果你跟我一起去，唯一的结果就是会被杀死。”

“我比你更强大，芬恩。”

“我不跟你斗嘴，”他眼睛仍然直直地盯着天花板，“你甚至不必待在这儿，我很好，可以单独跟洛基交谈。”

“不，我不会让你跟他单独在一起，”我摇摇头，“至少在你还很虚弱时不行。”

“你觉得他会伤害我吗？”芬恩问。

“不，但是我不想让你激动。”

芬恩轻蔑地一笑。芬恩和我之间的关系变得如此紧张，我十分恼火，但又不知道该怎么修复，我甚至不确定能否修复。我们就那样沉默地坐在那里等着，一直等到邓肯带着洛基回来。

“我根本没想到公主会在半夜召唤我。”洛基站在芬恩房间的门前叹了口气。他浅色的头发都直直地立着，脸上还有睡觉时压出的红色印痕。

“谢谢你起床来见我，”我说，“邓肯告诉你发生什么事了吗？”

“当然没有。”洛基说。

“派去帮助奥斯林纳的队伍被小妖精打得七零八落，”我说，“还有人被杀了。”

“你应该庆幸，不是所有人都被杀了。”洛基说。

“就在今晚，很多善良的人牺牲了！”芬恩咆哮着想从床上坐起来，但我把手放在他胸膛上，将他按回到了床上。“他们去战斗是为了保护这儿的人！为了保护公主！我还以为你会在乎呢！”

“你们仅仅失去了几条生命，那还算不上是迎头痛击，”洛基努力让自己的话听上去有些歉意，但其实他也被激怒了，“小妖精是很难制伏的，我听说了奥斯林纳的损害程度。你们营救队里还能有人活下来——说实话，这还是让我挺吃惊的。”

“我们以雷霆手段对他们进行打击，让他们措手不及。”芬恩终于安然躺回到了床上。

“那确实有用，”洛基说，“妖精虽然强壮，但他们很愚蠢。”

“我们怎么打败他们？”芬恩问。

“说实话，我不知道。我从来没试过。”

“你一定知道怎么打败他们，”芬恩坚持说，“一定有办法的。”

“或许有，”洛基承认道，“但我甚至从未与他们并肩作战过。国王通常不让小妖精外出，他担心人类见到他们就能顺藤摸瓜发现我们。”

“那为什么现在又放他们出来了？”芬恩问。

“你知道原因。”洛基叹了口气，坐到芬恩房间角落的一把椅子上，“国王已经盯上了温迪。为了得到她，他会不计一切代价的。”

“我们怎样才能阻止他呢？”芬恩看着他问。

洛基若有所思地盯着地板，咬咬嘴唇，然后伤心地摇摇头。“我不知道。”

“万一我们不能阻止他怎么办？”我问。

“我们会找到办法的。”芬恩安慰我，但他却不肯看着我说这句话。

“小妖精很迟钝，”洛基马上补充说，“他们在超能力面前毫无办法，你的超能力用在他们身上会有两倍于用在人类身上的效果。”

“你说的是什么意思？”芬恩问。

“就像意念控心术或温迪的其他能力，”洛基向我做了一个手势，“在他们身上都起作用。”他又朝我打了一个响指。“这就是我在威卓宫殿负责看守她的原因：她能说服小妖精为她做任何事。”

“所以说男爵和女爵都能打败小妖精？”芬恩问，“而我不行，是吗？”

洛基摇摇头说：“肉搏战的话应该不行，至少我觉得不行。”

“我们不会让任何一个男爵或女爵参与战斗的，”我说，“尤其是今晚一位男爵和宰相同时被杀的情况下不行，他们会非常害怕。”

“我们可以说服他们，”芬恩说，“如果那是我们阻挠威卓部族的唯一方法，那他们就必须去。”

“这不是唯一的办法。”我说，但洛基和芬恩都根本不理我。

“你们的人被宠坏了，”洛基说，“他们什么事也不做，而你们却没有任何办法。”

“我们被宠坏了？”芬恩嘲笑地说，“假如这句话不是一个从小娇生惯养、乳臭未干的小鬼说的，那这句话可能还真有些道理呢。”

“我不知道你为什么总是觉得我的话那么刺耳，”洛基坐直了身子，“我见过那些人是怎样对待温迪的，她是他们的公主。他们太嚣张了。”

“他们还不了解她，”芬恩说，“那需要一些时间，而她花费那么多时间与威卓的囚犯在一起并不能解决这个问题。”

“我不是犯人，”洛基看上去有些反感，“我是自己来的。”

“可我对此并不理解。”芬恩怀疑地摇摇头。

“芬恩，他请求赦免，而且我批准了。”我说。

“但你的动机着实让我困惑，”芬恩对我说，“我们正与威卓部族交战，而你却毫无根据地把他留在这儿。”

“她想把我留在身边，就让你如此恼火，是吗？”洛基反问道。芬恩怒视着他，空气有些紧张。

“我不——”我中断了要说的话，摇了摇头，“洛基为什么在这儿并不重要，但现在他已经在这儿，而且值得信任，我向你保证这一点。再说，他对威卓部族相当了解，这是非常重要的。”

“我会把知道的都告诉你，但不知能帮上多少忙，温迪，”洛基说，"如果你想了解政策和程序方面的信息，我能帮上忙。但是如果我知道怎么阻止国王的话，我自己早就去做了。"

"为什么？"芬恩问，"你为什么要阻止国王？"

"他是个王八蛋，"洛基垂下头，扯着自己的衣角，"一个十足的王八蛋。"

"难道他不是一直如此吗？"芬恩问，"你为什么现在才发现？你为什么会待在这里？还有其他精灵部族以及数百个城市没有与你的国王交战啊？"

"但是只有特雷奥部族有温迪。"洛基脸上重新浮现笑容，但眼睛里依然满是悲伤，"我怎么能忽视这一点？"

"你知道她已经结婚了，"芬恩说，"所以你似乎不该再对她眉来眼去地调情了。再说，她对你也不感兴趣。"

"她对谁感兴趣得由她自己说了算，"洛基提高声调说，"再说，你也没有完全按照自己的职责行事。"

"我是她的追踪者。"芬恩坐了起来，但这一次我没有阻止他。他的眼睛里满是怒火。"保护她是我的工作。"

"不，邓肯才是她的追踪者。"洛基指指站在门口的邓肯——他正瞪大了眼睛看着两人之间的交锋。"你们俩联起手来也不如温迪强大。你不是在保护她，而是在保护你自己，因为你是害了相思病的前男友。"

"你以为自己明白一切，其实你什么都不知道，"芬恩大声说，"如果是我说了算，我会立即送你回威卓部族的。"

"但是你说了不算！"我厉声说道，"一切取决于我。谈话结束。芬恩需要休息了，你也帮不上什么忙，洛基。"

“抱歉。”洛基说，手不停地搓着裤子。

“你为什么不回自己的房间？”我问洛基，“过一会儿我再过去跟你说。”

他点点头，站了起来。“希望你尽快好起来。”洛基对芬恩说，听起来很真诚。

芬恩嘟囔着回应了一声，洛基和邓肯离开了。我想伸手摸一下芬恩，稍微安抚他一下，因为我觉得他需要这种安抚。可能我也需要。

“睡一觉吧。”我对芬恩说，因为想不出对他说什么更好。我站起来，但他伸手抓住了我的手腕。

“温迪，我不信任他。”他指的是洛基。

“我知道，但我信任他。”

“小心点。”芬恩没再多说，放开了我。

早已过了午夜，宫殿里一片寂静。明天一大早就会有没完没了的会议，但是现在，所有人都回房休息去了。大厅里一片漆黑，我能看见洛基房间里散发出的温暖光亮。

我走过走廊，到了他的门前，可他并没有听到，所以我站在外面看着他。他正在铺床，铺完后，他咬着拇指盯着床铺仔细审视。他摇了摇头，向后稍微拉拉床单，这样床上又有些乱糟糟的。然后他改变了主意，把床铺重新抚平。

“你在做什么？”我问道。

“没什么。”他看上去有些吃惊，接着又笑着捋了捋头发，“没什么，你想聊聊吗？为什么不进来？”

“你是在为我整理房间吗？”我问。

“呃……”他又挠了挠头，“每当有公主会在此停留片刻，我都会努力把房间收拾利索。”

“我知道了。”我走进他的房间，关上身后的门，这让他更高兴了。

“为什么不坐下？”洛基指着床说，“别客气。”

“我需要请你帮个忙。”

他微笑着说：“为你，什么事都行。”

“我想让你带我去奥达瑞克。”我说。他的笑容消失了。

“除此之外什么事都行。”

“我自己也觉得很难开口求你帮忙，因为我知道奥伦对你做过什么，我不会让你进入到威卓宫殿里的，”我急忙解释道，“可我实在是不知道怎么去那儿，也不知道怎么进入宫殿，只有你能告诉我。把我带到门口就行，我决不会让你身涉险地、拿你的生命开玩笑的。”

“但是你想让我拿你的生命开玩笑吗？”洛基笑着摇摇头，“没门儿，温迪。”

“我能保证你的安全，”我说，“一旦我到了那儿，我怀疑奥伦甚至都来不及关注你。再说你也不必靠近宫殿，只要告诉我怎么到那儿就行。”

“温迪，你没听明白我的意思，”他说，“我并不担心自己，但我还是不会让你去的。”

“我不会有事的，”我坚持道，“他是我父亲，而且我已经很强了，可以保护自己。”

“你根本不知道自己面对的是什么人，”他阴郁地大笑，

“不，这实在太滑稽了，我甚至根本不会考虑你的这个想法。”

“洛基，听我说，今天晚上芬恩差一点就死了——”

“你男朋友受伤了，那自杀就成了唯一可行的选择了吗？”洛基问。

“他不是我男朋友。”我纠正他。

“好吧，前男友，”他说，“可那并不会改善现在的情况。尽管我不想承认这个事实，但芬恩在这一点上说得对——我们会找到办法的。我知道今晚我没帮上什么忙，但我确定，如果再多给我点时间，我会想出办法的。”

“但我们没有时间了，洛基！”我深吸了一口气，“我不是说要把自己交给奥伦以求和解，但我至少得跟他谈谈。我必须做点事，以延缓时间。我们需要更多时间让军队做好充分准备，而现在他已经下手了，他正在屠杀我们的人民。”

“所以你想让我带你去威卓宫殿，这样你就能跟国王谈谈？”洛基问，“你进去后，我就在外面等着。会面结束后，你再走出宫殿，然后我们开车回来？计划是这样吗？”

“不完全是，但差不多。”我说。

“温迪！”洛基听起来很恼火，“他为什么要让你走？他做这一切都是为了要得到你。一旦到了王宫，他凭什么让你离开？”

“首先，他阻止不了我，”我说，“我能保护自己不受他和那些小妖精的伤害。我自己不能打整场战争，也不能一次就保护整个王国里的每一个人。但如果就我一个人的话，我可以照顾好自己。”

“即使你真能做到这一切，那也太冒险了，”洛基说，“如果你执意要走，他可能会杀了你的，而不一定扣留你做人质。这可不是危言耸听，是真的有可能杀掉你。他宁愿杀了你也不想看到你回来。”

“不会的，还没到时候，”我摇摇头，“的确，将来的某一天他可能会杀了我。但他想让我先成为女王，这就是他同意休战的原因。他想确保我成为特雷奥部族的女王。”

“他想拥有这两个王国，”他平静地说，“你会给他吗？”

“是的，”我点点头，“如果在我加冕成为女王之前的这段时间，他能保持和平、停止杀戮，我会同意与他一起统治特雷奥和威卓部族。”

“他不会跟你一起统治的，而是要从你那里抢走统治权。”

“我知道，但不管怎样我都不会让他得逞的，”我说，“我根本没打算真的按照这个协议去做。”

洛基吹了声口哨，摇摇头。“如果你反悔，他会把一切都毁了——我是说一切——你曾在意的一切，什么都留不下。”

“我不会背弃协议，”我说，“我们可能永远也不会走到那一步，我只是在为集合部队争取时间，然后再进攻威卓部族。把他们拿下后，我会杀了奥伦。”

“你会杀了他？”他吃惊地说，“你知道怎么杀死他吗？”

“不，到目前为止还不知道，”我承认道，“这就是我还没有杀死他的原因，但我会的。”

“我甚至不知道他是否能被杀死。”洛基说。

“每个人都能被杀死。”

“太多人已经试过了，”他说，“可他们都失败了。”

“是，但那些人身体里面没有流着他的血，”我说，“我相信我是唯一能杀他的人。”

洛基仔细审视着我。“如果你做不到怎么办?如果你做了这一切，还是不能阻止他怎么办?”

“我不知道，”我说，“我必须找到办法。在得到我之前，他会骚扰不断。如果我觉得把自己交给他就万事大吉的话，那我会很高兴地去找他的。但是现在，我不确定他到底想要什么，可能他想要的不仅仅是我。”

洛基盯着地板。认真思索时，他金色的眼睛睁得大大的。我不知道他在想什么，但他看起来心事重重。

“那，你会带我去吗?”我问。

他舔舔嘴唇，重重呼出一口气。“你根本不知道自己在请求什么。”

“我非常了解——”

洛基打断我的话，听起来非常生气：“不，温迪，你不知道。你不知道住在奥达瑞克，受一个冷酷无情的国王控制，生活会是什么样子。你想象不到他能做出什么事来，他——”

他突然不再说话，向前一步，靠我更近一些，表情严肃、眼神阴郁地看着我。

“我还是个孩子时，奥伦就把我父亲杀了。他绑着父亲的脚踝把他吊在屋顶上，割开了他的脖子，让他就那样失血而死，像杀猪一样，”洛基说话时，一直盯着我的眼睛，视线从未移开，“那比想象中要花更长时间。或许只有我那么感觉，因为我当时只有九岁，而奥伦强迫我一直看着这一切。他告诉我，背叛他的人，下场就是如此。”

“我很抱歉。”我小声说，想不出其他的话。

“我说这个并不是想让你为我难过，”他说，“我想让你知道你要面临的是个什么人，他简直没有人性。”

“我知道他就是个魔鬼，”我低下头，试图打破这一刻的紧张气氛，“为什么国王杀了你父亲之后，你还留在奥达瑞克？”

“首先，那时我只是个孩子；其次，我无处可去。”

“那你长大之后呢？”我小心翼翼地抬起头，非常清楚洛基离我有多近，“为什么你等了那么久才离开？”

“为了萨拉我才留下的，”洛基淡淡地说，“对我来说，她一直像姐姐一样，是我唯一的家人。国王对她与对我同样残暴，甚至有过之而无不及，我不想让她一个人在那儿受罪。”

“但现在你不关心她所遭受的残酷对待了吗？”我问。

“不，我依然关心。但是我不能再保护她了。我被囚禁在地牢里，怎么也无法帮她。”

“所以这就是你离开的原因？”

“不是，”他看着我微微一笑，“我是为你而离开的。”我不知道说什么，但我还没开口，他就接着说：“而你现在却要我回去。”

“没有，”我摇摇头，“如果你不想回去，我不会强迫你。我会找别人带我去。”

“谁？”洛基问，“还有谁会带你去？”

“我不知道。”我语无伦次地说，“反正我自己会想办法的。”

托弗以及几个追踪者可能知道怎么去威卓部族的宫殿，但他们肯定不如洛基了解得多。如果非得找其他人的话，我会从战情室里拿出地图带上。

“你自己不能去。”他说。

“国王那样伤害了你，我真的很难过。我知道他有多可恶，但是你告诉我他有多可恶，只会让我更加坚定。我必须去，必须阻止他对我的人民做同样残忍的事，我一定要去。”

我转身去拉门把手，然而洛基阻止了我。他抓着我的手腕，把我拉到他的面前。

“洛基，”我叹了口气，抬头看着他，“放开我。”

“不，温迪，我不会让你去的。”洛基说。

“你阻止不了我。”

“我比你强壮。”

我想努力推开他，可感觉就像是在推一堵墙。他把我逼到墙边，胳膊放到我身体两侧。他没有碰到我，但他离我太近了，我根本无法动弹。

“或许你身体比我强壮，可是我能让你在地上打滚，痛上一阵子。我不想伤害你，不过必要时我还是会那么做的。”

“没有必要，”洛基强调说，“你不必如此。”

“不，有必要。为了拯救生命，我什么都会做，”我说，“如果你不能去，没有关系，不过别挡我的路。”

他咬着嘴唇摇了摇头，但没有走开。

“现在可是午夜时分啊，你想与我逃跑，”洛基说，“你怎么跟你丈夫说呢？”

“什么也不说。”

“什么也不说？”洛基吃惊地问，“公主一声不吭地就消失了？那会引起骚乱的。”

“我会让邓肯在明天早上告诉他们，那时我们已经走了，”我说，“这样一来，我们就争取了时间，在有人来追我们之前就可能到了那儿。”

“如果国王不想让你走的话，他就会杀死特雷奥派来的营救队伍，”洛基指出，“这样芬恩、托弗、邓肯，甚至连威拉都会被杀死。你愿意让他们也为了这件事陪你冒险吗？”

“这可能是我救他们的唯一机会了。”我含含糊糊地说。

“我不能说服你放弃吗？”他探究般地望着我的眼睛，小声说。

“不能。”

他艰难地咽了咽唾沫，把我额头上的一根头发捋到脑后。他把手放到我的脸上，我没有阻止他。他的眼神特别悲伤，我想问他为什么，可我那时根本不敢说话。

“我想让你记住这一刻。”他的嗓音低沉而沙哑。

“什么？”我问。

“你想让我吻你。”

“没有。”我说谎了。

“你想。我想让你记住这一刻。”

“为什么？”

“不为什么。”他没有进一步解释，而是把脸转开，“如果你非去不可，那就赶快去换换衣服吧。你肯定不希望穿着睡衣去见国王吧。”

12 约会

洛基看来很喜欢另类乡村音乐，离开弗瑞宁后，凯迪拉克车里的卫星广播一直放着尼尔·杨[①]、瑞安·亚当斯[②]、虎烂乐团[③]以及鲍勃·迪伦的歌。有时他会跟着哼几句，虽然有些走调，但听起来却特别可爱，真是奇怪。

外面依然一片漆黑，飘着雪花，然而洛基似乎并不介意。车子在泥泞的路上三番五次地打滑，但他总能调整车子的方向继续前行。我在车上化妆，他尽量让车子平稳一些，不让我被自己的眼线笔戳到眼睛。

洛基曾经取笑过我的化妆和我对衣服的选择。我穿了一件

---

① Neil Young (1945—)，加拿大音乐家，作品以民谣摇滚、乡村摇滚、硬摇滚为主。

② Ryan Adams(1974—)，美国另类乡村 / 摇滚歌手、歌曲作者。

③ The Raconteurs，美国摇滚乐队，创建于2005 年。

长长的深紫色礼服，上面点缀着花边和钻石，又在外面披了一件黑天鹅绒斗篷。之所以选择这身衣服，是因为我知道着装上起码的尊敬对奥伦是有效的。

上次他们绑架我之后，萨拉先让我换上礼服，然后才带我去见他。别人对他的敬意在他眼中是非常重要的；保证见他时衣着得体，表明我很尊敬他。

实际上，能够找到这么一件漂亮衣服让我觉得很幸运。大多数衣服都已从原来的房间搬到我和托弗一起住的房间了——也就是女王原先的寝宫，但仍有几件落下了。我是回旧房间换的衣服，因为我不想看见托弗，也不想告诉他我在做什么。

换好衣服后，我去了邓肯的房间。当我告诉他我的计划时，他吓坏了。我知道我刚一离开他就会跑去告诉托弗，甚至还没等我离开，他可能就已经去了。我用了意念控心术，让他尽可能为我拖延时间，估计能撑到明早八点。如果我对他持续运用意念控心术的话，可能时间会拖得更长一些。

因为我是公主，所以有权使用一切。我去车库拿了一把黑色凯迪拉克的钥匙，把车开了出来。离开弗瑞宁时，除了门口的警卫以外，没有其他人看见我们。我同样对他用了意念控心术，告诉他不要惊动任何人，然后我们就上路了。

“你可以睡会儿，”见我一直盯着落在窗玻璃上的雪花，洛基说，“我会带你到那儿的。”

“我知道，但我还好。”虽然昨晚我几乎没睡，可我并不累。我的神经一直高度紧张。

“我们永远都可以调头的。”他提醒我道，这已经不是第一次了。

“我知道。”

“至少我很愿意回去。”他听上去很失望，沉默地坐了一会儿，又开始跟着广播哼起来。

“你父亲是特雷奥部族的人，对吧？”我打断了他的哼唱。

“我父亲在弗瑞宁出生，”洛基小心地回答，“但较之于特雷奥或威卓，他其实与蛇的关系更为密切。”

“你在打比方，是吧？”我问道，“你父亲不是真正的爬行动物吧？”

“对，”洛基笑了笑，“他不是一条真正意义上的蛇。”

“他最后怎么又跟威卓在一起了呢？他离开弗瑞宁是因为你母亲吗？”

“不是，”他摇摇头，“他是弗瑞宁的宰相。奥伦来向你的外祖父母献殷勤，想让埃洛拉嫁给自己时，我父亲见到了他。”

“我还不知道你父亲是一位高级官员。”我说。

“他的确是，”洛基点点头，“在安排婚礼这件事上，我父亲必须经常与奥伦一起工作，奥伦对权力的贪欲吸引了他。很显然，这就叫作臭味相投。”

“所以他就离开特雷奥投奔了威卓部族？”我问。

“不完全是这样，”他说，“那时的计划是联合两个王国。一旦你母亲成为女王，奥伦就会统治这两个王国。那时她还与寄主家庭住在一起，还未回到弗瑞宁。但他们已经开始进行那场交易了。作为宰相，我父亲以特雷奥大使的身份被派往威卓部族。就那样，他遇见了我母亲。”

“我记得你说过他不是因为你母亲而离开特雷奥的。”我说。

“确实不是。说到底，娶我母亲只是他达到这个效果的一种方式。他娶她之后才有离开的理由，并不为其他原因。”洛基说。

“也就是说他并不爱她？”我问道。

“是的，他根本受不了她，虽然她很美，”想起母亲，他停顿了一下，“可我认为这并不是他所关注的事。我母亲是一位强大的女爵，父亲想要权力，而我母亲恰恰拥有权力。

“曾经，他既是特雷奥的宰相，又是威卓的亲王，”他继续说，“严格来说，我并不是亲王，他也不是。但因为我们拥有最高级别的男爵头衔，他们就那样称呼我们了。”

“你父亲背叛了特雷奥，对吗？”我试探性地问道，想起了他曾告诉我奥伦如何处决他父亲的事。

“你知道吗？”洛基瞥了我一眼，“他们告诉过你我父亲做了什么吗？”

“埃洛拉说你父亲把我外祖母与她的藏身处告诉了奥伦，”我说，“就因为他的背叛，奥伦找到她们并杀死了我的外祖母。”

“确实是他告的密，”洛基说，“事实上，他的恶行远不止于此。他还想告诉奥伦你藏在哪里，可是你被藏得太隐秘了，我父亲总是找不到你。

“但通过他自己的背信弃义，他成了奥伦的得力助手，”洛基苦涩地笑了笑，“他得到了曾经梦寐以求的一切，这应该会让他开心了吧，然而事实并非如此。”

“发生了什么事情?”我问。

“我九岁时,奥伦又娶了萨拉,我父亲非常恼怒,”洛基说,“这样国王夫妇就有可能生一个健康的孩子,而这恰恰是我父亲不愿看到的。没有孩子,我就是王位的唯一合法继承人。”

“但萨拉不是不能生孩子吗?”我问。

“那时我们并不知道,”洛基解释说,“萨拉的祖父母是特雷奥人,她身上流着特雷奥的血,这就是她有医治他人的超能力的原因。但是她体内威卓部族的血统一定干扰了她,所以她一直不能生育。”

“但她嫁给奥伦时,你父亲以为他们会有孩子,是吗?”我问。

“对,”他点点头,“我父亲最想要的就是让我成为国王。我没有当国王的欲望,而且只要奥伦一直活着,我也永远当不上国王;可这一切在我眼中都不重要。”

“他为什么那么希望你成为国王?”我问。

“他想要权力,更多的权力,”洛基说,“他认为如果我能成为国王,我们就能统治世界,甚至还有更野心勃勃的计划。他从来没有详细的规划,但他只是想要更多权力。”

“那么后来发生了什么事?”我问道,“我听说他又试图再次叛逃,逃回弗瑞宁。”

“是的,那是在一切都败露之后,”洛基说,“我父亲想到一个计划去杀萨拉。我不知道计划的具体情况,但我觉得他是想毒死她。我母亲发现了他的计划,就……”他停下来摇了摇头。

“我母亲很善良,”洛基继续说,“因为我曾与萨拉订过婚,所以萨拉在某种程度上已成为我们家庭的一员。我母亲经常邀请她来共进晚餐，视她如自己的女儿。即使在萨拉嫁给奥伦以后，母亲依然与她很亲近。”

“而你父亲打算杀她，对吗？”我问。

“对，但母亲就是不让，”他咬着嘴，盯着前方，看雪花不停地落下，“所以他杀了她。”

“什么？”我以为自己理解错了，“可萨拉还活着呀。”

“不，我父亲杀了我母亲，”洛基平静地说，“他用一个金属花瓶一次又一次地击打母亲的头部。我躲在衣橱里，目睹了这一切。”

“哦，天哪，”我倒吸一口冷气，“我很替你难过。”

“国王知道了这一切，他并不关心我父亲杀了谁，”他说，“但后来我告诉国王父亲为什么杀母亲，也就等于把父亲试图毒死萨拉的计划告诉了他。

“我父亲想再次回到特雷奥，”洛基继续说，“他主动提出只要让他回去，就把所有的秘密都提供给埃洛拉。我听说埃洛拉接受了这个条件，但我父亲没能成功回到特雷奥。奥伦找到了他，将他处决了。”

“我很遗憾。”我不知道还能说些什么。

“但我并不觉得遗憾，”洛基说，“我反而觉得自己很幸运，没有被国王杀死。萨拉很同情我，于是我和他们一起搬进了宫殿。”

“是国王和王后抚养了你。”我终于明白了洛基说萨拉是他唯一的家人的意思。

他点点头。“确实如此。但其实主要是萨拉养育了我。国王从来都不怎么喜欢我，尽管其实他可能从未喜欢过任何人。”

沉默笼罩着我们，洛基看起来很是忧郁，回想起母亲的死让他很难受。

他童年的境遇非常糟糕，当然，我的童年也好不到哪儿去。我回想起这一情景——他奄奄一息跑到弗瑞宁避难，我把手放到他胸口的伤疤上。我觉得他和我有着相似的心灵，越想越觉得我们两个有些同病相怜。

我们都有一个痛恨我们的家长，并且在很小的时候就成了孤儿。他父亲想让他成为国王，可这不是洛基的追求。我母亲想让我成为女王，而这也恰恰不是我想要的。而且，我们两个体内都同时流着特雷奥和威卓部族的血。

“为什么你不像我一样呢？”我忽然想起了这件事。

“什么意思？”

“你为什么不像我一样具有强大的超能力呢？我们都是特雷奥和威卓的结合体。”

“嗯，首先，你是最强大的特雷奥和最强大的威卓的后代，”洛基说，“而我只是非常强大的威卓和相对弱小的特雷奥的后代。我父亲是低级男爵，他几乎没什么超能力。尽管如此，我还是获得了他能让人失去意识的能力，不过我的能力已经比他强多了。”

“但你的体力比我强。”我指出。

“你父亲体力并不强，”洛基说，“不要误解我的意思，他是很强，尤其是按照特雷奥的标准来说，但他只是……好像永远都不会死。"

"永远不死,还'只是'?"我说,"简直太棒了,那杀死他根本就不用费吹灰之力喽。"

"我们可以调头回去啊。"洛基再次提议说。

我摇摇头。"不,我们绝不能回去。"

车子碰到一块冰,侧向一边。洛基伸出手放到我胳膊上,确认我没事之后才调整车头。

"抱歉。"他说,手一直放在我的胳膊上。

"没事。"

他的手触摸着我的皮肤,感觉很温暖,我动了动胳膊,这样我就可以握着他的手了。我不知道自己为什么要这样做,但这感觉不错,有助于镇静我紧张的神经,缓解心中的压力。

我盯着窗外,尴尬得几乎不敢看他,但他什么也没说,只是握住我的手,最后再次跟着广播哼起歌来。

我们到达位于奥达瑞克的威卓宫殿时,雪小了。上次来这儿时,我根本没机会好好看看这座宫殿。现在它看起来更像一座古老的城堡。城堡的一侧是一座带有螺旋状楼梯的高塔,在乌云密布的天空的映衬下,陡然耸立在那里。周围全是高大的树木,却一片叶子也没有,十分萧瑟。要是再能有一条护城河的话,那几乎就是我心目中理想的邪恶城堡的样子了。

洛基在高大的木门前停车熄火。我目瞪口呆地看着这座宫殿,试图不让自己紧张。我一定能做到的。

"我怎样才能找到他?"我问,"国王在哪儿?"

"我带你去。"洛基打开车门。

“你要干什么，送死吗？”他下车的时候我问。

“我要带你进去。”他说着就砰的一声把门关上了。

“你不能进去，”我一下车就说道，“国王会对你下毒手的。”

“如果不亲自向你介绍这里的景点，那我算哪门子导游啊？”他咧嘴朝我笑笑，但眼里并没有笑意。

“洛基，严肃点。”我就是不与他一起走上通往宫殿的小路，他只得转身面对着我。“国王会再次把你扔进地牢的。”

“也许吧，”洛基同意我的说法，“但是如果你与他达成协议，我认为他就不会那样做了。所以，咱俩的命运可都指望你了。”

“可我不想让你进去。”我说。

“我明白，我也不想让你进去，”他耸耸肩，“所以我们扯平了。”

我不情愿地点点头。我不想让他身处险地，但他说的也有道理。如果奥伦同意我的意见——这也是我所期望的——我就可以顺便为洛基求得赦免。

洛基与我并肩沿着小路走到正门口。我试图打开一扇门，但就是打不开。洛基笑了笑，从我身后伸出手，毫不费力地拉开了门，我们就这样进入了威卓宫殿。

13 真相

上次来这儿好像已经是很久以前的事了，我已经忘记了国王房间的样子。现在它看起来很像洞穴，没有窗户，墙壁是红褐色的。天花板很高，烛台发出苍白的光，洒在我们身上。

我们坐在典雅的红色椅子上，这是这个房间里除书橱和一张大书桌以外仅有的家具了。洛基、萨拉和我坐在那儿一声不吭，等着国王发话。洛基咬着拇指指甲，一条腿紧张地晃来晃去。萨拉把手放在腿上，面无表情，漠然盯着前方。

一进入城堡，萨拉的博美犬弗劳德就冲向我们，狂叫个不停。它朝我咆哮着，但看到洛基，它又激动地用舌头狂舔他。萨拉听到狗叫声，也紧跟着出来了。

看到我们，她脸色苍白。她只是站在那儿，盯着洛基。洛基问她见到他是否很高兴，萨拉没有回答，只是让附近的小妖精去叫国王，她则带着我们去国王的房间等候。

她把小狗递给一个叫勒德洛的小妖精，示意我们坐下。我们默默地坐在那儿等，虽然只有几分钟，但感觉像是过了很长时间。

“你不该来这儿。”萨拉终于说话了。

“我知道。”洛基说。

“你更不该带她来。”萨拉说。

“我知道。”他重复说。

“你为什么回来？”她问。

“不知道。”洛基说，有些不耐烦了。

“你难道真不知道？”萨拉哼哼鼻子，“他会杀了你的。”

“我知道。”他平静地说。

“我不会让他杀洛基的。”我坚定地说，洛基回头看着我。

“原谅我这么说，公主，但你确实太天真了。”萨拉说。

“我有一个计划，”我说话时表现得信心十足，让人信服，但内心深处并非如此，“我要实施这项计划。”

“他不会让你去实施计划的。”萨拉像是在警告我。

“他会的，”我坚持道，“只要给他比我更重要的东西作为回报就可以。”

“你有什么东西比你自己还重要？”萨拉问。

“我的王国。”

洛基指指挂在墙上的两把剑，想转移话题。他说多数金属材质的剑都可能杀死威卓，而奥伦却有一双独特的宝剑，那是两把用白金铸成的剑，剑上镶有钻石。要处决他人时，他都是用这两把剑把事情搞定。

我不确定这个话题能否缓解房间里的紧张气氛，但这已经不重要了，因为通往房间的两扇门被推开了，国王走了进来。

洛基的腿立即停止了晃动，手也放在了腿上。奥伦朝我们笑了笑，这让我感到毛骨悚然。国王进来时萨拉站了起来，我也跟着站起来，而洛基却晚了一步。

“那么，你最终还是把她带来了？”奥伦眼光敏锐地瞪了洛基一眼。

“我没有带她来，陛下，”洛基说，“是她带我来的。”

“哦？”奥伦看上去很吃惊，但他赞许地向我点了点头，“你找到了这个废物，按照我的要求要把他还给我，是吗？”

“不是的，”我说，“当我要离开这儿时，他也必须跟我一起走。”

“当你要离开这儿时？”奥伦的笑声在房间里回荡，“哦，我亲爱的公主，你不会离开这儿了。”

“你还不知道我给你开出的条件是什么呢。”我说。

“这个房间里已经有我想要的一切了。”奥伦开始慢慢围着我们转来转去。洛基扭过头，一直看着他，但我没有这样做。

“你还没拥有弗瑞宁或任何一个特雷奥部族的王国，”我说，“哪怕是战火中的奥斯林纳也不属于你。或许你可以摧毁它，但现在它仍然属于我们。”

“我会得到你的王国的。”奥伦说，这时他就站在我身后。

“也许吧，”我说，“但你得花多长时间呢？仅仅拥有了公主并不能保证你能战胜特雷奥。事实上，那样只会让特雷奥的人民与你展开更激烈的战斗。”

"你有什么建议呢?"奥伦从我身边绕过来,走到我面前。

"时间,"我说,"给我时间说服人们支持这个主意,这样你就可以避免像你与我母亲结合后统一过程中的那种起义。"

"但我镇压了那次起义。"奥伦狡猾地笑了笑,可能想起了所有被他杀死的妇女和儿童。

"但你失去了王国,不是吗?"我问道,他的笑容僵在了脸上。

"你能做什么呢,你怎么确保我能得到你的王国?"奥伦问。

"我很快就会成为女王的,"我说,"你见过埃洛拉,所以你知道这用不了多长时间了。"

"这样的话我们的停火协议也就终止了。"奥伦在威胁我。

"从现在起到我成为女王的这段时间,如果你让我来做好整顿,并让人民做好过渡的准备,我们就能成功,"我说,"我可以让他们站在你这边。如果让他们相信我与你一起统治,而不是受你控制,他们就会支持我的。"

"你不能与我共同统治。"他咆哮道。

"我知道,"我赶紧说,"我只是让他们站在我这边,让他们支持你。一旦一切都成了定局,你成为威卓和特雷奥的国王,他们就会毫无抱怨地对你毕恭毕敬,而且会按你的要求服侍你。"

"为什么?"奥伦怀疑地挑挑眉毛,退后一步问,"你为什么要这么做呢?"

"因为我知道战争会一直打下去,而且最终你会取得胜利,但我却要以成千上万人民的生命为代价," 我说,"我宁愿与你合作以确保将来不流血的接管,也不要等到日后你残忍进行杀戮从而取得胜利。”

“呃，”奥伦似乎在认真考虑，然后点点头，“聪明，非常聪明。你想要什么作为回报？”

“不要再攻击我们的任何一座城镇了，”我说，“停止针对我们的一切战斗。如果你继续屠杀我的人民，那他们就很难信任你了。除此之外，如果日后两国都成为你自己的王国，那么你现在就是在破坏自己的财产了。”

“你说的这些都很有道理。”奥伦说。他又开始踱起步来，这一次离我们很远，背对着我。“洛基在这件事上扮演什么角色？”

“他是威卓部族的人，”我说，“他对特雷奥部族的人很友善，就会让他们相信你不坏，相信这一切一直是误会。他会帮你赢得特雷奥人民的信任。”

“尽管如此，你确定你需要他吗？”奥伦转过身来面对着我们问道，“其实我可以让萨拉去扮演他的角色。”

“他们已经认识洛基了，”我说，“而且已经开始信任他了。”

“你的意思是你信任他。”奥伦大笑道，“他没有告诉你，对吧？”

“你说得太含糊了，”我说，“我不知道你在说什么。”

“真是妙不可言！”奥伦放声大笑，“你不知道！”

我舔了舔嘴唇。“知道什么？”我问。

奥伦又笑了。“这是一个谎言。”

“不完全是。”洛基马上说。我从眼角瞥见他面色苍白，他的声音也颤抖起来。“我背上的伤疤不是谎言。”

“是，好吧，那些是你应得的，”奥伦的笑容消失了，狠狠地瞪了他一眼，“你总是让我失望，次数已经太多了。”

“并不是我能力差，没做到什么让你失望，”洛基小心翼翼地说，“而是我拒绝了你。”

“不，你还是没能做到。”奥伦向前一步，离他更近一些。洛基努力抑制自己的恐惧，看着他的眼睛。“她没有跟你走，不愿跟你同流合污，而是选择了别人，所以说你输了。”

“什么？”我忽然觉得恶心。

“我不该把她带回来。”洛基坚持说。

“现在你又这么说了，”奥伦从他面前走开，“但你上次回来的时候可不是这么说的。”

“那时我在地牢里，而你正在折磨我！”洛基大喊道，“那种情况下，我什么都会同意的。”

“你确实什么都同意了，”奥伦说，“你同意引诱公主，骗她爱上你，这样你就可以把她带回到我这儿，对吧？”

“对，但——”洛基正欲解释，奥伦打断了他。

“你到了她的宫殿，故意被抓住，这样就可以和她待在一起，时间长了，日久生情，最后操控她，不是吗？”奥伦说。

“并不完全是——”洛基说。

“萨拉带你回来时，你告诉我你几乎已经控制了她。”奥伦笑着说，就像在讲述一件有趣的轶事，“你告诉我她是怎样差一点吻了你，当你建议她嫁给你而不是嫁给现在与她在一起的那个傻瓜时，她的脸很红。你是这么说的吧？”

洛基什么也没说，他盯着地板，咬着嘴唇。我心里非常难受，因为我知道那是真的。

“难道不是这样吗？”奥伦大喊道。洛基被他的叫声吓了一跳，但他依然低着头。

“我那时别无选择。”洛基轻声说。

“这不就结了，不是吗？”奥伦朝我微微一笑，“发生在你们两个之间的一切都是谎言，这都是我的安排，明白了吗？一切依然正常吗？知道他对你说的每一句话都是谎言也没关系吗？”

“不对，”洛基抬起头说，“我没有说谎，我从未说过谎。”

“你还能相信他说的话吗？”奥伦耸耸肩。

“你为什么要告诉我这些？”我语气平静得连自己都感到惊讶。

“因为我希望你重新考虑一下，”奥伦说，“你可以回到你的宫殿，回到你丈夫身边，回到你的王国，但是要把洛基留下。你不想要也并不需要他。他一点用也没有，是个废物。”

“不，”我盯着奥伦的眼睛说，“他得和我一起走。如果你想进行这场交易，我一当上女王你就要得到我和我的王国的话，那么他现在就得和我一起走。否则交易取消。”

“他对你来说这么重要吗？”奥伦走到我面前，非常近，近得我都能感觉到他的鼻息。“即使知道他是怎样背叛你的，你也要带他回去吗？”

“我承诺过要带他一起回去的，我要信守承诺。”我沉着地回答。

“你信守承诺，”奥伦说，“这很好。可如果你不遵守这个承诺，在你当上女王时不把你的王国交给我，洛基就是我要杀的第一个人。我会在你眼前杀了他，明白吗？”

“明白。”我说。

“好，”他笑了，“那我们就达成协议。特雷奥的一切都将属于我。”

“但在交接之前你不能再骚扰特雷奥的任何地方，不能再残杀我们的人民，”我说，“我们需要和平。”

“同意。”奥伦向我伸出了手。

我与他握了握手，情不自禁地感觉自己好像与魔鬼达成了交易。

萨拉送我们到门口，路上我一句话也没说。她也几乎没说话，但到门口时她告诉我们要小心点。她拥抱了洛基，似乎也想拥抱我，不过我没让她有那个机会。

洛基和我出了宫殿，走到车前，我甚至都不想再看他一眼。一上车我就背过脸去，盯着外面。

“温迪，我知道你很生气，但你必须听我说。国王说的一些话是事实，但是他把一切完全扭曲了。”

“我不想谈这件事。”

“温迪。”

“开车吧。”我厉声说道。

他叹了口气，不再说话，驱车离开了威卓的宫殿。

我本应觉得轻松好多。我已经去跟奥伦谈了，也得到了想要的结果。奥伦没有杀我们俩，一直以来这都只是一种可能，而现在却真的实现了。还有，我为我的人民争取了更多的时间。

在发现一切都是谎言之前，我甚至没有意识到自己竟然如此在意洛基。洛基在我身边所做的一切原来都是奉命行事，奇怪的是，我并没有因此责备他。但我仍然觉得自己像一个愚蠢的白痴，我不知道他离开威卓部族后为什么还继续跟我玩这个游戏。

最令我伤心的就是自己被诱惑了。那天晚上洛基到花园里找我，引诱我与他私奔，我甚至都在为拒绝他而感到抱歉，怕伤害他的感情。

但这一切都是谎言。

我一直转着我的结婚戒指，不想哭出来。我认为这是自己背叛未婚夫、继而欺骗丈夫而应得的报应。不管托弗与我缔结的是何种婚姻，都不能成为我对洛基有感情的理由。

这次打击应该让我醒过来了。我应该把注意力放在尊重婚礼誓言和王国事务上，而不该再把注意力耽搁在哪个愚蠢的男人身上。

“我知道你现在一定觉得我坏透了。”上路一个多小时之后，洛基说。我没有回应，他继续说：“奥伦很擅长操控别人。他试图让你恨我，折磨我，折磨我们俩。”

我依然看着窗外。自从我们离开威卓的宫殿之后，我甚至都没有再看他一眼。

“温迪，”他叹了口气，“求你了，你必须听我说。”

“我不必再做任何事了，”我说，“我已经把你活着带出来了。我已经做了我该做的。”

“温迪！”洛基喊道，“我从未想过要把你带回奥伦那里。国王是一个多面的人，但是绝不愚蠢，他非常清楚是我让你、马特和里斯逃跑的。他本该杀了我，但是却放了我，让我把你带回去。这些事我都告诉你了。”

我阴郁地笑了。“但你却从未告诉我，他放你走是让你引诱我回去。”

“因为我从来不想那样做。我向你发誓，温迪。”

“我不相信你，”我抹了抹眼睛，“我不能再相信你说的任何一句话了。”

“这简直是胡扯。”他摇摇头，突然把车停到路边。

“这怎么是胡扯呢？”我大喊道，“是你对我说了谎！你骗了我！”

“我从未骗过你！”洛基大叫，“我从来没说过谎！我对你的一切感觉都是真的！我甚至为你下过地狱！”

“别说了，洛基！你不要说了！现在我已经知道真相了！”

“不，你不知道！”

“我不能相信你，”我摇摇头，“也不会再相信你了。”

我无处可去，所以下了车。我们已经开了很长一段时间的车，这时雪又大了，我光脚踩在雪地里。这段高速公路已经荒废了，空空的玉米地绵延不绝。

“你要去哪儿？”洛基问，他也跟着我从车里走出来。

“哪儿也不去。我需要点新鲜空气。”我把那件斗篷拉得更紧些，“我要离你远点。”

“不要这样，”洛基跟在我身后哀求道，“你只是听他那样说，可你并不知道真实情况，你必须听我说。”

“为什么？”我转身面对着他，“我为什么要听你说？”

“他本来要杀了我。他向来都会处死任何一个不听命令的人。在奥伦的统治下生存，说话办事都要完全依从他的意愿，说一句真话就有可能面临灭顶之灾。今晚你看到了。”他深吸了一口气，“你第一次被带到他的宫殿时，他看到我们的交流方式，觉得可以利用这一点来对付你，就是让你爱上我。”

“我决不会爱你的。”我痛苦地说，他脸上的肌肉微微抽动。

“我只是告诉你国王的想法，”洛基小心地说，“所以他告诉我让你自愿跟我回来，而我说我会那样做的，因为我别无选择。

“但是，温迪，我向你发誓，即便在那时，我也决不会把你带回到他身边。否则今晚我不会劝你不要去那儿。如果那是我的计划，我就会鼓励你自投罗网的。”

“为了生存你不得不同奥伦虚与委蛇，这我理解，”我说，“我真的理解。在这一点上我甚至可以原谅你。但你在投奔弗瑞宁并请求赦免的时候为什么不告诉我这一切？”

他神情严肃地盯着地面，然后抬起头看着我的眼睛。“因为我为自己同意他的建议而感到羞耻，即便是假装同意也让我羞耻。我不想让你改变对我的看法。我不想让你怀疑我们共同拥有的所有美妙时刻，那些都是真实的。”他伤心地笑了笑，“你会质疑一切，就像你现在这样，这让我害怕。”

“当初你为什么回去？”我的声音有些沙哑，“萨拉来带你回去，你为什么不拒绝，留在弗瑞宁呢？”

“因为如果我留下，就会违背休战协定；至少国王会这么说，并会以此来要挟你，”洛基说，“他会来弗瑞宁带你走的，我可不想冒这个险。”

“那你在花园里说的话呢？”我低头看着自己的脚。不知为何，抬头看着他的眼睛对我来说突然变得很困难。“你要我跟你一起逃跑时，不是想要把我带回到奥伦的身边吗？”

“不是，”洛基激动地说，“我决不会那样做，我决不会为了救我自己而那样做，也不会为了整个王国的命运而那样做。当我吻你并请求你嫁给我时，我是认真的，我真的想让你和我在一起。”

我抽泣着，看着周围白茫茫的凄凉景象，胸口的压迫感开始消退。我看到很远处一辆车沿路驶来，但洛基却抬起我的下巴，让我看着他的眼睛。

“我在你和国王之间做了选择，我选择了你，”洛基说，“在花园里的时候，只有我们两人。我原本可以深情地看着你，让你失去知觉，再把你带回国王那儿。如果我那样做了，他就会饶恕我。

“我没有那么做。”他离我更近了，我甚至感觉到了他身上散发出的热量。“他告诉我如果不把你还给他，他会对我做什么，但我不能那么做。”

他抬起了另一只手，双手捧着我的脸。他的皮肤很温暖，虽然他没有让我难以动弹，可我也没有移开自己的目光。他的眼睛透出的渴望和温暖把我的呼吸都带走了。

“现在你明白了吗？”洛基声音沙哑地问道，“我会再次为你付出一切的，温迪。为了你，我愿意再次下地狱，我要回去，即使我知道你现在有多恨我。”

我太专注于这一刻了，甚至没有注意到刚才那辆运动型多用途车已经到了我们身边，直到它吱的一声停在我们旁边，差一点撞到我们的凯迪拉克。洛基本能地把我挡在了身后，托弗从驾驶座上跳下来，芬恩从副驾驶座上下来，朝洛基冲过来。

14 交锋

芬恩一拳打在洛基脸上，洛基挥拳意欲还击。当时情势万分危急，洛基大概要比芬恩强壮五十倍，会把他的头颅击碎的。

“洛基！”我大喊道，“不要打他！你敢违抗我的命令吗？”

“你太幸运了。”洛基一边怒视着芬恩，一边擦掉鼻子里流出的血。

“你他妈的到底想干吗？”芬恩朝他喊道，“你有病吗？你无权带她去任何地方！”

“芬恩，”托弗说，“不要说了，冷静一下，她没事。”

邓肯和威拉也从车的后排座椅上下来了，我的心一沉。我太鲁莽了，洛基的建议是对的。他们也是营救任务的一部分，如果我们晚一个小时离开奥达瑞克，那么邓肯、威拉、托弗和芬恩可能都会为此丧命。

“好像这是我的主意似的！”洛基大声反驳道，“她是公主，她下达命令，我就得无条件服从！”

“如果是一场自杀式任务，那么这个命令你就不能执行！”芬恩大喊道。

“这不是一场自杀式任务。”我大声说道，压过了他们的喊叫声。

他俩就那样站在凯迪拉克车的前面，互相瞪着对方。奇怪的是，我竟然非常庆幸洛基比芬恩强大。如果他们实力相当，洛基有可能克制不住自己，这样的话，一场争斗就不可避免。

“你还好吗？”威拉向我走来。

“你们为什么在路边停车呢？”邓肯问道。

“我需要呼吸新鲜空气，”我说，“一切都很好。我已经说服威卓在我成为女王之前撤回所有攻击我们的军队。不管是不是在弗瑞宁，他们都不会攻击我们了。”

“你到底同意什么了？”芬恩不再与洛基定格似的相互对视，转而看着我问道。

“那并不重要，”我说，“在事情到那一步之前，我们要阻止他们。”

“温迪。”芬恩叹了口气，摇摇头，转身对着洛基说，“还有你，男爵，在我心里，你已经失去了我对你的尊敬。”

“无论我是否和她一起，她都会去那儿的，”洛基说，“我只是觉得不该让她独自深入虎穴。”

“她根本就不该去！”芬恩大喊道。

“不，我应该去！”我朝他喊道，“如果不去，威卓就会继续屠杀我们的人民。我为我们争取了更多的时间，我挽救了很多生命。那是我的职责，芬恩。我做了我必须做的，如果有需要，我还会继续去做的。”

“可你不必如此的。”芬恩说。

“已经不重要了，”我说，“我已经做了，并且达到了预期的效果。今天对我来说已经非常漫长了，我现在只想回家。”

“来吧，温迪。”威拉搂着我说。

“邓肯，你愿意和洛基一起开车回去吗？”托弗问道。

邓肯点点头说：“当然了。”

威拉带着我走向运动型多用途车，我回头看洛基。他依然站在路上，看着我离开。他的眼神让我的心都碎了，我转过头去不再看他。

我爬进车里，威拉则坐在我身后。芬恩还待在外面，似乎想对洛基说些什么，但托弗把他推到了车上。他坐到威拉旁边，依然非常激动地怒视着窗外。

托弗又在外面待了一会儿，跟洛基说着话。我真希望能读懂唇语。

“你在想什么，温迪？”芬恩问道，声音中透出抑制不住的怒气。

“我做了对王国来说最好的事情，”我话不多，“你不是一直告诉我要这么做吗？”

“可我不是让你去冒险，”芬恩说。

我看着后视镜中他的眼睛。“你一再告诉我，做决定时不能只考虑自己，我应该更好地为王国的利益考虑。你说得对，我不能只考虑我自己。”

“你能安全回来真是太好了。”威拉打破了此刻的紧张气氛，“我知道你很强大，总爱惹麻烦，但也没必要一个人去。你可以请人帮忙。”

“有人帮我，”我看着车窗外的洛基说，“洛基和我在一起。”

芬恩嘲笑了一声，但至少没再说什么。

我看见车窗外的洛基点了点头，坐到另一辆车的驾驶座上。托弗朝着我们的车走来，上了车。洛基驾驶凯迪拉克沿着公路加速前行，托弗调转车头跟在他后面。

“你没告诉我。”托弗终于开口说话了。

“抱歉，”我说，“但是我做了——”

“不要说了，”托弗打断我，“这不是你做了什么，或是你为什么做，或是这样做对不对的问题。”

“那这是什么问题呢？”我问。

“我们结婚了，温迪，”托弗瞥了我一眼，“你知道我为什么要你嫁给我吗？”

“不知道。”我能感觉到芬恩和威拉正从后面看着我们。

“这样的话我们就可以是一个整体，”托弗说，“你需要有人支持，永远站在你身边，而我也一样。”

“我们是一个整体。”我温顺地说。

“那你为什么背着我去？”托弗说。

“我怕你不会理解我。”我说。

“我什么时候不理解你了？”托弗说，“我什么时候不信任你了？我什么时候试图阻止你做什么事情了？”

“你没有，”我小声地承认道，“对不起。”

"别说对不起了，" 托弗说，"只要你不再那样做了就行。我希望我们能够合作，为此你必须告诉我发生了什么事。至少你不能不告诉我就拿自己的生命冒险，或者做出事关王国命运的重大决定，这是最起码的。"

"对不起。"我低着头再次道歉。

"洛基告诉我你做的事情了。"托弗说道，我抬起了头。

"什么？"

"你为了现在的和平拿一些事情做了交换，"托弗说，"他把你的计划告诉我了，是个不错的计划。但是我们也得把剩下的功课做好。"

"什么？" 威拉将身子探到前面的两个座位中间，"什么计划呀？"

我什么也没说，因为我实在不想再讨论这件事了。我已精疲力竭，同时我也知道，如果我们想要有战胜威卓的机会，摆在我们面前的工作有多少。但是现在，我只想睡觉。

谢天谢地，洛基已经告诉托弗足够多的细节了，托弗可以跟威拉和分恩解释。我把头倚在冰冷的窗玻璃上，听他们讨论我们需要做什么。

一些追踪者已经回到弗瑞宁，剩下的也会在接下来的几天内到达。托马斯已经为他们准备了一处新兵集训营。

追踪者进行过一些作战训练，以保护奇翎和其他特雷奥人，但他们并不是战士。托马斯负责把他们训练成一支军队，但他们将要面对的是一群强大的敌人，他们甚至不知道如何打败那些敌人。

多亏延长了和平协议，我们现在可以自由地去奥斯林纳。回到弗瑞宁后，我们可以重新成立一支队伍，第二天出发。这一次，威拉主动要去。我也一定要去，不管有没有人反对。但在车上我没说，我连争论的力气都没有。

说服其他男爵和女爵加入到斗争中来无疑是最为困难的。洛基认为唯一比小妖精们强大的就是特雷奥的超能力，所以最适合去战斗的就是高级别的特雷奥人。

为了得到新的和平协议，我拿整个王国的未来做了交换，威拉认为此事我们不应该告诉其他特雷奥。如果他们觉得我拿王国作为赌注，就会犯上作乱反对我。我应该告诉他们我已经见到了奥伦，自愿六个月后跟他走，从而延长了和平协议。

特雷奥部族肯定仍然不会喜欢，但他们会感觉好点，因为他们损失的不过就是我而已。同时，我们要让他们团结起来准备战斗、抗击威卓，以期战争真正到来时他们能够派上用场。

我们每个人都带着任务回到了弗瑞宁。威拉负责游说男爵和女爵，他们似乎都喜欢她，或许她能说服几个人加入到我们的战斗中来。她也要一直加强自己的能力，并要训练那些能力退化的人。

芬恩将和他的父亲以及追踪者一起建立军队。他甚至勉强同意让洛基也来帮忙。身体上，洛基与小妖精一样强壮，因此，追踪者至少可以通过与他格斗来训练，从而了解与那些小妖精为敌是一种什么状态。

在选举之前，托弗必须指任一位临时宰相。他主动要求暂摄宰相之位，因为他觉得自己应该为宰相的死负责。我向他保证那不是他的错，但他说心里已经选定贝恩男爵担任宰相一职了。

我的任务听上去最简单，但感觉是最不可能完成的。我必须找到杀死国王的方法。

回到宫殿时，一连串的防御会议正在进行。托弗故意没有把我与洛基一起离开的事实告诉任何人，担心这会引起恐慌，然而一回来我就召集会议，要让大家都知道此事。

洛基打算直接回房间，但我叫他和我们一起。我需要让特雷奥人信任他。他最了解威卓部族，所以是帮助我们攻打敌人的最佳人选。

会议的进展和我预期的一样，尽管拉里斯女爵因为托弗威胁要驱逐她而闭口不言，可会议上还是沸反盈天。我让大家安静下来，告诉他们我要干什么，然后又解释了什么是必须做的，他们还是接受了，反应也不那么强烈了。有了明确的计划就让他们不太担忧了。

会议结束前，我告诉他们，我们将组织队伍再次奔赴奥斯林纳，查明事实真相并帮助那里的人重建家园。我没有征求他们的意见，就直接宣布我、威拉、托弗、洛基和奥萝拉志愿参加。我得努力让特雷奥的人民相信男爵和女爵能够做实际工作，并且希望我发起号召时，他们也能够响应。

随后，我们就分散开去完成各自的任务。虽然我非常想睡觉，但是没有时间。我必须去图书室把所有能找到的关于威卓部族的书都找出来。在奥伦之前，一定有其他似乎永不衰老的人，也一定会有杀死他们的办法。

当然，为了防止威卓部族破解这些书，以前的这些文章都是用特雷奥语写成的。关于怎样阻止威卓部族的最有用的信息都藏在这些书里。我的特雷奥语虽有所长进，但还没达到流畅阅读的程度，所以每读一页都要花费很长时间。

"温迪。"托弗说。我抬起头，看到他正站在图书室门口。由于长时间盯着这些旧文章，我的视线变得模糊不清。

我坐在一堆书里。一开始时我把书往桌子上搬，但觉得这样很浪费时间，于是就放弃了，我已经没有时间可以浪费了。我们明天一早就要出发去奥斯林纳，而且一去就是几天，那样的话就不能再查阅这些书了。

"有什么事吗？"我问。

"已经晚了，"托弗说，"很晚了。"

"我还有一些文件要看。"

"你上一次睡觉是什么时候？"

"不知道，"我摇摇头，"那不重要，我没有时间睡觉了。有这么多事要做，我都不知道怎样才能做完，不知道怎样才能准备好一切，我只能每分每秒都掰开来用。"

"你需要休息，"他走到我身边，"我们需要你变得强大，这就意味着有时你必须休息。这很讨厌，但我们不得不这样。"

"可是如果我做不到怎么办？"我眼泪汪汪地抬头看着他，"如果我找不到阻止奥伦的方法怎么办？"

"你会找到的，"他向我保证，"你是公主。"

"托弗。"我叹了口气。

"走吧，"他向我伸出手，"现在去睡吧，明天早上我们再看。”

我让他牵着我的手把我拉了起来。他已经穿着睡衣，头发异常凌乱。我猜他已经想睡了，但见我还没上床，于是又来找我。

我的大脑飞速运转，思考着必须做的那些事。我觉得我会睡不着，但是头一挨着枕头，我就什么都不知道了。

15 奥斯林纳

看上去这儿就像被轰炸过一样。奥斯林纳是座小镇，甚至比弗瑞宁还小。它坐落于山谷之中，周围有几座小山环绕。此前我从未来过奥斯林纳，但根据残留下来的建筑物判断，这儿曾十分美丽。

所有追踪者的家都被摧毁了。追踪者住在小木屋里，这些小木屋大多掩映在树林或群山之间，通常都是土质地面，没有很深的地基，所以很容易被毁。男爵和女爵的房子质量虽然好点，但损毁也很严重，屋顶大部分都找不到了，整面的墙壁也多有垮塌。

位于小镇中心的宫殿是唯一留存下来的建筑。它看上去跟我的宫殿差不多，就是面积小点，窗户也少一些。站在我的宫殿后面能俯瞰河流，而这座宫殿则是依山而建。

宫殿的一半已经倒塌，而且黑漆漆的，像是被烧过。另一半还好，至少从外面看上去是这样。宫殿有明显的损坏痕迹，窗户被打破了，喷泉也遭到损毁，但看上去仍然比镇上其他的建筑物要好得多。

由于对这场屠杀心存恐惧，我们缓慢地驱车穿过城镇，托弗必须几次转弯才能避开路上的废墟。他在宫殿前停了下来，把车停在一棵连根拔起的橡树旁边。

“对我们来说，要处理的事实在太多了。”坐在后面的奥萝拉说。一路上她一直嘟嘟囔囔，不愿意来灾区帮忙，但是我们没有给她任何选择的权利，因为她是最强大的医者，而奥斯林纳肯定有很多人受伤了。

“我们要尽力而为，”我说，“如果实在是无能为力，那至少我们也不会遗憾。”

我下了车，不想听她继续大放厥词。邓肯把另一辆凯迪拉克停在我们的车后面，他是和威拉、马特还有洛基一起来的。芬恩也想来，但他的身体还没有完全恢复，而且托马斯需要他帮忙训练追踪者。马特坚持一同前来，起初我是反对的，但我们真的需要人手，所以最终我答应了。

“这比我想象的还要糟糕。”威拉双手抱在胸前，无奈地摇了摇头。

“你们就是要与这些人为敌？”马特环顾四周，问道，“就是把这座小镇变成废墟的那些恶魔？”

“我们现在不会攻击任何人，”我打断了他的思路，“我们现在要把这座小镇清理一下，并救助幸存者，把难民带回弗瑞宁。现在我们唯一需要担心的就是这个。”

洛基搬起一条大树枝，把它从通往宫殿的路上挪开。这条小路原来铺着鹅卵石，但现在很多石头都散落到了旁边的草坪上。

托弗和我向宫殿走去，努力使自己看上去既庄严又充满同情心。看到很多地方都受到灾难性的破坏，让人心痛，所以表现出同情并不难。

我们到达宫殿跟前，大门突然打开了。一个比我大不了多少的女孩走了出来，她深色的头发乱作一团，脸上、衣服上都是泥斑和灰烬。她个子很小，甚至比我还矮，好像正在哭泣。

“你是公主吗？”她问。

“是的，我是弗瑞宁的公主，”我说，然后指着托弗，“这是亲王，我们是来帮忙的。”

“哦，谢天谢地，”她忍不住大哭，跑过来抱着我说，“我以为不会有人来了。”

“我们在这儿呢。”我轻轻拍着她的头，不知道还能做些什么。我和托弗交换了一下眼神。“我们会尽力帮你的。”

“对不起，”她松开我，擦了擦眼睛，“我没想这样的，我实在不该哭哭啼啼，我已经……需要做的事太多了。”她摇摇头。“父亲会因为我这样而生气的，很抱歉。”

“不需要道歉，”我说，“你已经受了太多的苦。”

“不，现在由我负责，”她说，“所以我必须勇敢地承担责任，这才像样。”

“肯纳·托马斯？”我问道，希望没有记错她的名字。她曾经是伴娘候选人，威拉曾告诉过我她的一些事。她没能参加我的婚礼派对,唯一的原因就是我婆婆奥萝拉喜欢她——凡是我婆婆喜欢的东西,我都有一种本能的反感。要不是这样的话,她其实是个很不错的选择。

她笑了。“对,我是肯纳,我父母死后,我现在已经成为奥斯林纳的女爵了。”

“这里还有其他幸存者吗?”我问,“有人需要治疗吗?我们带来了一位医者。”

“哦,是的!”肯纳点点头,“跟我来。”

我们跟着肯纳进入宫殿,途中,她跟我们说了这里发生的事。镇上的人都还在睡觉,小妖精们就闯了进来,开始摧毁整个镇子。据她所说,搞破坏是他们的主要目标。镇上有人员伤亡是因为小妖精们摧毁了房屋, 而当时里面恰恰有人正在休息,或是小妖精推倒大树砸到了旁边的人。这就像是半夜一场龙卷风突然来袭,而警笛未发出任何警告。

当小妖精开始袭击小镇时,这里只有几名追踪者,但是他们没能坚持多久。肯纳看到一个追踪者刚刚与小妖精交上手,就被撕成了两半。但当男爵和女爵开始反击时,那些小妖精们就迅速撤离了。

在奥斯林纳的宫殿里,小舞厅已经变成了一个临时监护病房。一些受伤严重的特雷奥人已经被送去附近的医院,但大多数人宁死也不愿意接受人类的治疗。

眼前的场面非常可怕。支起来的简易床上都是幸存者,大多数人满身是血,伤痕累累。四处都是断了胳膊、满脸污垢的人类小孩,躺在他们寄主父母的怀里大哭。

我没有督促奥萝拉，但她立即主动投入到工作当中，这让我感觉很满意。威拉和我在这些幸存者中间转来转去，给他们以鼓励，又端茶倒水地为他们服务，尽我们所能帮助他们。

肯纳带托弗、邓肯、洛基和马特到宫殿外面，指给他们看哪里最需要帮助，我想和他们一起出去。比起马特或是邓肯，我在搬重物方面更能帮上忙，因为我可以用意念移动这些物体。

但是我觉得我需要在宫殿里与人们在一起，至少要待上一会儿。除了给他们递上一瓶水之外，对大多数人来说，我在那儿并不能给他们多少实际的帮助，但我觉得有些人需要有倾诉的对象，需要有人关爱他们。

他们的故事令人心碎。妻子失去了丈夫，孩子失去了父母，多数追踪者失去了一切。我想哭，但我不能。虽然这有悖人情，还有些自私，可我必须保持冷静，向他们保证我们会解决一切问题，我会让一切都好起来。

经过一个坐在吊床上的年轻女人身边时，我停下了脚步。如果说她比我大的话，可能也就大一两岁，虽然她身上满是污垢和伤痕，但她一头棕色的长发透出温暖的色彩，非常美丽。

尽管如此，她真正吸引我的还是她的双眼。它们非常深邃，就像绵延无尽的棕色阴影，茫然空洞地看着前方，泪水无声地夺眶而出。

她怀里抱着个小孩，还不到一岁。小女孩胳膊圆滚滚的，紧紧地抓住这个年轻女人，让我想起猴子紧紧抓住母亲的样子。根据这个婴儿的外表——她棕褐色的皮肤、凌乱的深色鬈发——我敢说她是特雷奥人，再确切点说，她是追踪者的孩子。

“你怎么样？”我问道。她没抬头，于是我在她面前蹲下来。“你还好吗？”

“还好。”她麻木地说道，仍旧茫然地盯着地面。

“孩子呢？”我试探性地碰了碰孩子，之前我从未与孩子有过多少接触，但我觉得我应该做些什么。

“孩子？”起初她似乎有些疑惑，然后低头看了看怀里的小女孩，“哦，汉娜很好。她想睡觉，但是她并不明白发生了什么事。”

“可能这样最好。”我说。

汉娜抬头看着我。对这副小脸来说，她的眼睛似乎太大了。她伸出小手握住我的手指，几乎是紧紧攥住它，茫然地朝着我笑。

“汉娜是一个漂亮的小女孩，”我说，“她是你的孩子吗？”

“是的，”她点了一下头，“谢谢你。”她用力吞咽了一下，尽力想挤出一丝微笑。“我叫米娅。”

“她父亲在哪儿？”我抱着一线希望，希望她父亲当时不在奥斯林纳。

“他……”米娅摇了摇头，默默无言，泪珠噼里啪啦地落下，“当时他想保护我们，他……”

“我不该问的。”我把手放到米娅的胳膊上，希望这样能安慰她。

“我只是不知道没有他我们该怎么办。”她开始啜泣。

我坐在她旁边的床上搂着她，这就是我能做的一切了。她很特别，那么恬静又那么无助；我想解决她的难题，减轻她的痛苦，但我做不到。

她看起来那么年轻，根本不像结过婚的样子，更不像母亲和寡妇了。我简直无法想象她正在经历的一切，但是我会竭尽全力帮助她。

“你会没事的。”她伏在我肩膀上哭泣时，我努力安慰着她。汉娜也开始哇哇地哭，很可能是因为看到她妈妈在哭。“虽然需要一些时间，但是你和汉娜都会没事的。”

米娅极力控制自己的眼泪，轻轻摇晃着她的孩子。汉娜马上停止了哭泣，重重地呼出一口气。

“很抱歉让你看到我这个样子，公主，”米娅看着我说，“我不应该靠在你肩膀上哭的。”

“不，这你无须担心，”我挥挥手，“但是，我们离开奥斯林纳时，米娅，希望你能跟我们一起回弗瑞宁。我们会给你找一个好地方住，然后再想想你在那儿能做些什么，好吗？你记住，在我们的宫殿里永远有你和汉娜的位置。”

“谢谢。”她眼里又溢出了泪水。我怕她又会哭起来，所以走开了，让她一个人在那儿哄女儿入睡。

米娅的事一直萦绕我心头，让我久久难以释怀。即使在屋里转来转去，我都摆脱不了她那双悲伤的眼睛。我能从她的绝望里看到温暖和善良，我希望有朝一日她能再次快乐起来。

我在房间里待了很长时间，和每一个人都聊了聊，然后我就得出去了，因为在外面我能帮上更多的忙。威拉也是这么想的，所以她跟我一起出去了，留下奥萝拉在这儿给他们疗伤。

离开这个临时的难民营时，威拉潸然泪下。她擦了擦眼泪，非常难过，手里还拿着一只脏脏的小泰迪熊。

“这里的确太让人难过了。”我努力抑制着自己的眼泪。

“一个追踪者小男孩给了我这个，”她抱着这只小熊，“他的家人都死了。他的父母、姐姐，连他的小狗都死了。他给我这个是因为我给他唱了一首歌。”她摇摇头。“我不想要，但是他说那是他姐姐的，他说他姐姐肯定想让另一个女孩拥有它。”

我搂着她，沿着大厅向宫殿大门走去。

“我们必须为这些人多做些事，”威拉说，“那个小男孩没有受伤，但是如果他受伤了，奥萝拉是不会给他治疗的。她不愿意在追踪者身上浪费自己的能力。”

“我知道，”我叹了口气，“这种想法很愚蠢。”

“这种情况必须改变，”威拉停下来，回头指着舞厅说，“这里的每个人都历经磨难，他们都应该得到同样的救助。”

“我知道，我正在努力让一切变得更好，”我说，“我召集大家开那么多会就是要做到这一切，这就是我要你帮助他们的原因。我要改变这一切，我会让一切都好起来，但是我需要帮助。”

“好的。”她吸了吸鼻子，把玩着泰迪熊，“我也要开始参加会议，我想参与你正在做的这些事情。”

“谢谢，”我说，同时感到稍微松了一口气，“但现在，帮助这些人的最好办法就是清理这个地方，让他们能够重建家园。”

威拉点点头，继续与我朝门口走去。外面的情况已经有所改善。原来在草坪上的半边屋顶以及车子旁边连根拔起的橡树已经不见了。我能听见他们几个正在争论怎么处理那些断壁残垣。

马特建议暂时把这些建筑物的残骸堆起来，之后再考虑挪走。洛基反对这样做，但是托弗告诉洛基只要照做就行。他们没有时间浪费在争吵上。

威拉和我加入到他们的行列中，我们开始干起活来。洛基、托弗和我负责大部分的搬运工作，而马特、邓肯和威拉则负责打扫垃圾、清理房屋。仅仅把垃圾从路上搬走，并不能解决镇上人们的吃住等难题，但却是重新修复这座城镇的第一步。

时间一分一秒地过去，我开始觉得筋疲力尽，但我还是尽力克服疲劳。洛基必须用身体去搬运所有东西，好在他体魄强健，所以尽管天气寒冷，他最后却热乎乎地出了一身汗。他脱掉了衬衫，如果是在平常，这是让人高兴的一幕，可现在却让我感到心痛。他后背上的伤疤似乎比以前好了点，但还能辨认得出来，这让我想起他曾经为我遭受过什么。

“他怎么了？”我们打扫其中一间房屋时，威拉问我。一棵树戳进了窗户里，我把树干移开，而威拉则清扫玻璃碴和断掉的树枝。

“什么？”我见到她正隔窗盯着洛基，看他把一张被毁的沙发扔到路旁的垃圾堆里。

“洛基的背，”她说，“那是国王干的，对吗？那就是他获得赦免的原因？”

“对，是的。”

风在我身边吹起，把我的头发都吹到眼睛里。威拉在卧室中间制造了一场小型龙卷风，打着旋把所有的玻璃碎片和小树枝都吹了起来，这样威拉就可以把这些东西直接送到外面的垃圾堆里。

“那你和他之间有什么故事?”威拉问。

“和谁?”我正欲扶起翻倒的沙发,威拉过来帮我。

“你和洛基。”她帮我扶起沙发,“不要装傻,这事关重大。”

我摇摇头。“我们什么事都没有。”

“反正怎么说都随便你,”她翻了翻眼珠,“我一直想问你,结婚的感觉怎么样?”

“已经三天了,非常不错。”我冷淡地说道。

“新婚之夜怎么样啊?”威拉笑着问我。

“威拉!现在不是讨论这个的时候。”

“现在恰恰是最佳时刻,我们需要放松一下了,”她坚持道,“我还没跟你谈论过这个呢,婚礼之后你的生活就充满了戏剧性。”

“这还用你跟我说。”我小声嘟囔着。

“休息五分钟吧,”威拉坐在沙发上,拍拍旁边的地方,“很明显你已经筋疲力尽了,你需要休息。歇五分钟吧,我们聊聊天。”

“好吧。”我同意了,主要是因为移动了这么多东西让我头痛难忍。我一屁股坐在她旁边,沙发上腾起滚滚尘土。“再怎么打扫也还是尘土飞扬啊。”

“别担心,”威拉说,“我们会把这儿收拾停当的,然后再把弗瑞宁所有的女佣都派到这儿来帮他们收尾。现在我们只要专注于让他们走上重建之路就可以了。我们不能一天之内就完成所有的恢复工作,但是最终我们会处理好一切的。”

“希望如此。”

“但是温迪,你的新婚之夜到底怎么样呢?”威拉问道。

“你真想讨论这件事吗?”我头倚着沙发靠背,抱怨道。

“这会儿我实在没有其他想要跟你讨论的事。”

“你真的会很失望的,”我说,“因为实在没什么好说的。”

“这么平淡吗?”她问道。

“不,根本什么都没有发生,”我说,“我的意思是真的什么都没发生。我们什么也没做。”

“等等,”她倚着沙发,好像这样看我的视角更好,“你的意思是你结婚了,但依然还是个处女?”

“就是这个意思。”

“温迪!”威拉倒吸了一口冷气。

“你想说什么?我们的婚姻很奇怪,真的很奇怪,你知道了吧。”

“我知道了,”她看起来非常失望,“我那时还以为你从此就幸福美满了呢。”

“嗯,可能将来会吧,但婚姻并不是我幸福美满的起点。”我指出。

“温迪!”马特在屋外喊道,“我需要你帮忙!”

“来任务了。”我站了起来。

“我们聊了还不到一分钟呢,”威拉说,“你真的需要休息一下,温迪。你会把自己累垮的。”

“我没事,”我边说边走了出去,“真的累得不行时我会睡觉的。”

我们一直干到晚上，最后把大部分残骸都清理干净，并堆到了一起。我本来还想坚持干更多的活儿，但很明显其他人都已经累得站不起来了。

“我想今晚我们就干到这儿吧，温迪。”洛基两只胳膊搁在一台倒掉的冰箱上，身子也靠上去，显然已经筋疲力尽。

马特和威拉坐在垃圾堆旁的一根木头上，托弗站在他们旁边，喝着水。只有邓肯依然在帮我从一个追踪者屋子里往外拉一床破烂的床垫。我已经不能再使用超能力了，因为每用一次，都让我头痛欲裂。

整座镇上只剩三盏路灯还能用，马特、威拉、托弗和洛基在一盏路灯旁休息。十五分钟前他们就不再干活了，而我还在坚持。

“温迪，算了吧，”马特说，“你已经尽力了，干得也挺多了啊。”

“还有那么多活儿没干完呢，所以显然我并没有干多少啊。”我说。

“邓肯需要休息，”威拉说，“我们停下吧，明天多干点。”

“我没事。”邓肯气喘吁吁。我不再使劲拉床垫，抬头看着他。他浑身脏兮兮的，头发一团糟，脸也红扑扑的，汗流浃背。实际上，我从未见过他如此狼狈。

“好吧，今晚我们就到这儿。”我心软了。

我们和邓肯走过去坐到那根圆木上，挨着马特和威拉。威拉那儿有台小冰箱，她给我们俩递过两瓶水。我拧开盖子大口喝起来。托弗在我们面前走来走去，把玩着瓶盖。我不知道他怎么还能有力气来来回回地走。

“我们已经把这儿基本清理干净了，这很好，”马特说，“但是重建工作我们却还没有着手呢，再说我们大家甚至都干不了建筑。”

“我知道，”我点点头，“我们必须再派一支队伍来，他们能够承担重建工作，做更专业的工作。回弗瑞宁后，我们就得再派人来了。”

“如果你需要的话，我可以绘制一些设计图，”马特主动说，“我可以设计一些能够方便快捷地完工的建筑，而且让这些建筑看上去并不廉价。”

“那就太好了，”我说，“这样我们的工作就完成了一大步。”

马特是一名建筑设计师，或者至少可以这么说：如果我没有把他拖到弗瑞宁，他就会成为一名建筑师的。我不确定他在宫殿里是怎么打发时间的，但是让他设计些东西对他来说应该不错，再说这样对奥斯林纳也有很大的帮助。

“好消息是这里的损毁程度似乎印证了肯纳的话。”洛基说。他不再倚着冰箱，走过来坐到我旁边。

“你的意思是？”我问。

“小妖精们并不是真的恶劣卑鄙，”洛基说，“他们有破坏性，也非常令人气愤，但据我所知他们还从未杀过任何人。”

“但现在他们已经杀人了。”威拉指指周围的一片混乱。

“尽管如此，我认为谋杀不是他们的终极目标，”洛基说，“他们想摧毁整座城镇。即使那天晚上他们和我们的救援队交战时，他们也没怎么杀人。”

“那又怎么样呢?”我问。

“我不知道,”洛基耸耸肩,“可我认为他们并不是我们之前想象的那样不可战胜,他们不是真正的战士。”

“对那些死去的人来说,这可算得上是真正的慰藉了。”托弗说。

“好了,”威拉站起来,“我休息够了。我准备进去再清理一下,然后睡会儿觉。你们呢?”

“我们有地方睡吗?”邓肯问。

“有,”威拉点点头,“肯纳告诉我多数卧室并没有遭到严重破坏,如果要洗漱的话,他们那儿也有自来水。”

“哦,我绝对需要。”洛基站了起来。

大家往宫殿走去,但托弗却落在了后面。我放慢脚步和他一起走,他似乎有些痉挛,不停地拍打耳朵,像是有蚊子或苍蝇在那里嗡嗡叫,但我并没有看到。我问他怎么了,他只是摇了摇头。

肯纳把我们带到多余的卧室,想到这里有这么多人无家可归,我为我们使用这些卧室感到惭愧。她说伤员太多而卧室不够,所以她不想把卧室分给那些幸存者,这样只会造成混乱和不公,雪上加霜。

再说,这些卧室的情况也并不太好,房间非常局促,虽然没遭到巨大破坏,却是一片混乱。整个宫殿似乎都微微倾斜,书和家具扔得到处都是。

我整理了一下房间,让托弗先到下面洗个澡。他似乎有点魂不守舍,我觉得如果让他休息一下会更好,不能再让他干活了。

洗完澡之后托弗回到房间，头发湿答答的，一团糟。"你在干吗呢？"他问道。

"在铺床，"我正在抚平床单，回头看着他问，"澡洗得怎么样？"

"你为什么铺床？"他大喝一声，猛冲过来。我挪到一边，他扯下了床单。

"对不起，"我说，"我不知道这会让你生气，我还以为——"

"为什么？"托弗猛地转身面对着我，绿色的眼睛仿佛在燃烧，"你为什么要这么做？"

"我只是铺了铺床而已，托弗，"我小心翼翼地说，"如果你愿意的话，那就不铺了。为什么不赶快上床睡觉呢？行吗？你太累了。我要去洗澡，你快睡会儿吧。"

"好！爱怎样就怎样吧！"

他扯下床单，喃喃自语。今天他做得太多，大脑负载过重了。我的头仍然在嗡嗡作响，但我比他强大一些，我都不敢想象他现在到底是什么感觉。

我抓起在弗瑞宁整理好的行李包去洗澡了。留他一人休息或许会更好。我想好好地洗个热水澡，但我到浴室时，水已经凉了，所以我就简单冲了一下。

还没回到房间，我就听到托弗的声音。他自言自语的声音越来越大。

"托弗？"我小声叫着他的名字，推开卧室的门。

"你去哪儿了？"托弗大喊道，他的眼睛睁得大大的，很是疯狂。我已整理好的房间又全被弄乱了，东西散落了一地，他不停地在房间里走来走去。

“我去淋浴了，”我说，“我告诉过你啊。”

“你听到了吗？”他忽然停下来，环顾四周。

“什么？”我问。

“你根本没听！”托弗大喊道。

“托弗，你累了，”我走进卧室，“你需要睡觉。”

“不，我不能睡。”他摇摇头，不再看我。“不，温迪，”他双手胡乱揉着自己的头发，“你不明白。”

“我不明白什么？”我问。

“我什么都听得到。”他双手抱着头，“我什么都听得到！”他不停地重复这句话，把头抱得更紧。他开始流鼻血，痛苦地呻吟起来。

“托弗！”我冲到他身边，伸出双手抚慰着他，但是他却给了我一耳光。

“你好大的胆子！”托弗面对着我，一下把我推倒在床上。我很害怕，什么都做不了，只能看着他继续怒吼。“我不能信任你！我不能信任任何人！”

“托弗，请冷静一下，”我哀求道，“你现在简直不是你了，你太累了。”

“不要告诉我我是谁，你根本不知道我是谁！”

“托弗。”我挪到床边坐起来，他站在我面前，低头怒视着我。“托弗，请听我说。”

“我不能，”他咬着嘴唇，“我听不到！”

“你能听到，”我说，“我就在这儿啊。”

“你在说谎！”托弗抓着我的肩膀，使劲摇晃我。

“嘿！”洛基大喊一声，托弗放开了我。

进屋时我没关门，而洛基冲完澡后回自己的房间，途中经过我的房间，听到动静就进来了。他没穿衬衫，浅色的头发还滴着水。

“滚开！”托弗朝他喊道，“我不允许你在这儿！”

“你他妈的在做什么？”洛基问。

“洛基，不是他的错，”我说，“他用了太多的超能力，这对他影响很大，让他有点不正常。他需要睡觉。”

“不要告诉我应该做什么！”托弗咆哮道。他抬起手来，好像还要打我，我往后缩了缩身子。

“托弗！”洛基大喊着冲向他。

“洛基！”我喊道。我害怕洛基打托弗，但他并没有出手。

洛基抓着托弗的肩膀，让托弗看着他。托弗想甩开他，但是几秒钟后，托弗就失去了意识。他身体发软，往下倒去，洛基抱住了他。我从床上让开，好让洛基把他放到床上。

“对不起。”我不知道还能说些什么。

“别说对不起，他差点打了你。”

“不，他没有，”我摇了摇头，“我的意思是，他确实打了我，但那不是托弗，那不是真正的他。他永远不会伤害任何人的，他只是……”

我的声音越来越小，我想哭。托弗打了我的脸，很疼，但这根本不是我想哭的原因。他生病了，而且会病得越来越重。明天应该会好点，但最终他的能力会侵蚀他的大脑，到那时，原来的那个托弗就不会存在了。

洛基靠近我，痛苦地看着我的脸颊。我的脸开始抽痛，我意识到自己脸上肯定有个红手印。我转过脸，非常尴尬。

“谢谢你，”我说，“但是我还好。”

“不，你不好，”洛基说，“我才不管他是不是你丈夫呢，我也不管他是否精神失常。他没有任何理由打你，如果他再敢……”他下颌上的肌肉抽动着，眼里满是怒火，看得出他很在意我，想保护我。

“他不会再打我了。”我让他放心，虽然我自己也不敢肯定。

“最好是这样，否则……”洛基似乎不那么恼火了，他温柔地拍了拍我的胳膊，“走吧，你今晚不能跟他待在这儿。”

16 一夜

我找到奥萝拉，让她与托弗在一起。离开托弗我感到很内疚，但如果他再次失控的话，奥萝拉作为医者应该能给他更好的治疗。

既然奥萝拉与托弗在一起，我就住在她的房间了。四柱床放在房间的一角，挂着红色的帷幔，床单也是红色的。其中一面墙倾斜得厉害，几乎靠着床的顶部，让人感觉房间更加局促。

"现在没事了吧？"洛基一直陪着我，现在正站在门口。

"嗯，不能再好了，"我没说实话，坐到了床上，"整个王国支离破碎，人民正在死亡线上挣扎，而我又不得不想尽一切办法杀死自己的亲生父亲，丈夫偏偏又在这时候疯了。"

"温迪，那都不是你的错。"

"但感觉好像都是我的错似的，"一滴泪顺着我的脸颊滑落，"我只会让一切变得更糟糕。"

“不是那样的，”洛基走过来坐到我身边，“温迪，不要哭。”

“我没哭，”我依然倔强地不愿意承认，擦了擦眼睛看着他，“你为什么还是对我这么好呢？”

“我为什么不能对你好？”他看上去很疑惑。

“因为……”我指了指他背上的伤疤，“这都是因为我啊。”

“不，这不是你的原因，”洛基摇摇头，“那是因为国王太邪恶了。”

“但如果我当初跟他走，这一切就都不会发生，”我说，“这些人都不会死，连托弗也不会累成这样。”

“可那样的话你就死定了，”洛基说，“国王仍然会痛恨特雷奥王国所有的人，如果他怪罪特雷奥人给你洗了脑的话，甚至可能会更加痛恨。最终，他还是会发动进攻，把整个特雷奥王国据为己有。”

“也许会，”我耸耸肩，“也许不会。”

“不要说了，”他搂着我的肩膀，让我感觉既安全又温暖，“不能把所有的事都怪到你头上，你也不可能处理好所有的事情。你一个人能处理到现在这个程度已经不错了。”

“我感觉事情多得好像永远做不完，”我咽了咽唾沫，抬头看着他，“我做得也还远远不够。”

“哦，相信我，你已经做得够多了。”他微笑着，把我脸上的一缕头发拂到脑后。

他看着我的眼睛，我感觉内心深处有一种强烈的渴望。每次与他在一起都是如此，而且随着次数的增多，我的这种感觉变得越来越强烈。

“你那时为什么想让我记住？”我问。

“记住什么？”

“当我在你房间时，你曾说过你想让我记住：那一刻我希望你吻我。”

“也就是说你承认想让我吻你了？”洛基得意地笑了。

“洛基——”

“温迪——”他也学着我的样子叫着我的名字，微笑着看我。

“你当时为什么不吻我呢？”我问，“难道那不是一段美好的记忆吗？”

“时机不对。”

“为什么？”

“你有任务在身，如果我吻你，只能吻一秒钟，因为你急着走，”他说，“而一秒钟是远远不够的。”

“那什么时候才是恰当的时机呢？”我问。

“不知道。”他小声说。

他把手放到我的脸颊上，拭去一滴泪水，深情地望着我，俯身向前，嘴唇轻触我的唇部。开始时，他好像先故意试探了一下，看我是否愿意。他的吻轻柔甜蜜，与芬恩的吻非常不同。

一想到芬恩，我就赶紧努力把他从脑海中抹去。我也不愿意想其他事——除了洛基，我心里什么都放不下。一种温暖而强烈的感觉油然而生，这一晚的劳累似乎也随之消失了。

洛基深深地吻我，把我推到了床边。他搂着我的腰，把我抱起来扔到床上。我紧紧拥抱着他，手指深深陷进他赤裸的脊梁。

他背上的伤疤摸起来就像盲文一样，这是他为了保护我才落下的伤疤。

“温迪。”他轻呼我的名字，吻着我脖颈上上下下的肌肤，让我颤抖不已。

他忽然不再吻我，就那么与我深情对视。他浅色的头发略微挡住眼睛，焦糖色的眼睛凝视着我，帅气的面庞让我心跳加速、激动不已。

我好像之前从未认真看过他似的。他所有的伪装已经消失，他得意的笑容、他的狂妄自大都不见了。这就是一个真实的他，我意识到这或许是我第一次真正看清了洛基。

洛基既脆弱又善良，怕我受到伤害。不仅如此，他还很孤寂，并且非常在乎我。他太在意我的感受了，以至于让他自己都感到害怕；他认为那也会吓到我，但其实不然。

此时，我心中只有洛基，这一刻异乎寻常地美妙。对一个人有那种感觉很奇怪，但那恰恰就是洛基给我的感觉。他低头看着我，不知道我是会接受还是把他推开，这时的洛基真的非常美。

我伸手抚摸他的脸，他是那么真实，简直让我难以相信。他闭上眼睛，亲吻我的手掌，一只手放在我身边，另一只手紧紧地抱着我，颤抖的身体发出的热量传遍我全身。

“我很不想这么问你，但……”洛基声音越来越小，沙哑地问道，“你确定你想做吗？”

“我要你，洛基。”我脱口而出，这句话甚至都没有经过大脑。

我要他，非常需要，这一晚我不想考虑后果或影响。我只是想跟他在一起。

洛基松了一口气，笑了，看起来容光焕发。他俯身再次吻我，这次更深情，也更热烈。

他的手在我睡衣下滑动，坚定有力地放到我的大腿上。我喜欢他的力量和强悍，即使轻微的触摸我也能感受得到。他试图抑制自己，生怕弄疼了我，但当他褪下我的内裤时，还是将它撕成了两半。

我从头顶上褪下了睡衣，不想让他再把我的睡衣撕破。他已经尽可能温柔地对待我了，我内心深处也有点认同，因为我认为我的第一次就应该这样。但是我们都太饥渴了。

他慢慢开始，试着进入我的身体，但我在他耳畔呻吟起来，紧紧地抓着他，不再刻意抑制自己。确实有点疼，我把脸埋进他的臂膀，不想叫出来。可他并没有放慢速度，很快我也感觉到了那种快感，身体慢慢热了起来。幸亏他没有放慢速度，那种疼痛都让我很销魂。

之后，他瘫倒在我身边，我们都喘着粗气。床被我们压歪了，我模糊记得听到了床板爆裂的声音，可能是我们把它压断了。四柱床的红色帷幔原本是束在上面的，但随着我们的摇晃变得又松又散，终于掉了下来，将我们与周围的世界隔开了。

屋里并没有灯，是几支蜡烛照亮了房间，烛光透过帷幔闪烁着，我们被笼罩在这片温暖的红色光晕里。我觉得自己就像被包裹在了一个温暖的茧里面，很有安全感。在我的生命中，我从未像现在这样感到满足与安心。

我躺在床上，洛基也躺在我身边，但他还是几乎搂着我，一只胳膊放在我的脖子下面，另一只则搁在我的肚子上。我也伸手搂着他，这样我们就能靠得更近了。

我依偎在他怀里，他前胸的伤疤就在我眼前。我从未如此近距离地看过那道伤疤，它看起来很粗糙，而且凹凸不平，从他的心脏上方一直斜伸到右边乳头的下面。

“你恨我吗？”我很平静。

“我为什么要恨你呢？”洛基笑了。

“因为这个，”我抚摸着那道疤，他周围的皮肤跟着轻微颤抖起来，“我父亲因为我而伤害了你。”

“不，我不恨你，”他吻了吻我的太阳穴，“我永远都不会恨你。国王的所作所为并不是你的错。”

“那这道疤是怎么来的？”我问。

“国王决定惩罚我时，他曾考虑过死刑，”洛基几乎有些疲倦，“他先是拿出了一把剑，但后来又觉得折磨我可能更有意思。”

“这么说他差点杀了你？”我看着他。想到他险些死了，我有想哭的冲动。

“可他最终还是没杀我，”他向后梳理着我的头发，手指缓缓梳开我头发打成的结，低头看着我微笑道，“不论他怎么努力，可还是没有下手啊。我一直也没有放弃，我知道我在为谁而战。”

“你不能那样说，”我强抑着自己的眼泪，垂下了眼帘，不再看他，“我们度过了一个美好而奇妙的夜晚，但也只能就此一夜。”

“温迪，”洛基侧过身，抱怨道，“你为什么非得现在就说这个？”

“因为——”我坐起来，蜷起双腿抱着膝盖。床单盖着我的腿，但我背部对着他，什么都没穿。“我不想你……”我叹了口气，“我不想伤你伤得更深。”

“看上去好像是我伤害了你，”洛基坐起来，抚摸着我的胳膊，“你胳膊上有淤伤。”

“什么？”我低头一看，发现手臂上有紫色的斑点，“如果我没记错的话，这应该不是你弄的。”我大腿上可能有洛基弄出的淤伤，但他并没有抓过我的胳膊。“哦，这不是你弄的，是托弗。”

“托弗。”洛基叹了口气，沉默了一会儿，然后看着我，“明天，你就会回到他身边了，对吧？”

“他是我丈夫。”

“可他打了你。”

“那时他头脑不清醒。一旦他恢复过来，就会感到内疚，也就不会再发生那样的事了。”

“最好不会。”他似乎有些咬牙切齿。

“不管怎样，我嫁给他是有原因的，我现在也并没有改变主意。”

“什么原因？”洛基问，“我知道你并不爱他。”

“特雷奥部族的人不想让我成为女王，”我说，“由于我父亲的身份，还有其他一些原因，他们不信任我。而托弗的家庭在特雷奥有巨大的影响力，能够帮助我平衡方方面面的意见。如果我没有与他结婚，他母亲奥萝拉就会带领着反对我的人把我推翻。没有托弗，我永远也成不了女王。”

“那有什么不好？”洛基问道，“既然这些人不信任你，也不喜欢你，你还为他们牺牲一切，这有什么意义吗？”

“因为他们需要我，而我可以帮助他们，可以救他们。我是唯一能与我父亲抗衡的人，也只有我真正关心追踪者以及那些没什么超能力的特雷奥人，并为他们争取权利。我必须这么做。”

“我真希望你不要那么信誓旦旦、坚定不移。”他搂着我，离我更近了。他吻了吻我的肩膀，然后温柔地说：“我不想让你明天回到托弗身边。”

“可我必须回去。”

“我知道，”他说，“但我不想让你回去。”

“尽管你今晚还可以拥有我，”我微微朝他一笑，这时他也恰恰抬头看着我的眼睛，“我能给你的只有这个了。”

“我不想只要这一夜，我日日夜夜都要与你相拥，我想永远拥有你的一切。”

泪水在我的眼眶里打转，我是多么想和他在一起啊，可现实如此残酷，让我心痛不已。与洛基坐在那里时，我感觉自己从未有过地心痛——痛彻心扉。

“别哭，温迪。”他朝我惨然一笑，从他的眼睛里，我看到了同样的心碎。他拥我入怀，亲吻我的额头、脸颊，又和我深情接吻。

“如果这是你能给我的一切，那我照单全收，”洛基说，“不要再讨论了，更不要担心王国、责任或是任何人。你不是公主，我也不是威卓部族的人。我们只是一对疯狂爱着对方的男孩女孩，而我们现在又赤身躺在床上。”

我点点头。“我也愿意。”

“好，因为我决定要充分利用今晚。”他笑着把我推倒在床上，“我觉得上次我们把床压断了一点，这次我们把它彻底毁了，你说好不好？”

我大笑，他吻了我。明天我可能会后悔，可能要付出惨重的代价。但仅此一夜，我不想再去思考什么，也不想再担心什么，就想与洛基在一起。他让我知道了什么是这世上唯一真正重要的东西，就在那一夜，他才是我唯一真正在乎的人。

早晨，一阵敲门声把我惊醒，我竟然还能睡着，这让我很惊讶。昨晚我沉浸在一种模模糊糊的快乐中，一切就像是一场美梦，我还从来都不知道，我竟然能够离一个人那么近——幸福就近在咫尺，尽管这一切又让人根本无法企及。洛基紧紧地搂着我，而我深深地依偎在他怀里。我希望自己能一直就这样蜷在他怀里，直到永远。

“公主？”奥萝拉在卧室外面喊着，一巴掌把我从梦中拍醒了，“你醒了吗？我需要拿我的衣服。”洛基抱着我的胳膊忽然紧了，我还没来得及回答，卧室门就吱的一声打开，奥萝拉走了进来。

17 后果

帷幔依然罩在床的四周，但如果奥萝拉掀开帷幔，就会发现我和一个男人赤身裸体躺在床上，而这个男人并不是她的儿子。我听到她在房间里走动，害怕得不敢说话，甚至不敢呼吸。

我的大脑在快速运转，试图回想我们的衣服是怎么回事。洛基的睡裤扔到卧室地板上了吗？他从我身上扯下来的内裤在哪儿呢？

"公主？"奥萝拉又喊了一声。透过帷幔我可以看到她的轮廓，她就在外面。"你在里面吗？"

"嗯。"我答道，如果我不回答的话，恐怕她会掀开帷幔。我尽量平息声音里透出的恐慌。"呃，是的，抱歉，我真的……还有点迷糊，昨天……太累了。"

"我明白，"奥萝拉说，"我来取我的包，这样我就可以下去做准备。你再躺会儿吧。"

“好，谢谢你。”

“没关系。”奥萝拉向门口走去，突然又停住了，“托弗对昨晚的事感到很愧疚，他从未想过要伤害你。”

“我知道。”听到托弗的名字，我忍不住打了一个冷战。昨晚的温馨回忆瞬间变成冰冷的现实。我背叛了自己的丈夫。

“他想为自己的行为向你道歉，但是我敢肯定你是理解他的，”奥萝拉说，“他从未想过要故意伤害你。”

这句话就像一把刀子，刺入了我的心脏，刺得那么深，让我几乎无法呼吸。我知道托弗不爱我，但如果我和其他男人发生关系，恐怕他还是不会高兴，他竭尽全力地支持我，无论如何还是值得我好好对他的，至少我也应该保持忠贞。

“我在楼下等你吃早餐。”奥萝拉说道。

“好。”我收紧声音，抑制住眼泪。

她顺手关上了卧室门，我颤抖着长呼了一口气，推开洛基，坐了起来。我一生中从未感到过如此矛盾。我只想永远和洛基就这样依偎在一起，但跟他在一起又让我感到愧疚，那种感觉非常难受。

“嘿，”洛基搂住我的腰，想把我拉回他身边，“不必急于离开，她已经走了。”

“我们今天还有很多事要做。”虽然不想拒绝他，可我还是把他的手从身上拿开，抓起昨晚扔在床尾的皱巴巴的睡衣。

“我知道。”洛基说，他听上去有点伤心。我穿上睡衣时，他坐了起来。“我从未想过要妨碍你做事，但你就不能再和我多躺五分钟？”

“不，不行。”我摇摇头，不想回头看他的眼睛，不想看到他脸上的表情，也不想回顾我们到底做了些什么。我双唇上似乎依然有他的味道，他在我体内的感觉似乎也依然让我难以忘怀。

“那……就这样了吗？”洛基问道。

“我告诉过你，我们所能拥有的也就只能是昨晚而已。”我说。

“你确实说过，”他深吸了一口气，“可我刚才还是希望你能改变主意呢。”

我下了床，发现我那被撕破的内裤就搭在满是灰尘的床罩褶皱里面。洛基也跟着我下来了，床吱呀作响。我转身面对着他，他已经穿上了睡裤，但昨晚他没有穿衬衫过来。

“你得偷偷溜回房间，”我告诉他，“别让任何人看到。”

“我知道，我会小心的。”

我们站在那儿，相顾无言。我们之间很近，但咫尺天涯。我有很多话要说，但我不能说。任何一句话都会让情况变得更加糟糕。

如果我大声说出来，昨晚发生的一切对我有多大的意义，一切就会变得太真实了，而我根本无力承担这一切。

洛基朝门口走去，但走到我身边时又停了下来。他的手握成拳状，看得出他在努力控制着什么。他一句话也没说，忽然猛地把我拉进他怀里。

他疯狂地吻我，我感觉头晕目眩、两腿发软。他放手时我甚至都不能确定自己能否站住，但我还是站住了。

“这是最后一次了。”我深深地吸了口气。

“我知道。”他没再多说，放开我走出了房间。

他一离开，我就两臂交叉搂着自己，觉得胃里一阵痉挛。那一刻我很确定自己会呕出来，但最终这种感觉消失了。不能哭，不能哭，不能哭。我一遍一遍地在脑海里重复这句话，但意念控心术在我自己身上好像不灵。我伸手抓住身后的床柱，害怕会因为腿支撑不住而瘫倒。

我做了什么？对洛基，对托弗，对我自己，到底都做了些什么呢？

“公主？”邓肯敲门，可我不知怎么回应，喉咙好像被什么堵住了，说不出一句话。“公主？”他打开了门，我努力让自己平静下来。“温迪，你还好吗？”

“嗯，”我点点头，强抑住自己的眼泪，“我很累，昨天干太多活儿了。”

“是，我知道，”邓肯说，“我也很累，睡得就像个死人似的，可又做了很多梦，梦里都是砰砰的碰撞声。昨晚你听到了什么没有？我就在你隔壁的房间。”

“没有，”我摇摇头，“对不起。”

“我只是来看看你，”邓肯说，“你确定没事吗？”

“我很好。”我说谎了。

“刚才我跟肯纳聊天，她打算暂且把那些自己房屋已经无法居住的人送到弗瑞宁，”邓肯说，“威拉建议我们今天都回去，把那些幸存者安置在宫殿里。然后我们再把真正懂得怎样重建奥斯林纳的人送来，因为我们并不懂怎么盖房子。”

“嗯，好，我觉得这个建议听起来不错，”我说，“但我必须先跟肯纳谈谈。”我突然想起了什么，回头看着他。“那……大家都起床了吗？”

“是的，除了你、托弗和洛基，都起来了，”邓肯说，“但是我刚刚看到洛基在浴室里，所以我想他现在已经起床了。昨晚托弗怎么了？奥萝拉说他好像生病了，还是有什么事？”

“是的，”我立即说，“他……生病了。”我揉着胳膊上的淤青，想遮掩一下。“我需要跟他说说话，他在房间吗？”

“据我所知——在。”邓肯说。

“谢谢，”我说，“我要去跟他谈谈，再换件衣服，然后在楼下跟你们会合。可以吗？”

“是的，听起来很不错，”邓肯说，“还有，公主，今天你真的应该放轻松，你看起来有点不适。”

我挥手示意他离开，他走了。我也马上动身去找托弗，路上一直在想应该说些什么，我应该跟他说洛基的事吗？

不能在这儿说，也不能这会儿说。我们还要为这儿的难民做很多事。我不想把时间浪费在吵架上面。

我怯怯地敲了敲托弗的房门，依然没有想好要对他说些什么。他开了门，看到他的那一刻，我心里更加慌乱了。他看上去像个魔鬼，虽然他的头发一直有些乱，但从来没有像今天这么乱糟糟的。我知道他已经睡醒了，但他眼睛下面依然有眼袋，一副睡眠不足的样子，往日褐色的皮肤很苍白，最糟糕的是，一夜之间他似乎老了好几岁。

“温迪，对不起。”这是他说的第一句话，有那么一秒钟，我都不明白他为什么要说对不起。“我从来没想过要打你，以后我永远都不会那样了，只要我头脑清醒。”

“不，没事，”我麻木地说，“我知道，昨天大家都耗费了太多的超能力。”

“那不是借口，”托弗摇摇头，“我本该……做些什么的。”

“你无须有负罪感，”我说，“我明白。”

“不，你不明白。我的行为是不可原谅的。对一个男人来说，打女人永远都不对，更不用说是打自己的妻子了。”

“妻子”一词让我后退了一步，但我觉得他并没有注意。不管怎样，我不想再继续这场对话。做了那件事之后，听他跟我道歉我会不安的。我也不能容忍打女人，但当时那个人不是真正的托弗，他头脑不清醒。

而我跟洛基睡在一起了，我也做了同样恶劣的事。事情发生时，我并不是完全清醒的，因为我也有些透支超能力，但说实话，即便我完全清醒，我也想那么做。昨天超负荷的工作只是削弱了我控制自己的能力，所以让我更愿意屈服于自己想要的东西。

此刻我还想跟洛基在一起，所以说我的罪过远远超过了托弗。

我与托弗擦肩而过，走到行李箱边换了一身衣服。他还想再次向我道歉，我重申他没有什么好道歉的。没等他重提昨晚的事，我就话锋一转，跟他讨论起今天必须要做的事情来。

我们已经完成了所有的清理工作，所以我们几个人在这儿已经不能再为奥斯林纳贡献自己的实际力量了。

我穿好衣服下楼，开始考虑怎样带大家离开这儿。一些车辆仍然能用，但并不能搭载所有的人。一回到宫殿，我们必须马上派出更多车辆来接他们。

我们正忙着组织车辆，决定谁去谁留，威拉忽然说我今天看起来很奇怪。我尽可能表现得跟往常一样，但是洛基一靠近，我就赶紧离他远点。即便只是在他身边，对我来说都会很难过。

决定先回去的人都上车之后，我们开始驱车往回赶。肯纳留下来处理奥斯林纳的问题，但我向她保证，很快就会有更多的帮助。重建这座城镇将是我的首要任务，呃……第二大任务，重中之重还是保护王国不受威卓部族的控制。

威拉、马特、托弗和我坐一辆车回弗瑞宁，对此我感激万分。如果仅仅跟奥萝拉和托弗一起坐这么长时间车的话，我估计自己会很难受的。马特坐在后座上，简略画出了一些建筑设计图，讨论我们能为奥斯林纳所做的一切。

回去之后，我们帮助这些难民在空房间里安顿下来。宫殿里一下子住进这么多人，那种感觉很奇怪，但应该也不错。我亲自把米娅和她女儿汉娜安顿在一个房间里，她们的状态似乎比以前好点了。

我安排威拉整合所有资源，重建奥斯林纳。马特接管了重建房屋的计划，简直大喜过望。

照料好奥斯林纳的难民之后，我到楼下的图书室继续查资料。我仍然得找到杀死奥伦、制伏小妖精们的办法。最终我们要对付威卓部族，我需要知道怎么打败他们。

另外，沉浸在工作中对我也有好处。我不想考虑自己亲手造成的、一片混乱的个人关系。

我花了大半个晚上搜索古老的特雷奥文献，但是一无所获。文章都没有提到任何关于不老精灵的信息，或者至少在我能理解的范围之内，没有这方面的东西。我又去查询另一本书。抬头时，我发现芬恩站在图书室门口。

看到他，我感觉自己罪孽更重了，简直踏入了万丈深渊。虽然事实上芬恩和我从未真正在一起过，再说我们的关系也已经正式结束，但我明白，如果他知道我已经跟洛基睡过了，他会对我多么失望。

“你还好吗，公主？”芬恩出于关心走进了图书室，仔细地看着我。

“呃，是的，我很好。”我低下头，回到我一直坐的那张桌子旁继续研究。我不想与他靠得太近，一张大木桌正好可以帮我隔开他。

“你脸色苍白，”芬恩说，“这一趟一定让你耗费了不少精力。”

“对，我们在那儿都非常努力地干活。”我说着，翻开一本书，让自己看起来很忙碌。我不敢专注地与芬恩谈话，更不敢看他深邃的双眼。

“我听说了，”他斜靠在我面前的桌子上，“今天洛基来见过我。”

“什么？”我猛地抬头，心一沉，“我是说，他今天专程来找你了？”

“对，”芬恩表情奇怪地看着我，“你确定一切都没问题吗？”

“嗯，都挺好的，”我说，“洛基说了些什么？”

“他告诉我，这次奥斯林纳之行让他明白了一些事，”芬恩说，“所有的损坏都是针对财产的，伤亡人员都是恰巧那时在房间里的人和试图阻止小妖精的追踪者。他觉得小妖精并不是特别嗜血，但明天他仍然会来帮我训练追踪者。”

“哦。”我摆弄着结婚戒指，再次低下了头。

“我开始觉得他或许不像我想的那么坏，”芬恩似乎还是有些不愿承认，“但你跟他在一起的时间还是太长了。你必须小心，不能为表面现象所迷惑。”

“我知道，”我突然感觉口干舌燥，“我正致力于此呢。”

芬恩站在桌子另一边，像是在等我说话；但是我没什么好说，于是低头盯着书，紧张得几乎不敢呼吸。

“我只是过来看看你此次旅行怎么样。”芬恩说。

“还不错。”我立即说道，几乎打断了他的话。

“温迪，”他压低了声音，“你没什么事要对我说吗？”

“呃……公主，抱歉打扰你了。”米娅说，我从未有过这种感觉，被人打扰竟然还松了一口气。

她站在门口，把汉娜抱在怀里。既然住在宫殿，他们就有时间洗漱干净。米娅现在比在奥斯林纳时看起来还要可爱，这简直让我出乎意料。

“不，不，米娅，一点都不麻烦。”我立即说。

“我只是想知道厨房在哪儿，”她抱歉地笑笑，“汉娜饿了。我在这儿找了很久，但总找错地方。这里比奥斯林纳的宫殿大多了。”

“熟悉这座宫殿确实需要些时间，”芬恩回应了她的微笑，“如果你愿意，我可以带你去厨房。”

“那就太好了，”米娅笑得更开心了，似乎松了一口气，“谢谢你。”然后她高兴的表情就不见了，看上去非常担心。“公主，我没有把他从你身边带走，对吧？”

“对，一点都没有，”我摇摇头，“芬恩很乐意帮你。”

“对，我当然乐意，”他说，“米娅，这是？”

“噢，”米娅又朝他笑笑，然后介绍道，“这是汉娜。”

“很荣幸能带你们在宫殿转转。”他准备带她们离开，但又转身朝我点了一下头。

他跟米娅离开之后，我颤抖着长呼了一口气。

我把头埋进书里，可这样似乎也没有帮上多少忙，我依然没找到任何有用的信息。

门一直开着，可威拉过来时还是敲了敲门，那时已经很晚了。

“温迪，我知道你真的很忙，但是你需要过来看看这个，”威拉说，“整个宫殿都在讨论呢。”

“讨论什么？”我问。

“埃洛拉的新画，”威拉撅撅嘴，“上面画着所有人都死了。”

18 未来

埃洛拉有预知绘画的天赋，可她自己并不认为这是什么天赋，她甚至觉得这根本不是一种超能力，而是一种诅咒。她会把将来的某个图景画下来，而这一切尚未发生，她自己也搞不明白这幅画到底意味着什么。

她最近十分虚弱，所以很少提笔。这样画画会大大削弱她的生命力，但如果她脑海里极其清晰地出现了某幅图景，她又根本控制不住。如果不画出来把脑袋清空的话，她的偏头痛就会加剧。

同时，埃洛拉会尽量将自己的画作保密，除非她觉得确有必要让其他人看。而现在这幅画就是如此。

在战情室的一角，支着一个画架，那幅画就立在上面，埃洛拉尽可能少地召集了几个人——几个必须知道这幅画内容的人。但听威拉说，关于这幅画的谣言还是在宫殿周围如野火般蔓延开来。

加勒特站在门口，确保下等人不会偷看这幅画。我和威拉走进战情室时，拉里斯、托马斯、托弗和奥萝拉已经聚在了那幅画周围。还有几位正坐在那里，惊讶得目瞪口呆，不知道说什么好。

我把拉里斯推到一边，托弗也往后退了退，这样我就能完整地看到那幅画了。那一刻我吓得魂飞魄散，因为这比威拉之前给我描述的要恐怖得多。

埃洛拉画得很好，这幅画看起来就像一张照片，细节也表现得非常清楚。那上面画的是圆形大厅，弯曲的楼梯从中间塌下来。挂在房顶中间的枝形吊灯已经掉在了地上，摔得粉碎。楼梯顶端的火还没熄灭， 圆形大厅墙上金色的饰物正在逐渐脱落。

地上横七竖八地躺满了尸体。有些不认识，可有些我认识，而且看得十分清楚，令人惊愕：威拉挂在已经撕裂的楼梯上，她脖子的扭曲角度说明她已经死了； 邓肯侧身躺在枝形吊灯下面，浑身上下全是玻璃碴；托弗倒在一片血泊之中，身上还在不断地流血；芬恩倒在一片破碎楼梯的残骸中，骨头断裂，刺穿了皮肤；洛基当胸插着一把剑，被钉在了墙上，就像昆虫学家标本盒子里的标本一般。

我躺在另一个人的脚边，好像是死了，头的一侧是一顶砸碎了的王冠。我应该是死前加冕的，也就是说我死时已经是女王了。

在这幅画中一个男人背对着观众，但那一头黑色的长发和黑丝绒夹克衫我是绝不会弄错的——那是奥伦，我的父亲。他来到弗瑞宁，来到了特雷奥的宫殿，进行了惨绝人寰的大屠杀。他杀了很多人，仅出现在埃洛拉画作中的就至少有二十人，甚至更多；而且，他杀了我。

我们都死了。

“你什么时候画的？”我终于鼓起勇气问埃洛拉。

她坐在房间另一侧的椅子上，盯着窗外的松树出神，鹅毛般的大雪正飘飘洒洒落在树上。她双臂交叉放在腿上，皮肤颜色暗淡，满是皱纹。她已是灯干油尽，而这幅画很可能又将她向死亡之地推了一大把。

“昨晚，你们走了之后。”埃洛拉说，“我不确定是否应该告诉别人，我并不想引起大的恐慌，但加勒特认为你们都应该知道这一切。”

“这可能有助于我们改变一些事情。”加勒特说。我看了他一眼，由于忧虑，他面部表情十分紧张，因为他女儿也在那幅画中出现了，而且死状很惨。

“你怎么改变这一切？”拉里斯问道，她的声音让人毛骨悚然、十分紧张，“那可是将来啊！”

“我们不能阻止将来的到来，但我们能做一些调整，”托弗一边说着，一边扭头看着我，希望得到我的确认，“不是吗？”

“是的，”我点点头，“埃洛拉也是这么告诉我的。她说将来是灵活的，她画了某些东西，但并不意味着这些事情一定会发生。”

“但很可能会发生，”奥萝拉说，“我们正在这条跑道之上行进，而且这条轨迹已经确定下来了，这就会是我们的将来。威卓的国王会毁掉我们的宫殿，并占领整个弗瑞宁。”

“我们并不确定他是否会占领弗瑞宁，”威拉插嘴道，她想尽力扭转谈话的方向，暗示我们有改变将来的可能，但效果并不明显，“我们只是看到一部分人死了。”

“是啊，这太让人欣慰了！”拉里斯嘲讽地笑笑，托弗狠狠盯了她一眼。

“奥萝拉说得有道理，”我说，“我们需要做的就是改变这条轨迹。”

“可如何才能有效地改变这条轨迹？我们又怎么可能知道这一点呢？”拉里斯问道，“我们采取的任何貌似要改变这条轨迹的措施，其实恰恰可能在推进着这一切，是在这条道路上发展所必不可少的一环。”

“可我们不能毫无作为，任由这一切发生。”我后退一步，扭头不看那幅画，不想再继续看那一幕——我所关爱的人悲惨的死状。

我倚在桌子上，挠挠头，想提出某种对策阻止这一切发生。必须要有所作为，我决不能任由这一切发生。

“我们得从中拿出点什么，”我自言自语道，“我们得改变这幅画中的一些东西，让它们无法出现在画里。这样我们就能确定我们改变了将来。”

“比如？”威拉问道，“你是指楼梯？”

“我们马上就能去掉楼梯。”托弗说道。

“我们需要楼梯，”奥萝拉说，“这是上二楼唯一的途径。”

“我们不需要的只有公主。”拉里斯小声嘀咕着。

“女爵，我跟你说过，如果你再敢妄言——”托弗开了腔，但我制止了他。

“等等，”我站直了身体，“她说得对。”

“她说得对？”威拉迷惑不解。

“如果我们没了公主，整幅图景也就不是如此了，”奥萝拉也想到了这一点，“威卓国王此行的目的纯粹就是为了公主，而在这幅画里，他最终取得了胜利。如果我们把公主献给他，这幅图景也就无法发生了。”

没有人说话，但从威拉和托弗迷惑而又担忧的表情上，我能确定就连他们都在考虑这个主意的可行性。当然，要想不让他们考虑这一切也不太现实，哪怕他俩只有一个战死，他们都有可能会选择继续战斗，尽量让我留在这里；但毕竟他俩都死了，所有人都死了，我的生命不可能比所有人都珍贵。

“你们不能把我的女儿拱手让人，”埃洛拉坚定地说，她扶着椅背勉强站起来，“不能有这种想法。”

“如果我非死不可的话，至少我应该尽量不让大家陪我一块儿死。”我说道。

“你们会找到其他方式的，”埃洛拉一步不退，“反正我决不会为此而牺牲你。”

“你根本没有牺牲任何东西，”我说，“我愿意这么做。”

“不，”埃洛拉说道，“这是我的一道旨意，你不能到威卓那里。”

“埃洛拉，我知道失去孩子让人难以接受，”奥萝拉尽可能温柔地说，“但你至少也要为我们的王国考虑一下。”

“如果你拒不考虑的话，我们会推翻你的，”拉里斯说，“如果你非得让整个王国的人都随你赴死的话，我确信每个人都会支持我、反对你的。”

“这一切并不确定！”埃洛拉怒喝道，“推翻我吧，如果你们想的话。但在此之前，我仍是你们的女王。现在我命令，公主哪儿都不能去。”

“埃洛拉，你为什么不坐下呢？”加勒特一边温柔地说着，一边朝她走去。

“我不坐，”她挥手甩开加勒特的手，“我可不是什么虚弱的老女人，我是你们的女王、公主的母亲。不管这里发生什么，一切都是我说了算！事实上，也只有我说了算！”

“埃洛拉，”我说道，“你这会儿怎么想不通了呢。你以前总是告诉我首先要想的是我们整个王国，以王国的利益为重。”

“可能我犯了一个错误。”埃洛拉的眼睛以前黑得深不见底，而现在看上去几乎是银白色了，她匆匆瞥了一眼屋里的人。说实话，我都不知道她到底还能看到什么。“我已经为这个王国做了一切，一切！看看吧，看看这一切换来了什么。”

她颤巍巍地往前走着，我不知道她到底想去什么地方。忽然，她腿一软，摔了下去。加勒特箭步冲过去想扶住她，但晚了，她摔倒在地，失去了知觉。

我冲到她身边，这时加勒特已经把她从地上抱了起来，放在腿上。她白色的头发凌乱地散着，静静地躺在加勒特怀里。她鼻子出血了，不是一点，而是一股涓涓的血流，我怀疑她刚才摔倒在地时受了伤。只要她有一点劳累或超负荷使用超能力，鼻子就会立即出血。

“她还好吗？”我跪在她身边问道。我想碰碰他，但我不敢，她太虚弱了。

“她还活着，如果这是你真正想问的事，”加勒特从口袋里掏出纸巾，给埃洛拉拭去血迹，“但自从画了这幅画之后，她就一直非常虚弱，不太好。”

“奥萝拉，”我扭头看着她说，“过来给她治疗一下。”

“不，公主，”加勒特摇摇头，“没用的。”

“没用，什么意思？”我不太相信地问道，“她病了。”

“对埃洛拉来说，任何治疗都已经无济于事了。”加勒特低头看着我的母亲，深色的眼睛里充满了爱意，“她没病，所以无法医治。她的生命力已经耗尽了，奥萝拉无法给她更多的生命力。”

“可她还是能做点什么，”我毫不退让，“还是能好点啊。”

“不用了，”他仍旧把埃洛拉抱在怀中，站了起来，“我把她带到她自己的房间，让她更加舒服地躺会儿吧。这就是我们能做的一切了。”

“我和你一起。”我站了起来，回头看看屋里的其他人，“明天我们再继续讨论。”

“难道这一切还没决定吗？”拉里斯的微笑十分邪恶。

“我们明天再说。”托弗坚定地说，顺手把一块布盖在那幅画上。

我暂时把那幅画放在一边，不去想它，随加勒特一起去了母亲的房间。我想趁现在还有机会，多陪陪埃洛拉。她已经没有多少时间了，尽管我也不知道她的那幅画到底意味着什么。她剩下的时间可能是几小时、几天，或者几个星期，但她离生命的尽头越来越近了。

这意味着我马上就会成为女王，可我根本还没想过这事呢。我还能有多少时间陪母亲啊。想到这儿，我就只想跟妈妈在一起，不想思考其他事，比如我们的王国会走向何方，我的朋友乃至我的婚姻——这一切的一切我都无暇顾及了。

我坐在她床边的椅子上等她醒来，却没料到等了那么久，到后来我竟然打起瞌睡来了。要不是加勒特在埃洛拉醒来时叫醒我，我还会继续睡下去的。

“公主？”埃洛拉虚弱地叫我，听上去好像很惊讶我竟然能在这里。

“她一直等在你的身边。”加勒特站在床边盯着埃洛拉。毯子下面埃洛拉的身躯已经萎缩得很小了，尽显老态，看上去让人心碎。

“我想单独与我女儿待一会儿，如果可以的话。”埃洛拉说。

“当然可以，”加勒特说，“我就在门外，有什么需要尽管吩咐。”

“谢谢。”埃洛拉朝他笑笑。加勒特走了出去，屋里就剩下我们两人。

“你觉得怎么样？”我把椅子拖到床边，离她更近了，因为她的声音几近耳语。

“我有过好时光啊，但韶华易逝，现在可不怎么样。”

“你这么说我觉得很难过。”

“我想跟你说说之前说过的话，”埃洛拉向我转过脸来，尽管我不确定她是否还能看见我，“你不应该自动献身威卓，绝对不行。”

“可我不能让所有的臣民为我去死啊。”我温柔地说。我不想与她争论，尤其是在她这种状态之下；但病榻前，在她弥留之际，撒谎又太大逆不道了。我左右为难。

“一定还有其他方式，”她坚持道，“一定还有比把你牺牲掉更好的方式，你绝不能去你父亲那里，我之前做的所有事情都是经过深思熟虑的，我总是在为我们的王国考虑，而现在我要求的唯一回报就是你的安全。”

“这不仅仅事关我的安全，”我说道，“再说以前你也从来没有这么关注过我啊。”

“我当然一直在关注你！”埃洛拉听上去很恼火，“你是我的女儿，我一直都在关注着你。”她停了下来，叹了口气。“我很后悔让你嫁给托弗。”

“不是你让我嫁给他的，是他向我求婚，我自己同意的。”

“即便如此，我也不应该对你如此授意，”埃洛拉说，“我知道你不爱他，但那时我想如果我做了正确的事情，我就能保护你，你最终就能很幸福。而现在看来，我做的一切并不能让你快乐，我觉得这一切也没有帮助你走向幸福。”

“我很快乐。”我说道，这并不完全是谎言。生活中还是有很多事情让我快乐的，只是最近我没能更多地享受这些快乐。

“别再继续犯我犯过的错误了，”她说，“我就嫁给了一个我不爱的人，仅仅是因为这么做对我们的王国来说是正确的选择；我让我深爱的人与我擦肩而过，还是因为这样对我们的王国有利；我又放弃了我唯一的女儿，原因依然是这样对我的王国有利。”

“你没有放弃我，”我说，“你只是把我藏起来，让奥伦找不到我。”

“但我还是应该跟你在一起的，”埃洛拉说，“我们应该一起躲起来，我不该让你受伤害，哪怕是一丁点伤害。没有一直与你在一起，这是我此生最大的遗憾。”

“你为什么今天才跟我说这些？”我问道，“你怎么不早点对我这么说？”

“我不想让你爱我，我知道我们没有多少时间了，我也不想让你怀念我。我想这样可能对你更好一些——让你对我的逝去毫不在意，毕竟，我不想让你为我的离开而伤心欲绝。”

“但你现在改变主意了，是吗？”我问道。

“毕竟，我还是不想在你根本不知道我有多爱你的情况下死去。”她朝我伸出手，我握住她的手，发现她的手很凉，也很软。她也紧紧握住我的手。“我犯了那么多错误，其实只是想让你更加强悍，这样你就可以保护自己了。你之前受了那么多苦，我真的非常非常抱歉。”

“不用为此抱歉，”我勉强笑笑，“你已经尽全力了，我知道。”

“我知道你会是一个很好的女王，你将会成为一个强悍而又高尚的领导者，其实有些臣民都不配有你这么好的女王。”她说，“但不要过多地付出，你也要适当地为自己而活，倾听自己的心声，按照自己的心意做事，不要完全失去自我。”

“我简直不能相信，你竟然会告诉我按照自己的心意活着，”我说，“我做梦也想不到你会说这些话。”

“并不是说完全按照自己的心意而行，但你一定要经常倾听自己的心声，”埃洛拉笑笑，“有时你内心的想法其实就是对的。”

之后我和埃洛拉又谈了很久，尽管谈的都是我已经知道的事，但我们俩都推心置腹，这让我觉得怪怪的，好像这是我们之间真正意义上的第一次谈话似的。这根本不像女王和公主之间的交谈，而是妈妈和女儿之间的悄悄话。

不一会儿，她又累得睡着了。可我还是在她身边坐了很久，不想离开她。她行将离去，我陪她的时间已经没有多少了，所以这种相依相偎就更显得弥足珍贵。

19 解脱

“我不知道，温迪，”托弗摇摇头，“我不想让你死，但我不知道还能跟你聊什么。”

“我知道，”我叹了口气，“我也在为此事纠结。”

托弗坐在我们床尾的柜橱上，而我站在他面前，咬着大拇指。我们俩都穿着睡衣，但睡得很糟糕，其实自打我们结婚后，我就没记得我们俩有哪个晚上睡好过。早晨很早我就把他叫醒了，外面还是漆黑一片，随后我就开始询问他的意见——关于埃洛拉的那幅画，我到底应该怎么做。

“你依然不知道如何才能杀死国王，”托弗指出了问题的关键，“而你又的确许诺过他，当你成为女王后让特雷奥与威卓联盟。”

“如果我现在就去投奔威卓，与奥伦在一起，我就不会成为女王了，那联盟一事也就无从谈起了。”

“但他绝不会让你耍这个滑头的，”托弗说，“即便你归顺了威卓，他也会拒绝你，因为他还想拥有整个特雷奥王国。”

“我可以告诉他，你们发现我与威卓合并的计划后就把我赶走了，”我说，“这样他就只能拥有我了。”

“但他还是要拥有整个特雷奥王国的，”托弗说，“他还是会继续盯住弗瑞宁不放。尽管他已经拥有了你，可你至多只是拖延了点时间，而那些无法更改的事情依然还是会发生的。”

“可能确实是这样，”我承认道，“但如果这就是我在能力范围内能尽的最大努力，那我也只能这么做了。”

“可以后怎么办呢？”托弗抬眼望着我，“国王拥有你之后会发生什么事呢？”

“你会成为特雷奥的国王，”我说，“由你来保护我们的臣民。”

“这就是你的计划？”托弗问道，“你离开，我留下？”

“是的。”我点点头。

洛基猛地推开卧室的门，两扇门砰地撞到墙上，我吓了一跳，托弗也站了起来。洛基冲进房间之后就狠狠地盯着我，根本不看我的丈夫。

“你在干吗呢？”我问道，由于依然惊魂未定，我的语气里连一丝怒气都没有。

“我已经知道了！”洛基吼道，双眼死死地盯着我，“邓肯一告诉我，我就知道你会冒冒失失立即选择自杀。你怎么就那么想成为一名烈士呢，公主？”

“我可不是什么烈士，”我挺直肩膀，摆出一副要跟他争吵的架势,“邓肯跟你说了什么?你又到底在做些什么,凌晨六点就闯进我的房间?”

“我睡不着,所以就过来看看你是否醒着,”洛基说道,“我听到你们两个在谈论此事,但其实我早就猜到你会这么做了。邓肯一告诉我那幅画的事,我就知道你会回到威卓部族去的。”

“你在偷听我们俩的谈话?”我眯起眼睛盯着他,“这可是我的私人房间!你没有权力监视我的一举一动,更没有权力进我的房间——要是我没邀请你的话。”

“我并没有监视你,”洛基翻了翻眼珠,“别异想天开了,公主。我只是在门口停下来,确认一下你是否醒着,然后就清楚地听到了你们的谈话,所以我进来了。”

“可你还是不应该硬闯进来。”我双手交叉抱在胸前。

“你想让我出去,然后再敲门,重新来一遍吗?”洛基回头指指他身后的两扇大门,“那样会让你感觉好点,是吗?”

“我想让你离开,回自己的房间去。”我说。

自从我跟洛基共度一夜之后,我们俩一直没有好好说过话。我能从眼角处看到托弗,他正在看着我们。可洛基一直在盯着我,所以我也就目不斜视地盯着洛基,好像我们正在进行对视比赛,看谁先把对方逼视得气馁,而我下定决心一定要胜出似的。

“我会回去的,”洛基说,“条件是你要在我面前亲口承认,你主动献身,把自己给威卓送上门去这个主意简直荒谬透顶。”

“这并不荒谬,”我简直怒不可遏,“我知道这个想法不甚完美,但这是目前为止我们能想到的最好办法。我决不能让那幅画中的事情发生。”

“你怎么知道你归顺威卓国王后，一切就会改变？”洛基反问道。

“你并没有亲眼看到那幅画，你不会懂的。”

“唯一能够阻止那幅画成为现实的做法是杀掉国王，”洛基说，“而你是唯一一个有可能做到的人，其他人都不够强大。”

“可我并不知道该怎么做，”我说，“你也很强大，你也能做到。我需要先做点事情改变那一切，争取时间，直到你们想出办法真正地阻止他。”

“温迪，如果我真的能杀了他的话，我现在就会去做，”洛基说道，“你知道的。”

“没有关系，”我挥挥手，后退一步，“这可不是在跟你讨论什么，我已经决定了。”

“你认为我会眼睁睁地让你走吗？”洛基问。

“让我？”我看着他，双目如炬，“我做什么事难道还要经你允许？”

“你知道我能够阻止你，”他平静地看着我，向前一步，“我会竭尽全力不让你回到国王身边的。”

“洛基，他会杀了我们，杀死所有的人，”我强调道，“国王会杀死我、托弗和你，这是我能保护大家的唯一方法。”

“我不在乎，”洛基说，“我宁愿战死沙场，甚至宁愿看着你战死沙场，也不愿意知道你屈服了、向奥伦投降了。你绝不能放弃。”

我垂下眼帘，吞咽了一口。托弗站在一边，我希望他能加入到这场辩论中来，说点什么，可他没有。

“那你想让我怎么做？”我静静地问，眼睛仍然盯着地板。

“在他来找你之前，我们还有时间，”洛基说，“你要尽快想办法，找到杀死他的途径，当他到来时，与他战斗。”

“如果我失败了呢？”我问道，“如果我无法阻止他怎么办？”

“如果一段时间之后你都无法阻止他，那么你现在就更加不可能阻止他，”洛基说，“现在放弃并不意味着你过一段时间就能与他抗衡，你还是会死的。”

我瞥了一眼托弗，他还在保持沉默，于是我开始思考洛基的话。我很痛恨这个事实——我根本不知道到底怎么做才是对的。我就是想让大家平平安安，而且很害怕万一决策失误会把大家全都害死。

“好吧，”我转身背对洛基，终于说道，“我暂且待在这儿，但你需要双倍的工作热情，与芬恩一起把你的工作做好；追踪者也要时刻警惕，随时做好投入战斗的准备。”

“如您所愿，公主殿下。”洛基一笑，嘴角微微翘起。但在他闪烁的眼睛里，好像有什么在发光，在他深邃的目光中，好像有什么在燃烧。每当他这样看我时，我就心跳得厉害，而且我确定，他也能听到我的心跳。

我明确地感觉到我和洛基离得很近。他可以随时伸出手来抚摸我，而我根本不会拒绝，只能尽量确保自己的双手抱在胸前，不至于伸出手去迎合他、抱住他——尽管我真的很想。

某种程度上，我得感激宫殿里的这一片狼藉；因为一切都乱七八糟，让我无暇去想洛基。但现在他就站在这里，让我大脑中一片空白，脑子里反反复复全是我们共同度过的那一夜。

那一夜我们发生了一切，我浑身上下被他触碰过的地方都在燃烧，我们共同的记忆永远挥之不去。那一刻，我觉得我们俩非常亲近，好像变成了一个人，我从未跟其他人有过这种感觉。

那幅画又闪进我的脑海，我好像看见洛基被我父亲亲手刺穿在墙上。我知道自己会不惜一切代价去救他，即便逆洛基的意志也在所不惜。我决不能让他死去。

“我相信你肯定有很多事情要去处理，男爵。”我麻木地说。意识到我们俩已经对视很长一段时间了，我的脸一下子红了——尤其是在我丈夫在场的情况下。

“是的，当然如此。”洛基迅速点头，转身离去。

托弗跟了过去，在洛基出去后关上了门，又把前额靠在门上，在那里站了一会儿。回头面对我时，他并没有看我，青苔似的眼睛四处乱转，打量着屋里的一切，然后又把睡衣袖子卷了起来。

“一切都还好吧？”我小心翼翼地问道。

“当然。”他皱皱眉，又摇了摇头，“我也不清楚，我很高兴，至少你不用马上慷慨赴死了。我可不想让你死。”

“我也不想让你死。”

“但……”托弗的声音渐渐小了，他专心地盯着地板上的某个点，“你爱他吗？”

“什么？”我心里一沉，“为什么你会……”我不想承认，但事实胜于雄辩，托弗把一切都看在眼里。我无语了。

“他很爱你，”他抬起头看着我，“你知道吗？”

“我……呃……我不知道你在说什么。”我结结巴巴，快步走向床头。我得做点什么，好掩饰自己的紧张，于是便揪了揪床单。“洛基只是……”

“我看到了你的灵气，”托弗打断了我，他很坚定，但并不恼火，“他的灵气是银色的，你的是金色的，但你们俩在一起时，你们的灵气都会有粉色的光晕。刚才你们俩的光晕都愈加明亮、炙热，并且交织在一起。”

我没有再辩解。还能说什么呢？托弗能实实在在地看到我们彼此间的感觉。我无法否认，只得背对着他，等着他对我大声呵斥，说我是个不忠的女人。

“我应该气得发疯，”他终于说话了，“或者妒火中烧，是吧？”

“托弗，对不起，”我又一次扭头看着他，“我绝不是故意的。”

“我是有些妒忌，可并不是作为丈夫应有的那种妒忌，”他摇了摇头，“他爱你，而我……并不爱你。”他用一只手梳理着头发，叹了口气。“那天晚上，就是我崩溃的那天，我打了你——”

“那不是你的错，”我赶快说，“这件事丝毫没有影响我对你的看法。”

“是的，我知道，”他点点头，“但这件事让我开始思考。在我彻底失去意识之前，我的时间已经十分有限了。这些超能力会一直侵蚀我的意识，直到我的生命力损失殆尽。”

“不管发生什么事情，我会永远陪伴在你左右，”我走近他，想让他安心，“尽管我很在意……”我停下来，仍然不想承认我对洛基的感觉。“其他人都无所谓，但你是我的丈夫，我会永远在你身边，无论你害着疾病还是身体健康，身处顺境还是逆境。”

“你真的会这么做，是吗？”托弗问道，好像非常悲伤，“如果我真的疯了，你会好好照顾我吧？”

“当然，我会的。”我点了点头。

我从没有想过离开托弗，至少绝不会因为那天晚上的事而离开他，即便他病入膏肓或是像埃洛拉那样非常虚弱，我也不会离开他的。托弗是个好人，心地非常善良，他值得我倾心付出，永远关爱。

“你这么说让我接下来要说的话更难出口了。”他叹了口气，坐在床边。

“什么？”我坐到他身旁。

“我忽然意识到我已经没有多少时间了，”他说道，“在我彻底失去意识之前，可能还会有二十年——如果幸运的话。然后，我就会彻底失去理智。

“我需要爱上某个人，”托弗重重地呼了口气，“我想与某个人分享我的生活，可那个人……不是你。”

“哦……”我说，那一刻我什么都感觉不到了。面对他这句话，我实在不知道应该怎么想，身体也随之麻木了。

“对不起，”托弗说，“我知道你已经放弃了一切，想跟我在一起；我很抱歉，我不够强大，无法放弃一切和你在一起。我曾经以为我可以，那时我觉得我们是朋友，而且你作为女王值得我信任，这就已经足够了；但事实并非如此。”

"是的，事实并非如此。"我静静地表示赞同。

"温迪，我其实……"他欲言又止，盯着地板，"我是同性恋。"

我艰难地吞咽了一口。"我也觉得你很可能是。"

"你真的这么认为？"他抬头看着我，"你是怎么知道的？"

我耸了耸肩。"那只是一种感觉。"我说谎了，芬恩曾经跟我说过这件事。可自从他跟我说破之后，这件事似乎也就相当明显了。

"所以……我觉得很抱歉，在这种情况下还和你结了婚。我实在不应该让你嫁给我——既然我本来就知道我们的婚姻绝不会让你幸福，我是不应该和你结婚的。"

"没关系，我知道，这场婚姻对你来说也一样是煎熬，不是吗？"

他挠了挠颈部。"如果让我为自己辩护的话，我得说我没料到你对洛基会有那么强烈的感觉，这一切直到婚礼那一刻我才意识到。当你们俩跳舞时，你们的灵气光晕都非常明亮……"

"这么说你其实什么都知道？"我问，"你一直都知道吗？"

他点点头。

"那你……知道我和他睡过觉吗？"

"你真的那么做过？"他眼中似乎闪过一丝转瞬即逝的悲伤，"什么时候？"

"在奥斯林纳，我们……冲突之后。"我小心地措辞。

"噢……"他双眼空洞地望着前方，什么话也没说，就这样过了一会儿。

“你很生气，是吗？”

“我倒是没感觉很生气，但……我当然也不会高兴。”他皱着眉头，“我不知道应该如何向你解释，可我很高兴你能把这一切告诉我。”

“为此我觉得很对不起你。我不是有意的，我也没想到一切就那么发生了，我真的从没想过要伤害你。”我面色苍白地朝他笑笑，“就那么一次，决不会再发生了，我向你发誓。”

“我知道，可……温迪，我想……”他停了停，深吸一口气，“我想离婚。”

一切就那么发生了。我开始哭泣，我也不清楚到底是什么原因。那种感觉很复杂，既有解脱的痛快，又有婚姻失败的悲哀和不知何去何从的困惑，还有这么长时间以来的坚持与挣扎。我好像很快乐、如释重负，又好像很悲伤、非常害怕，那一刻，千百种滋味涌上心头。

“温迪，别哭了。”托弗伸开双臂抱住我，安慰我，这是我们结婚以来他第一次真正意义上碰我。“我不想让你难过。”

“不，我不难过，”我摇摇头，擦了擦脸上的泪水，“我只是一下子不知所措。你是对的，我们应该解除这场不完美的婚姻。”我点了点头，马上停止了哭泣。“对不起，我也不知道自己为什么会哭。”

“你真的确定你同意？”托弗问道，眼里充满了关切。

“是的，我确定。”我勉强朝他笑了笑，“可能对我们俩来说这都是最好的解脱。”

“是啊，我也希望如此，”托弗点点头，“我们是朋友，我会永远支持你的，但我们不必为此而结婚。”

“确实如此啊，”我表示同意，“但我想等到与威卓之间的这一切都结束之后。万一我出了什么事，我想让你做国王。”

“你确定想让我做国王吗？”托弗问道，“总有一天我是会彻底失去理智的啊。”

“但在此之前，你可是我能信任而又有强大超能力的唯一一个人，”我说，“威拉在将来的某一天可能会成为一个很好的统治者，可至少现在我觉得她还欠火候。到时她可以再取代你，如果你愿意的话。”

“你真的认为你会发生什么意外吗？”托弗问道。

“我也不知道，”我很坦诚，“但我需要确定我们的王国运转良好，有一个高明的舵手，不管发生什么。”

“好吧，”他说，“我同意，我们继续保持婚姻关系，直到威卓被打败。如果你有什么不测，我会尽最大努力来统治我们的王国。”

“谢谢你。”我朝他笑笑。

“好吧，”托弗放开我，直直地盯着前方，“现在我们先把这些事放在一边，忙我们手头上的急务——宰相的葬礼安排在十一点，我想我们得做好准备。”

“我还没准备我的悼词呢。”我叹了口气，托弗站了起来。“我应该怎么评价他呢？”

“嗯，如果你执意想说得好听点，那就非撒谎不可。”托弗一边喃喃地说，一边走向衣橱。

“可一般而言我们总不能说逝者的坏话啊。”

“你是没听到他想对你做些什么，”托弗正探身在衣橱里找衣服，所以大声说道，“那家伙可是我们整个特雷奥社会的威胁。”

我坐在床上，听着托弗一边收拾衣服，一边唠唠叨叨，接着他去淋浴了。尽管一切都还在一如既往地进行着，可我还是觉得千斤重担好像已经暂时从我肩上卸了下来。

其实我依然不知道如何阻止威卓，如何拯救我所关爱的每一个人，而且我还得写一篇优美的悼词纪念宰相。但这么长时间以来，我第一次感觉，在这一切苦难和压力的背后，还是有生活的，生活还是充满了希望。如果我能打败国王，如果我能拯救大家，那么生活中仍有很多事情值得我们去争取、去奋斗。

20 奥姆

威拉一身黑色的装扮，但她的短裙连大腿都盖不过来，有些离谱。不过至少她也算是为葬礼专门着装了。我致悼词的环节也没出什么问题，就像所有悼词一样千篇一律。没人为宰相落泪，这似乎让我这个主持人有些悲哀和尴尬，可我自己也没哭。

宰相的葬礼在宫殿一间比较大的会议室里举行，黑色的花朵和黑色的蜡烛装饰了整间房子。我不知道整场葬礼是谁策划的，但看起来就像一个哥特少年在治疗乐队[①]的演唱会上呕吐一番似的，总之比较糟糕。

宰相被抬出去埋在宫殿后面的公墓里，大家都留在会议室中。他没有家人，也没有朋友，我都不确定最初他是怎么当

---

① The Cure，成立于 1976 年的英国摇滚乐队，音乐类型主要是后朋克、新浪潮和哥特摇滚。

选的。

会议室里的气氛明显地抑郁而沉闷，但我觉得这与宰相的葬礼没有关系。在座的大小官员都在窃窃私语，小声议论着什么，又时不时地看我一眼。我分明听到大家的交谈中有“那幅画”的字眼。

我站在房间一侧，也与威拉和托弗说着话。一般来说任何王族成员以往都想试着跟我聊上几句，但今天，他们都躲着我。这样也不错，反正跟他们我也没什么好说的。

“我们什么时候走才不显得唐突啊。”威拉转着她杯子里的香槟。我觉得她喝得好像有点多，因为她已经微微开始打嗝，她赶紧用手捂住嘴。“对不起。”

“我觉得我们在这里已经待得够久了。”托弗扫了一眼会议室，发现一些人已经开始离开了。他的父母根本没有来，而我母亲又卧病在床，所以参加宰相葬礼的人并不多，也没有太多重量级人物。

“你跟着我就行了。”我说。

“好的。”威拉把那杯香槟放在旁边的桌子上，可由于放得不稳，一些粉红色冒着气泡的香槟还是从玻璃杯里洒了出来。她挽住我的胳膊，勉强站稳，我搀着她一起走出了会议室。

“好了，这件事过去了，还算顺利。”我叹了口气，一边走出大厅，一边把头发上插的黑花抽了下来。

“真的是这样吗？”托弗问道，“我觉得好像……挺糟糕的。”

“我这是在用反语呢。”

“哦，”他把两只手抄进口袋，走到我旁边，“我猜这还不算最糟糕的呢。”

“你们应该再多喝点，”威拉说，“我就是这么着才勉强参加完了这场葬礼。幸亏你们是我最好的朋友，否则我根本不会来的。”

“你应该开始尝试着多做点工作了，威拉，”我告诉她，“你非常善于和人打交道，总有一天你可能要做这样的工作。”

“不会的，那是你的工作，”她笑了，“我有幸逃脱了。我是自由的，宁愿做淘气包、酒鬼和你的好朋友！”

我想告诉威拉做一个特雷奥好市民的标准，她非常善于跟别人交流，这点比我要强得多。而且只要用心，她就会是我强大的盟友。但现在，她醉得东倒西歪，根本听不懂我讲的是什么。

我苦口婆心地劝导，威拉听得咯咯直笑，这时我们正走到圆形大厅。加勒特刚好下楼，但发现我们，他停了下来。他头发乱糟糟的，衬衫也没塞进裤子，眼里布满了血丝。

一看到他的眼睛，我就知道事情发生了。

“埃洛拉……”我急促地呼吸着。

“温迪，很遗憾……”加勒特说，他哽咽了，摇了摇头。

我知道他不会撒谎，但我还是要亲自确认一下。我把胳膊从威拉怀里抽了出来，拽起我黑色的葬礼长袍，三步并作两步跑上台阶。加勒特想伸手拉我，但我没理他。我绝不能拖拖拉拉，必须第一时间赶到埃洛拉的房间。

她躺在床上，身躯更像一副骨架了。一层薄薄的床单从她的脚部盖到胸际，她双手手指交叉，整齐地放在肚子上，头发也被梳理过了，十分平整，闪着银色的光。加勒特按照埃洛拉的吩咐，已经把她整理得利利索索。

我跪在她床前，不知什么原因，我非常迫切地想离她再近点。我抓住她冰冷、僵硬的手，那一刻，巨大的悲痛向我袭来。一股绝望的波涛在我心中涌起，我以前从未想过我竟然也会如此难过。我开始啜泣，把脸埋进她身边的毯子里。

我之前不曾料到自己会有这样的感触，而现在她的死让我感觉脚下的大地好像裂开了，巨大的鸿沟在我面前展开，下面是无尽的黑暗。我想尽力逃脱，却无能为力——这就是永恒的宿命。

她的死会激发很多事，有些我根本毫无准备，甚至没有想过，至少这会儿来不及想。

我搂着她，开始哭泣，因为我首先是一个失去母亲的女儿。尽管我们的关系曲曲折折，十分复杂，但她很爱我，我也很爱她。她是唯一一个知道做女王是什么感觉的人，给过我很多建议，指导我进入了这个世界，而现在，她走了。

我给了自己一下午时间来真切地体会这个巨大的损失，来感觉内心深处忽然出现的无底深渊。这就是我专心哀悼埃洛拉的时间，随后我就有许多其他事要做了。但就在那天下午，我放声大哭，为我们之间所没有的、寻常母女之间的点点滴滴，也为我们之间所有过的、值得珍视的点点滴滴。

威拉最终还是把我从埃洛拉身边拖走了，这样加勒特就可以安排葬礼事宜，她带我去了马特的房间。马特抱住我，让我在他怀里痛哭，那一刻我感恩不已，我有这么好的哥哥，上天还是眷顾我的。要是再没有他，我就是个孤儿了。

托弗和我一起待在马特房间里，一句话也没有说，后来邓肯也来了。我坐在地上，后背倚着床，马特坐在我旁边。威拉很快就冷静下来，她坐在我身后的床上，两条腿搭在床沿上。

“我不想这会儿离开你，但我想我应该去帮我父亲了，”威拉摸了摸我的头，站了起来，“他自己实在忙不过来。”

“我也可以去帮他。”我挣扎着站起来，但马特抓住了我的胳膊。

“你明天再帮忙也不迟，”马特说道，“你会有很多事情要做，但今天，你就尽情悲伤吧。”

“马特是对的，”威拉说，“我这会儿可以处理一切。”

“好吧，”我又坐了回去，擦了擦泪水，“如果可能的话，我们需要先暂时保密，尽量拖延时间，晚几天举行葬礼。我不想让奥伦这么快发现这一切。”

“可最终他还是会知道的。”威拉温柔地说。

“我知道，”我把胳膊肘放在膝盖上，扭头看着托弗，“现在距我成为女王还有多久？”

“三天，”托弗说道，他背靠着马特的衣柜，双腿交叉站立，“然后就必须举行加冕仪式了。”

“也就是说我们有三天时间。”我长长地呼了一口气，大脑飞快地运转，计算着必须要做的所有事情。

“这一切我们都会秘密进行，”邓肯说，“你可以安排一场私人葬礼。”

“将女王的死永远保密是不可能的，”我说道，“我们现在就得开始准备了。”

“我会尽快回来的，”威拉说着，朝我抱歉地笑笑，“好好的，好吗？”

“当然。”我心不在焉地点了点头。

威拉匆匆吻了吻马特，离开了。邓肯走过来，蹲到我的面前，黑色的眼睛里满是同情，但我也在他眼里看到了无比的坚定。

“你想让我干点什么，公主？”邓肯问道。

“邓肯，这会儿不需要，”马特严厉地说道，“温迪刚刚失去了母亲，她现在心里很乱。”

“我心里的确很乱，”我说，“但三天之后我就要成为女王了。即便我们足够幸运，那也最多有四五天时间，然后奥伦就会来这儿要求得到他的战利品了。我已经为埃洛拉的死哭了很长时间了。等所有这一切结束时，我会再深深为她悼念的。但现在，我需要工作。”

“我应该告诉托马斯，”托弗说，“他需要让所有的追踪者做好准备。”

“是的，”我点点头，“威拉回来时，让她去跟奥斯林纳来的难民谈一谈。我确定他们很多人都想跟威卓作战，威卓杀了他们的家人、毁了他们的家园。”

“你打算干什么呢？”托弗问道。

“我还是要想个办法阻止国王，”我一边说着，一边抬头看着邓肯，“邓肯会帮我的。”

马特想制止我，他认为我应该敬天知命、随遇而安，可能他是对的。可我的确没有那么多时间。邓肯拉着我的手帮我站起来。托弗打开卧室门欲走，但芬恩正在门口，于是他侧身让芬恩先进来。

“公主，”芬恩黑色的眼睛盯着我，“我来看看你是否安好。”

“我还好。”我坐在地上时间长了，黑色的衣服上满是褶皱，便理了一下。

“我要去跟托马斯谈谈。”托弗说。

“我会在门外等你。”邓肯朝我笑笑，匆匆跟着托弗走了出去。

马特依然站在我身边，双臂紧紧抱在胸前，蓝色的眼睛冰冷地盯着芬恩。他对芬恩的这种不信任让我心里暗暗高兴，因为有他在我就不用跟芬恩单独相处了。以前要是能跟芬恩独处，我会兴奋死的，可现在我根本不知道跟他说什么好。

“听到你母亲的事，我很遗憾。”芬恩话不多。

“谢谢。”我揉了揉眼睛。其实我刚才就已经不哭了，可脸上还是黏黏的，泪迹未干。

“她是一位伟大的女王，”芬恩小心地措辞，“你也会是一位伟大的君主。”

“我会不会成为一名伟大的君主，还不能确定，”我一只手梳理着自己的鬈发，朝他浅浅地一笑，“在成为女王之前，我还有很多事情要做，对不起，但我现在真的要去做事了。”

“当然，理应如此。”芬恩垂下眼帘，但就在那一刹那我还是看到了他受伤的眼神。他已经逐渐适应了我在他身上寻找慰藉，但现在我好像不再需要他了。“我也不想一直耽搁你的时间。”

“很好。”我扭头看着马特，“你能再陪陪我吗？”

“什么？”马特听上去很吃惊，可能是因为我好久都没让他陪我一起干什么事了。这么长时间以来我一直忙于宫殿事务，根本无法让他陪我——我不能让大家都看到我和一个人类在一起。

“我要去图书室，”我首先说明了目的地，“你愿意和我一起去吗？”

“是的，当然，”马特几乎是非常急切地点点头，“我喜欢和你在一起，怎样都行，只要我能够做到。”

马特和我离开了房间，芬恩也跟着我们，因为我们方向相同——追踪者的大部分训练都在一楼的舞厅里进行，那里有最大的空间。托弗已经开始在那儿训练追踪者了，可邓肯还在门口等着我。

“训练进展如何？”由于芬恩就走在我旁边，我顺便问道，否则那种沉默总会给我一种窒息的感觉。

“跟预期的一样，效果非常好，”芬恩说，“他们都学得很快，这很好。”

“洛基能帮得上什么忙吗？”我问道。听到我提洛基的名字，芬恩还是板起脸来。

“是的，效果……出奇地好，”芬恩挠了挠太阳穴，似乎很不愿意承认洛基的巨大作用，“他比我们的追踪者强壮得多，干得也不错，已经教会我们的追踪者如何借力打力了。我们在气力上是无法战胜威卓的小妖精的，但我们智力上占优。”

“很好，”我点点头，“你知道，几天之后，威卓就会来了。”

“是的，我知道，”芬恩说，“我们会夜以继日、废寝忘食地工作和训练，直到那时。”

“也别让大家太累了。”我说。

“我会尽量安排的。”

“还有……”我沉吟着，思索着该如何表达清楚我想说的意思，“如果他们根本没有可能做到，如果你也真正认识到，他们对抗威卓只能是以卵击石的话，那就不要让他们参战了。”

“他们还是有机会的。”芬恩说道，他微微有些恼火，好像受了侮辱似的。

“不，芬恩，听我的。”我停下来，拍拍他的胳膊。这时他也停下来，面对着我，黑色的双眼中依然郁积着某种炽热，但我全当没看见。“如果我们特雷奥的军队不能打败威卓，就不要派他们上战场。我决不会允许他们去完成自杀式任务。你明白吗？”

“这是战争，势必会有人丧命的，公主殿下。”芬恩小心地回答道。

“我知道，”我承认并且心中很痛恨这个事实，“在有可能取得胜利的前提下，才值得冒牺牲生命的危险，否则牺牲生命就毫无意义了。”

“那你说我们应该怎么做？”芬恩问道，“如果军队不随时准备与威卓开战，国家要我们干吗呢？”

“你们什么都不用做，”我说，“我会处理好一切的。”

“温迪，”马特说，“你在说什么呢？”

“别担心。”我说。我继续前行，他们在我身后，慢慢地跟着我。“事情发展到那一步的话，我会处理的，但我们现阶段还是要继续按计划行事——积极整军备战。”

我越走越快，这样就不用再跟马特和芬恩争论了。他俩都想保护我，但又都做不到，当然我也不需要他们这么做。

在去图书室的路上，我们经过舞厅，芬恩加入到大厅的队伍里完成他的训练。我瞥了一眼，所有的追踪者都坐在地上，围成半圆形，中间是托弗和洛基。他们俩都在讲着什么，告诉追踪者在紧急时刻需要怎么做。

“我是否也该参与进去？”邓肯伸手指着舞厅的方向，问道。

“不，”我摇了摇头，“你跟着我。”

“你确定吗？”邓肯问道，“毕竟我也是一名追踪者啊。”

“你是我的追踪者，”我说，“我需要你跟我在一起。”还没等他反驳，我又扭头，看着我的哥哥。“马特，我们正在找任何与威卓有关的书，我们需要找到他们的弱点。”

“好啊，”他看了看跟天花板一样高的书架，里面堆满了书，“我们从哪里开始？”

“这么多书，从哪儿都行，”我说，“其实我们几乎还没有真正开始呢。”

马特爬上一架梯子，从书架顶端开始找起，邓肯尽职尽责地帮他收集信息。尽管威卓的历史中不乏有趣之处，可令人恼火的是我们几乎找不到阻止他们的方法。其中有大篇幅的内容是关于特雷奥如何防御威卓、怎样向威卓让步之类的信息，历史上，我们几乎就从未正面与之抗衡过。

通过各类描述和记载来看，奥伦是几个世纪以来最为残暴的君主。他以屠杀特雷奥为乐，对自己的威卓臣民，也动辄因一言不合就大开杀戒。洛基还能活着，真是幸运。

“这上面都说了些什么啊？”马特问道，“这看上去根本不像字母。”他在图书室的一端，坐在梯子的一级台阶上，腿上摊着一本书。

“什么？”邓肯离他很近，爬上去俯身看那本书，“那是特雷奥语，我们的一种古老的语言，这么记载是为了保密，不让威卓看明白。”

“很多远古的事情都是用特雷奥语写成的。”我依然没有站起来，因为我发现了关于长冬之战的一篇文章，希望里面会有点有用的东西。

“可这里面说的是什么呢？”马特问道。

“呃，这篇说的是……‘奥姆’的一些事。”邓肯歪头边读边说。他以前并不懂特雷奥语，但自从他花很多时间陪我找资料以来，他也学了不少特雷奥语。

“什么？”我抬起头，以为他说的是奥伦。

“奥姆，”邓肯重复一遍，“好像是一条蛇。”他指着书上的字，直起身子。“我觉得这本书好像没用，这只是一本关于古代传说的书。”

“你怎么知道的？”我问道。

“我从小就是听这些故事长大的，”邓肯耸耸肩，坐回到他的椅子上，“那个故事我已经听过一百遍了。”

“什么故事？”我加重了语气，“奥姆”这个词吸引了我。

“那是为了解释整个精灵部落是怎么来的，”邓肯说，“就是我们分裂成不同部族的原因。每个部族都用一种动物作为代

表：卡宁部族是兔子；欧姆特部族是鸟儿；思科吉尔部族是鱼；特雷奥部族是狐狸；威卓部族是老虎，有时是狮子，这得看是谁讲这个故事了。”

卡宁、欧姆特、思科吉尔是另外的三个精灵部族，跟特雷奥和威卓一样。我从未见过这三个部族的人，但有所耳闻。就我所知，只有卡宁部族还勉强存在，但他们也不及特雷奥或是威卓部族繁盛，而思科吉尔部族已经灭绝了。

我只听说过五个精灵部族，我原以为这就是所有的精灵部族了，而现在邓肯又跟我提到了奥姆。

“奥姆呢？”我问道，“它代表什么部族？”

“不代表什么，”他摇摇头，“奥姆是整个故事中的反派角色，就和亚当、夏娃住在伊甸园里的情形差不多。”

“这一切到底是怎么回事？”

“我可没法像我妈妈在我睡觉前讲得那样绘声绘色，”邓肯说，“但基本意思就是说所有的动物本来都生活在一起，通力协作，一片宁静和谐。奥姆——就是那条像大蛇一样的生灵——已经活了几十年，它看着生活和睦的这么多动物，百无聊赖间忽发奇想，决定给它们制造点麻烦，为的就是找点乐子。

“它跑到每种动物面前，告诉它们要小心它们的朋友，”邓肯继续讲着，“它告诉鱼儿说鸟儿正计划着要吃掉它们，又告诉鸟儿狐狸想设陷阱抓住它们，又告诉兔子鸟儿们已经把它们所有的草料都吃完了。

“然后，奥姆又跑到老虎那儿去，跟它说它是所有动物中最强壮的，它可以把它们都吃掉，”他说，“而老虎觉得奥姆说得对，于是也就开始捕猎其他动物。动物们彼此之间都不再信任，各族群也逐渐变得七零八落了。

“奥姆觉得这一切很好玩，尤其是当它看到各种动物都独自苦苦挣扎、没有朋友时，”邓肯继续说，“各个族群曾经一度通力合作、非常和谐，如今根本无法独立生存。

“一天，奥姆碰到老虎，后者饿得前心贴后背，冻得瑟瑟发抖，”邓肯说，“奥姆开始嘲笑老虎是多么可怜，老虎的做法有多傻，而老虎问它为什么笑。奥姆解释了它自己是怎样跟大家玩了花招，让老虎背叛了自己的朋友。老虎大怒，用锋利的爪子削掉了奥姆的头。

“通常，结尾部分讲起来还要更加富于戏剧性，但大体情节就是如此。”邓肯耸耸肩。

“等等，”我拿着手中的书向前探身，“威卓杀死奥姆了吗？”

“嗯，是的，老虎代表威卓，”邓肯说，“或者至少我妈妈就是这么给我讲的，但老虎确实是唯一一种能把蛇头切下来的动物，而一只狐狸最多只能咬住蛇，鸟儿也就是能啄啄蛇的眼睛。”

“就是这样，难道不是吗？”我问道，一切似乎忽然很明了了。我把手中的书放在一边，跳了起来。

“温迪？”马特困惑地问道，“你要去哪儿？”

“我想到了一个主意。”我一边说着，一边冲出了图书室。

21 准备

舞厅里，追踪者们正组队练习。洛基几乎站在最前面，正在教一个年轻的追踪者练习封锁。我尽力不去想那个孩子多大，也不去想那个事实——用不了多久他就要上战场了。

“洛基！”我大声吆喝，引起了他的注意。

他扭头看着我，笑了。恰在此时，趁他注意力不集中，那个年轻的追踪者冲了上去，一拳打到了洛基脸上。洛基并没有受伤，可追踪者看上去好像有点骄傲，又有些歉意。

“对不起，”追踪者向他道歉，“我认为我们还在训练过程中，你并没有喊停，所以……”

“没事，”洛基揉了揉下巴，向他挥挥手，“养足精神，给那些小妖精攒着，到时好好招呼他们。”

我站在门口，洛基从舞厅对面向我走来，我羞怯地朝他笑笑。我没看见芬恩和托马斯，但我肯定他们就在舞厅的某处，忙着训练追踪者。

“我可不是故意想让你分神的，结果让你挨了一下。”

“我很好，”洛基朝我咧嘴一笑，走出了舞厅，这样我们就可以进行一场私密的谈话了，“可以为您干点什么，我亲爱的公主？”

“我能切掉你的脑袋吗？”我问。

“你是在请求我的许可吗？”洛基歪歪头，竖起了眉毛，“因为你知道我会对这个要求说不。”

“不，我是说，我能吗？”我问道，“这么说吧，我能做到吗？如果我这么做的话，你会死吗？”

“我当然会死，”洛基一只手扶着墙，“我可不是打不死的蟑螂。你问这个干吗，你想弄明白什么问题？”

“如果我切下奥伦的头颅，会杀死他吗？”我问道。

“很可能会，但他绝不可能让你如此近身。”他另一只手放在臀部，低头望着我，“这就是你的计划——斩奥伦首级？”

“你有更好的计划吗？”我反问道。

“没有，但……”他叹了口气，“我以前曾经试过，没有成功。你根本无法近他的身，他太强大了，而且很聪明。”

“不，是你无法近他的身，”我说明了这点不同，“你跟我的能力并不一样。”

“我知道，但我根本打不晕他，”洛基说，“他心思缜密、意志力惊人，你母亲都无法用超能力控制他。”提到我妈妈，他的目光变得很温柔。“那件事让我很难过，请节哀顺变。”

“没事，你无须难过，”我摇摇头，垂下了眼帘，“那并不是你的错。”

“那会儿我想去看看你，但我知道你手头上肯定有很多事要做，”洛基说，他声音变得很低沉，“我想你应该宁愿我待在这儿，帮忙训练特雷奥的追踪者，所以我没去看你。”

“你说得很对。”我点点头。

“可我还是觉得自己像个高明的侦探。”他说。我能感觉到他正在审视我，他的双眼就在我的上方，但我没有抬头。“发生了这么多事，你感觉还好吧？”

“我没有时间想这些，”我又摇了摇头，尽量把有关埃洛拉的思绪赶出我的脑海，抬头看着他，“我想找到阻止奥伦的方法。”

“那可是个崇高的目标，”洛基说，“砍掉他的头颅应该就能阻止他，或者一箭穿心也行。杀死他并不是问题的关键，关键是如何才能够靠近他。”

“放心吧，我能做到，”我坚持道，“我能想出办法。我也有老虎的血统，我也很强大。”

“老虎的血统？”洛基的眉毛弯成了弓形，“那你打算怎么做，温迪？”

“没什么打算，别担心了，”我朝他浅浅一笑，“我能阻止奥伦。这才是至关重要的，不是吗？”

“可你怎么做呢？”他问道。

“别担心这个了，”我后退一步，离他远一点，“你就集中精力让他们做好准备吧，我来对付奥伦。”

“温迪……”洛基叹了口气。

我匆匆忙忙回到图书室，邓肯和马特还等在那里。我没告诉马特我的主意，因为我知道他一定会跟我说不，他是绝不会允许我去冒险的。过去的几天感觉极其漫长，让人备受煎熬，我让马特休息一下。我们可以在上午整理图书，收集这方面的信息。

我的确需要好好休息。从托弗那里我明白了一点：如果我极度疲倦，那么我的超能力就会大打折扣，无法控制。而最近我极度劳累，简直精疲力竭、毫无气力，这样我就根本没有机会打败奥伦。

事情十分简单，简单得几乎让人恼火。每个人都把杀死奥伦说得那么难，其实杀死他跟杀死其他任何一个威卓一样。我曾经以为自己需要某种魔法咒语或者什么，但实际上我需要做的就是一件事——尽可能地接近他。

我知道洛基说得很对，可说起来容易做起来难。单就体力来说，奥伦明显要比我强得多，而且恢复能力惊人，他的意识思维完全不受我超能力的干扰。当他大闹我的婚礼现场时，我尽全力想把他扔出去，而最终只是弄乱了他的头发。

阻止他十分困难，然而也并不是完全没有可能。

可我需要把自己的能力发挥到最大强度，这也就意味着我必须好好休息。宫里发生了这么多事，我却要去卧床休息，这实在有些散漫，不太像话，但我别无选择。

我上楼回房，听到威拉正在召集从奥斯林纳来的背井离乡的特雷奥人，她把他们召集到一间比较大的卧室里，告诉他们怎样才能活得有意义，怎样才能为他们所爱的人报仇。

我在门口停住，听了一会儿。她真是个卓越的演说家，嘴里说出的话那么铿锵有力、鼓舞人心，一般人是很难不被威拉说服的。

既然威拉自己就可以很好地带动他们，我就直接回房了。房间里传来纸张的沙沙声，所以我小心地把门推开一条缝，探进头去。借着屋里床头灯微弱的光，我发现加勒特正在很仔细地搜我床头柜的抽屉。

“加勒特？”我走进房间，好奇地问他。

“公主？”他立刻停下，脸也红了，低头离开我的床头柜，“对不起，我并不是故意想搜你的东西，我是想找我送给埃洛拉的一条项链。我在她新的房间里找不到，所以我想有可能是落在这儿了。”

“我帮你找，”我说，“我没看见过什么项链，但我也从来没找过。项链是什么样子的？”

“上面有一块黑色的玛瑙，周围镶嵌着钻石和白银，”他伸手在自己的胸前比画着，好像他胸前真挂着那串项链似的，“她一向戴着那条项链，我觉得她应该……”他停了停，哽咽了。“我想她应该会愿意让那条项链一直陪着她。”

“我也确定她愿意。”我说。

他又开始抽抽噎噎，双手捂住了眼睛。我不知道应该干些什么，只好待在原地，看着加勒特慢慢止住哭泣。

“对不起，”他擦擦眼泪，摇了摇头，“你不用陪我一起难过。”

“没事。”我说着，朝他走近一步；但我实在不知道应该干些什么，于是停了下来，没有继续往前走。我一边转着我无名指上的婚戒，一边想说一些安慰的话。“我知道你有多么关爱我的母亲。”

“我的确很爱她，”他点点头，吸吸鼻子，似乎已经停止了哭泣，“我真的很在乎她。埃洛拉是个非常复杂的女人，但她是个好女人，她知道自己首先是女王，她把其他事情都放在了后面。”

“她告诉过我她为此非常后悔，”我静静地说，“她说她希望能有机会做不同的选择，那样的话她会先顾及她所关爱的人。”

“她是指你，”加勒特朝我笑笑，表情既痛苦又充满了慈爱，“她非常爱你，温迪，没有哪一天她不会想你、不会谈起你。在你回来之前，在你小时候，她总是坐在会客室里画画，画你。她就是这样把自己所有的精力都倾注在你身上，这样她就能看见你了。”

“她过去经常画我吗？”我十分惊讶地问道。

“你不知道？”加勒特问道。

“不知道，”我摇了摇头，“她从未向我提起过。”

“来，我带你去看那些画。”

加勒特沿着大厅一直往前走，我跟着他。我曾经去过埃洛拉存放她预言画作的那间屋子，那儿上着锁，在宫殿的北翼；我在想要不要告诉加勒特。但我从来没见过主人公是我小时候的画作，她的几幅关于我的画作都已是我十几岁的场景了。

他带着我走了好远，走过大厅，走过我原先的卧室，直到一堵墙面前。加勒特推着那面墙，我根本不知道他在干吗。忽然，那面墙砰的一声凸了出来。原来那是一扇门，完全装在墙里，没有门框，看上去与那面墙浑然一体。

“我根本不知道那些画都在这里。”

“一旦你成为女王，我会告诉你这座宫殿所有的秘密，”加勒特为我打开门，“相信我，这里有很多关于你的画作。”

我走了进去，发现里面有间小房子，唯一的目的就是容纳一座窄窄的环形楼梯。我回头看看加勒特，他示意我走在前面，于是我慢慢爬上去，他也紧跟着我爬了上去。

还没爬到顶，我就发现了很多幅画。天花板上的吊灯照亮了整个房间，我终于爬到了顶层。那是一间小小的暗室，铺着硬木地板，屋顶尖尖的。墙上全是画作，画与画之间只间隔几英寸，数量非常多。令我吃惊的是，所有的画里全是我。

埃洛拉的绘画技巧十分高明，所有那些画也惟妙惟肖，就像照片一样。从画上可以看到各个年龄阶段的我。我在生日宴会上，脸上沾着蛋糕；我三岁时膝盖划破了，腿上还贴着一块玛吉给我贴上的邦迪牌创可贴；八岁时参加音乐舞会，穿着芭蕾舞裙，双手还微微提着裙摆，但那次其实我表现很差；我在后院里荡秋千，马特在后面推着我；我蜷在床上，用手电筒阅读当时风靡一时的小说《它》[①]，那是在我十二岁时；我十五岁时放学碰巧下雨，一路从学校跑回家，淋成了落汤鸡……

“这怎么可能呢？”看着这些画，我目瞪口呆，“她是怎么画的？埃洛拉告诉我她无法选择，不知道自己会预先看到什么。”

“她确实不能选择，”加勒特说，“当她看到你时，那并不是

① *It*（1986），美国小说家斯蒂芬·金所著的恐怖小说。

她的选择。但她集中注意力把你看清、把你画出来，还是耗费了她很多的生命力，不过……对她来说这是值得的，这是她能看着你长大的唯一方式。”

“那耗费了她很多生命力，对吗？”我回头看着加勒特，激动得热泪盈眶，“你是说就是这些让她愈加老迈，是吗？”我指指满墙的画。“这就是我见到她时她看上去已经有五十多岁的原因，是吗？这就是她四十岁之前就去世而看起来却又老态龙钟的原因吗？”

“不要这么看，温迪。”加勒特摇了摇头，“她爱你，她需要看见你，她需要知道你一切安好，所以她画了这些画。她知道这对她来说意味着什么，但她还是高兴地这么做了。”

我生命中第一次意识到我失去了什么。我曾经有一个用她的整个生命来爱我的母亲，我一直没见过她。即便在我见她之后，也没有真正地了解她，直到一切都已无法挽回。

我开始嘤嘤哭泣。加勒特走到我的身边，笨拙地抱住了我，让我趴在他的肩膀上哭。

看完那些画之后，他和我回到我的房间。让我变得如此激动，他有些抱歉。但我还是很高兴他跟我说了这些。我需要看到那些画，需要知道这一切。然后我躺了下来，尽量止住哭泣，进入了梦乡。

第二天早上，我知道有很多事情要做，所以起得很早，下楼去厨房吃早饭。我刚走到楼梯，就听到大厅有人争吵。我停了下来，隔着护栏往下看看是怎么回事。

托马斯正在与他夫人安娜莉和女儿恩贝尔交谈，两位女士是芬恩的妈妈和妹妹，但芬恩好像不在周围。托马斯尽量压低声音，而安娜莉毫不退让。恩贝尔一直想拉母亲离开，但安娜莉死死抓着女儿的胳膊，根本不为所动。

“托马斯，如果不危险，你和芬恩就应该与我们一起，”安娜莉抬眼望着丈夫说，“他也是我的儿子，我可不想让他因为什么责任感而受伤害，他的责任感没用对地方！”

“这就是最正确的地方，安娜莉，”托马斯叹了口气，“我们这是在保护我们的王国。”

“我们的王国？”安娜莉嘲讽道，“这个王国为我们做过什么？那些贵族甚至不给我们足够的报酬让我们喂养孩子！我必须自己喂羊才能勉强活得下来！”

“安娜莉，小声点！”托马斯朝她挥挥手，“会有人听到的。”

“有人听到我也不在乎！”安娜莉提高了嗓音，“让他们听听我说的话。我希望他们把我们赶出去，我很想让他们这么做！那样的话，我们一家人就又能在一起了，就是一个家了，也就不用再生活在这种可怕的君主政体之下了。”

“妈妈，别这么说。”恩贝尔局促不安，想把妈妈拉走，“我可不想被赶走，我所有的朋友都在这儿呢。”

“你会再交新朋友的，恩贝尔，但你只有一个家庭。”安娜莉说。

“你们需要离开这儿的原因是——”托马斯说，“这里不安全，威卓马上就要来了，你们需要藏起来。”

“没有你，没有儿子，我不走，”安娜莉十分坚定，“我已经眼睁睁地看着你吃了这么多年苦了，现在我不能再失去你了。”

“我会很安全的,”托马斯说,“我能够战斗,芬恩也能战斗。你需要保护我们的女儿。等这一切结束时,我们就能够一起走了,如果那就是你所要求的话。我答应你,到时我会跟你一起走。但现在你需要带着恩贝尔离开这儿。”

“我不想走!”恩贝尔哭着说,“我要帮你们战斗,我跟芬恩一样强壮!”

“求你们了,”托马斯已经近乎哀求了,“我想让你们平平安安的。”

“你想让我们去哪儿?”安娜莉问道。

“你妹妹嫁给了卡宁部族的人,”托马斯说,“你们可以去投奔她,没人会找到那儿去的。”

“可我怎么知道你是安全的呢?”安娜莉问道。

“等一切结束后,我会去找你们。”托马斯说。

“如果你永远都不去找我们了呢?”安娜莉问道。

“我一定会去找你们的。”托马斯坚定地说,“现在就动身吧。我可不想让你们走得太迟,再晚威卓可能就来了,他们可不是什么善茬儿。”

“芬恩呢?”安娜莉问道,“我想跟他告个别。”

“他跟其他追踪者在一起,”托马斯说,“回家吧,收拾行李。我会让他回家和你们告别的。”

“好吧,”安娜莉不情愿地说,“到时你去找我,最好把我儿子一起带来,要确保他完好无损。如果不是这样,你就别来找我了。”

“我知道。”他点了点头。

安娜莉抬头看着丈夫，看了很久，什么话也没说。

“恩贝尔，跟你父亲说再见。”安娜莉说，恩贝尔不想听她的话，但安娜莉拽着女儿的胳膊。“快点，恩贝尔。”

恩贝尔很无奈，只得照做了。恩贝尔抱了抱父亲，父亲也亲了亲她的脸颊。安娜莉又回头看看丈夫，带着恩贝尔从前门走了。托马斯目送她们离开，过了好一会才走开，身躯有些佝偻。

他让家人远离弗瑞宁，为的是想保护她们。他跟我都看过那幅画，知道那场毁灭终会降临。他知道即便是无辜的人也会在这场浩劫中死于非命。

但我忽然想到了一些事。我一直在想办法改变那幅画，改变事情发展的轨迹，如果能做到的话，我们就不会死了。现在我终于想到了。

22 冒犯

“我们要主动出击。”说完这句话，我看到的是五张面无表情的脸，他们都盯着我，不知道应该有什么样的反应。

托马斯、托弗、威拉、芬恩和洛基都在离我很远处站着，对我的建议并不支持。是我叫他们来战情室开会的，但直到现在，几乎都是我一个人在说。

“这就是你绝妙的主意？”洛基问道，看上去微微有点困惑，而他的反应还是众人当中最积极的，“主动送上门去，在那儿被杀死，而不是在这儿？”

“我的主意关键不是选择在哪里被杀。”我倚着身后的桌子说。

“好吧，如果这是你的主意，温迪，我支持，”威拉说，但她听上去并不情愿，“可我不知道这会有什么好处，这样威卓就会占尽主场优势的。”

“洛基非常了解威卓的宫殿。”我指指洛基，他见我主动提到让他带路，就做了个鬼脸。“这样我们会出其不意，攻其不备。芬恩就是在这样的情况下攻击小妖精才活了下来。”

“可我几乎死在那儿了，公主殿下，”芬恩提醒道，“而且我们这样也不会起到多少出其不意的效果。威卓即将来这儿接管整个王国，他们一旦得知你加冕的消息，就会立刻赶来的。”

“这就是我们必须现在就走的原因。”我说。

“现在？”芬恩和威拉异口同声，极度惊愕。

“是的，”我点点头，“我已经安排两小时后举行加冕礼，然后我就是女王了。作为我统治特雷奥之后的第一条命令，我会命令大家向威卓发动攻击，宣布与威卓进入战时状态。我们会主动出击，一定要赢得这场战争。”

“你想今晚就发动攻击？”托弗说。

“是的，当他们还在睡觉时，”我说，“这是我们最好的机会了。”

“公主殿下，我不知道这是否可能，”托马斯摇了摇头，“我们不可能在几个小时之内计划好一场战争。”

“奥伦一旦发现我成为了女王，就会带领小妖精组成的军队陈兵国门，与我们宣战，”我指指大门，强调我的观点，“我们正在讨论的也就是几天的事，再晚两天你们又能多做多少准备呢？有可能突飞猛进，在各方面超越威卓，战胜他们吗？”

“我不知道，应该也不会有多大改变，”托马斯承认道，“但这并不意味着我们就应该马上出发，去执行自杀式任务。”

“你在讨论自杀？”我问道，“你看到过那幅画。你儿子死了，所有在这间屋子里的人，除了你，都死了。”我停了停，让大家想想那幅画。“我们必须做点事情改变那一切。”

“攻击威卓宫殿只会改变我们的死亡地点。”芬恩说。

“可能的确如此，”我同意道，“但那又怎样呢？我已经读过很多特雷奥的历史了，你们知道上面说了些什么吗？我们妥协了，我们退让了，我们绥靖了。我们总是在被动地等待，被动地挨打。我们只是在被逼无奈、万不得已时才采取防御措施。我们从未站起来，主动出击，捍卫我们的王国。

“而现在是时候战斗了。这是我们最后的机会，而且不仅仅是我们屋子里这些人最后的机会，也是我们整个王国站立起来、为自己而战、迎战威卓的最后机会。如果我们现在还不这么做，就只能等他们来征服我们了。”

“真是遗憾啊。”威拉满脸敬畏的神情。

“你是指什么？”我问道。

“你刚才这一通铮铮之言应该省下来，帮我去说服那些男爵女爵，让他们今晚也会与我们共同参加战斗。”

“那就是说至少你已经同意要参战了？”我问道。

“你知道我总会支持你的，”托弗说，“不管发生什么事情。”

“我非常不想同意你的观点，但是——我会追随你的，”洛基说，他用一只手梳了梳自己的头发，叹了口气，“我今晚会随你一起，共同向威卓发动进攻。”

“可我仍然觉得还有更好的办法，”托马斯说，“虽然我现在还不知道那个办法是什么；但如果这就是我们手头上最好的办法，那我们就必须立刻实施。”

“没有什么事情能说服你留下了吗?”芬恩问道。

“没有了,”我摇摇头,“这会是我的战争,也是大家的战争。我会亲赴疆场,和大家共进退。”

“好吧,”芬恩叹了口气,“那我也加入。”

“很好。”我想朝大家笑笑。我觉得我应该笑笑,相当于以某种方式来确定这项动议,但我没有。我满腹辛酸,感觉十分悲壮。

“那么,距我们整装待发只有几个小时了,是吗?”托马斯问道。

“是的,”我说,“加冕仪式结束后,即刻出发。”

“我想我需要简单地给诸位说一下威卓宫殿的布局和布防。”洛基说。

“当然,那会很有帮助的。”我说。

“好吧,”洛基挠了挠颈部,又看了看芬恩,“那我们就开始吧!”

洛基、芬恩和托马斯去制订进攻计划;威拉的工作也十分艰巨——去说服那些上层的特雷奥今晚就要参加战斗;而托弗必须跟我在一起,他要加冕成为国王。

我们在房间里等待,其实也讨论了一会儿威卓的事,但大部分时间我们什么都没说,彼此沉默着。

贝恩男爵主持加冕仪式。正常情况下,这是一个盛大的仪式,整个王国的人都会参加,但我们没时间办得那么繁琐。邓肯在一旁作证,贝恩让我们宣誓就职。

说过几句话,又在一张纸上签过字之后,我们就成了国王和女王。

托弗立刻离开了，他要去告诉他妈妈，说服她参加我们的战斗。在战场上，她的治疗能力至关重要。邓肯下楼重新加入追踪者的队伍。我也要马上下楼，但我等了一小会儿，我需要先喘口气。

我盯着窗外。雪天已经过去，今天非常温暖，应该在零度以上。窗外是浓密的大雾，树杈上裹了一层厚厚的雾凇。

“我的女王。”洛基在我身后说。我扭头看着他，浅浅一笑。

“你是第一个这么叫我的人。”

“感觉怎么样？”他一边问，一边悠闲地走到我的身边。他摸了摸桌子上的花瓶，又看着我。“你感觉到自己高贵的王室气派了吗？”

“还没明确感觉到，”我承认道，“我觉得我甚至从没有过那种感觉。”

“你会适应的，”洛基得意地笑笑，“我预言你会长期统治这个国家。那么多年，大家会用各种称谓向你致意：尊贵的女王、我敬爱的君主、陛下、我的女王陛下、我亲爱的，等等等等。”

“我觉得最后一个可不是正式的称谓。”

“应该是的，”洛基走到我身旁，停了下来，眼里闪闪发光，“你真是个美人儿，尤其是戴着那顶王冠。”

“王冠，”我脸红了，将它摘了下来，“我都忘记自己戴着它了。”戴着王冠感觉很不错，但我觉得好像有点荒谬。“举行仪式时我必须戴上，但……现在仪式结束了。”

“这是一顶漂亮的王冠。”洛基从我手中接过它来，羡慕地仔细观察那顶王冠的精致细节，看了一会儿才放到一边。他又向我走近一步，这时我们俩就紧紧挨着了，我抬头看着他。

“事情进展得怎么样？”我问道，“他们知道威卓宫殿的布局了吧？”

“不知道。”

“不知道？”

“是的，我不打算做这件事了。”洛基说，声音坚定而低沉。他顺势揽住了我的腰，即便隔着衣服，我都能感觉到温暖。“很快，一切就都结束了，所以我需要安静一会儿。让那些烦心事都见鬼去吧，让我们假装一切都不存在，我需要最后的温柔一刻，就与你在一起。”

“不，洛基，”我摇摇头，但没有走开，“我告诉过你，就那一夜，绝不能再那样了。”

“可我当时也告诉过你，那一夜是不够的。”

洛基身子前倾，深深地吻我，狠狠地把我抱到怀中。我甚至都根本没想过要挣扎，就用双手搂住了他的脖子。这次他吻我的方式和从前不同，少了一丝饥渴与狂热，而且感觉更好。

我们彼此拥抱在一起，知道这可能是最后的一次。这一刻既甜蜜又悲情，还有一丝隐隐的希望，百种滋味在心头。

我们吻完之后，他前额顶着我的前额，呼呼地喘着粗气。我伸手摸他的脸，皮肤光滑又凉爽。

洛基抬起头，再次盯着我，把我看在眼里，我发现他眼里好像有什么东西，我以前从未见过。他真挚的眼神纯而又纯，看着让人心动，我的心跳也越来越快，似乎随着我爱他的热情激增。

我不知道这是怎么发生的，也不知道是从何时开始的，但我非常确定，我已经深深地爱上了洛基。这种爱极其强烈，之前我对任何人都没有过这种感觉。

“温迪！”芬恩大喊道，打破了我和洛基完美而又温馨的瞬间，“你在干什么？你已经结婚了！而你的丈夫不是他！”

“刚才的一切你都看到眼里了，什么都没错过，是吗？”洛基问道。

“芬恩，”我一边放开洛基，一边说道，“冷静。”

“不！”芬恩大声喝道，“我没法冷静，你们到底是怎么想的？我们即将奔赴战场，而你却在背叛你的丈夫？”

“这一切并不完全是这样的！”我争辩道，但内疚和悔恨还是充斥在心头，难以排解。我的婚姻实际上已经名存实亡了，但毕竟我还是一个有丈夫的女人。我应该挂心一些更重要的事，而不是与洛基偷偷接吻。

“我看到的是你把舌头伸进了他的喉咙里。”芬恩两眼冒火，盯着我们。

“好吧，既然如此，我告诉你，事情就是你看到的样子。”洛基油嘴滑舌地说。

“洛基，你能让我们俩单独待会儿吗？”我问道。他叹了口气，看上去想提出抗议。“洛基，现在请让我们单独待会儿。”

“如您所愿，我的女王。”洛基喃喃说道。他退出房间时与芬恩擦肩而过，又狠狠盯了芬恩一眼，但两人都没再说话。洛基出去时把门关上了，我和芬恩单独留在房间里。

“你在想什么呢？”芬恩问道，听起来他一片茫然，不知道说什么好。

“我在想我们马上就要去打仗了，我母亲又刚刚去世，”我说，“还在想生命是如此……短暂，并且，我……我爱他。”

芬恩一下子惊呆了，他不再看我，艰难地吞咽了一下。看到他受伤如此之深，我的心碎了，但他需要知道真相。

“你几乎不了解他啊。”芬恩怯怯地说。

“我知道，”我点点头，“我不知道怎么解释，但……事实就是如此。”

“事实就是如此？”芬恩阴郁地笑了，翻翻眼睛，“你的爱情不应该如此泛滥啊，不久之前你刚刚发过誓说你爱我，而现在——”

“现在你根本不愿意为爱我而战，所以我嫁给了另一个人，”我打断他的话，说道，“我确实爱过你，芬恩，直到现在我也依然很在乎你，我会永远这样下去。你人很好，也很强壮，在我身边竭尽全力地保护我。可……你从来没有想过和我在一起。”

“你在说什么呢？”芬恩问道，“如果上天能让我提一个要求的话，那就是与你在一起！但我不能啊！”

“你说得对，芬恩！”我伸手指着他，“你不能，我们也不可能，而我根本不可以这么做。你总是看事情的表面价值，你根本就没试过！”

“我根本没试过？”芬恩问道，“你怎么能这么说？”

“因为你确实没有试过，”我用手梳理了一下自己的头发，摇了摇头，“你从没为我抗争过，而我为你抗争得好苦。为了和你在一起，我愿意放弃一切，但你什么都不愿意放弃。你甚至不愿意让我放弃任何事。”

“这在你心中怎么成了一件坏事？”芬恩问道，“我只是为了你好。”

“我知道，但你并不是我的父亲，芬恩。你应该是我的……”我声音小了，“我也不知道是什么。你从未做过我的男朋友。你只是一直在做追踪者，再多一点你都不愿意承担，除了在你看到我对其他男孩感兴趣时。”

“我只是想保护你！”芬恩坚持道。

“可这改变不了任何事情，”我深吸一口气，“我一直在抗争，想改变这里的一切，让我们的王国成为追踪者更好的家园；同时我也在更多地为特雷奥人民着想。当然你也一直在战斗，但目的却是尽力维持现状。你满足于生活在这个荒谬的等级制度之下。”

“我并不满足。”他气急败坏地说。

“可你没做过任何事情来改变这种制度！你只是被动地接受，并且觉得自己可以受得了。你愿意接受你的命运，但你期望我也如此，这让我难以接受。我需要更多的东西。”

“而你认为洛基会给你这些东西？”芬恩问道，他语气里的揶揄意味已经不多了，他只是想知道我是否觉得洛基对我来说合适。

“是的，他会的。”我点点头。

“那你的丈夫对这一切会怎么想呢？”芬恩问道。

“这我确实不知道，”我说道，故意隐瞒了一个事实——我不知道托弗有多了解我和洛基的事，“但与威卓的事情一旦了结，托弗和我会共同宣布我们的婚姻无效。”

“为了洛基，你要离开托弗？”芬恩问道，他非常震惊。

“不，”我说，“实际上，是托弗要离开我，他要与一个他爱的人分享余生，而那个人不是我。”

他整个身体一下子垮下来，不再看我，转而盯着地面。他用一只手梳理一下头发，我忽然沮丧地意识到我可能再也没有机会把指尖探进他的头发了，无论我们之间发生过什么，一切都结束了。他不再是我的爱人了。

“对不起。”芬恩静静地说。

“什么？”我问道，以为自己听错了。

“你是对的，很抱歉打扰了你。”他再次抬头望着我，已是泪眼婆娑，“我从未为此抗争过，如果说我做了什么事的话，那就是维系了这个等级制度，而恰恰是这个制度让我离你越来越远。我……为此很后悔。”他哽咽了。“我会为此抱憾终生。”

“我也很难过。”我咬着嘴唇，不想让自己的眼泪滴下来。

“但……”芬恩叹了口气，不再看我，“至少他的确是爱你的。”

“什么？”我问道。

“我是说洛基，”他痛苦地说出洛基的名字，摇了摇头，“最初我以为这是个阴谋，但我已经在他身边很长时间了，也盯着他很久了，经常听他谈起你。”芬恩把重心换到另一条腿上，似乎一直这样交谈不太舒服。“他确实很爱你。”

他点了点头，但我不明白这是什么意思。他颤抖着长长地呼出一口气，我想他在强烈地抑制自己想哭的冲动。

“那么……我猜我还能挺得住。”他揉了揉前额。

我走上前去，拍拍他的肩膀，想在某种程度上抚慰他一下，却显得很笨拙。我们俩隔得很近，要在从前，站得离他稍微近点就会让我心潮澎湃、热血沸腾，而现在这种感觉已经一去不复返了。他抬起头时，我朝他无力地笑笑。

“这样真的再好不过了，”我说，“我和你在一起是不会有好出路的。你需要找一个人，用你强悍的臂膀为她挡风遮雨；而我需要某个人推动我继续冒险，这样才能让我们这个王国继续走下去。要知道，现在我们已是风雨飘摇了，若不抗争，只能是死路一条。”

“事实都摆在面前，我也知道，并做好孤注一掷的准备了。”他表示同意。

我艰难地吞咽了一下，意识到了一些之前从没意识到的问题。“我似乎从未真正让你开心过，总是在一切事情上和你做对。你每次都是在尽力甚至是舍命相救，想带我回归弗瑞宁，可我总是与你意见相左，让你失望。我们彼此都搞得对方很痛苦。”

“以前我们真的有过在一起的机会吗？”他又呼出一口气。

“对不起。”

芬恩摇了摇头。“别跟我说对不起。你说得很对，这样对我们俩来说都再好不过了。而且……”他顿了顿，“只要你幸福就行。”

“我很幸福。”我朝他微微一笑，“没有我在你身边给你添乱，你也会更加幸福的。”

他点点头，尽管我不确定他是否真的认同这句话。

“如果你准许我离开的话，我得去准备准备、整装待发了。我们还可以再谈谈，如果你愿意的话；但现在我们的确有太多的事要去做了。”芬恩对我说。

“是啊，当然，我也有一堆事要处理呢。”

芬恩朝我笑笑，扭头走了。我长长地呼出一口气，就这样与芬恩了结了。此时此刻，我心里并不舒服，但总算是了了一桩心事，并且最终让芬恩知道了一切，否则还真不好开口呢。我心里就像打翻了五味瓶，什么滋味都有。我们之间的事真的结束了——对我们两个人来说都是如此——我可以继续我的人生了，如果今晚之后我还有人生的话。

23 时间

在漫长的乘车旅途中，大家几乎没有说话。我与托弗、洛基、邓肯和威拉在同一辆车上。行进过程中，恐惧感非常明显，我不知道自己是不是在做正确的事情。给他们讲话时我听起来那么信心十足，其实我心里也拿不准，可这已经是我们能想到的最好办法了。

出发之前，我已经和各个小队的领头人仔细商量过进攻计划了。洛基认为，最好的方式就是把我们的人分为几个小队，偷偷潜入威卓宫殿不同的位置。

大约两百名追踪者参加了我们的队伍，大部分都是从奥斯林纳来的。米娅也想加入，但芬恩劝她留在后方照顾婴儿。对此我感激不已，因为我不希望看到汉娜成为孤儿。

大约三十名男爵和女爵也来了，其中包括拉里斯女爵。我暗暗告诉自己，回到弗瑞宁之后要对她好点，如果我们还能回去的话。

有几个换生灵也主动请缨，我答应了他们。不过我今天早上把里斯和雷亚农支开了。我本来也要支走马特的，然而他拒绝离开弗瑞宁，甚至想与我们共同作战，但我最终说服了他，他的存在只能让我和威拉分心，所以他答应留在后方。

威拉会领导她的一队人马，包括二十名追踪者和两位男爵。他们会从侧门偷偷潜入厨房，洛基认为那儿可能会有小妖精在做夜宵，但威拉会把锅碗瓢盆都吹翻，而跟她一起的一位男爵可以控制水，所以他们可能会用水淹的办法来对付那些小妖精。

芬恩和托马斯分别带领一队人马，但他们都会从地牢潜入。洛基就曾从一个和宫殿相互连接的地窖中逃出来过——地窖在整个宫殿下方蔓延开来，就像一个庞大的迷宫。从那里，芬恩和托马斯会分别带领他们的队伍进入宫殿，并把沿途碰到的小妖精全部放倒。

托弗主动承接了最危险的任务。贝恩想和他并肩战斗，但托弗坚持让贝恩去威拉的队伍。托弗要带领大约五十名追踪者从前门直接进攻，目的是惊动小妖精，让他们知道敌人都在正门，吸引注意力。这样一来，其他小队就会偷偷地潜入威卓宫殿。

邓肯本来想在托弗那一组，但我安排他去了威拉那一组。现在看来，她那一组似乎是最安全的，当然，实际上哪一组都谈不上什么绝对安全。

洛基的工作是引导我进入宫殿，直击奥伦，然后他会马上再去接应托弗。他其实不太喜欢这个主意，但他知道只能如此，我只能单独面对奥伦，有其他人在旁边也无济于事。

在特雷奥漫长的历史中，我们从未主动出击过。哪怕是最强大时也没有进攻过他国。所以这次奥伦绝不会料到我们有如此胆量；占了这个先机，我们就有可能扼住他的喉咙。

洛基非常熟悉整座宫殿的里里外外，所以他开着我们的越野车带领整个特雷奥军队。当我们靠近宫殿时，他熄了汽车大灯，后面的车也照做了。他把车停在一片陡坡的边缘，尽可能靠近宫殿又不至于让威卓警觉。

“你确定要这么做吗？”下车之后，洛基静静地问我。

“是的。”我说，“你呢？”

“不是很想。”他很坦诚。

“那就带我去找奥伦吧。”

我回头看看，发现身后其他的特雷奥都已经下车。芬恩已经指挥他的一队人马爬上了陡坡，并告诉他们下一步该怎么走。洛基在出发之前已经把详细的地图与各队组长交待过了，但他没有时间告诉所有人。

“大家都知道要干什么了吧？”我一边问，一边看着威拉、托弗和邓肯。

“是的，我们都准备好了。”威拉伸出手使劲拍拍我的胳膊，“一定要好好的。”

“明白！”邓肯紧张地笑笑。

“别逞英雄，”我切切叮咛，“一定要注意保护自己。”

“保护好她。”托弗对洛基说。

“我一定会尽最大的努力。”洛基说。

大多数人已经开始爬陡坡，于是大家分头行动。洛基和我从宫殿另一侧的入口进去，与大部队渐行渐远。我们走的是一条不同的路，要悄悄绕过那些小妖精，直接面对国王。

我们穿过一片小树林，脚下踩着雪和树枝，脚步声时而咯吱咯吱，时而噼里啪啦。在远远的宫殿一侧，洛基带我到了一个几乎被埋在藤蔓底下的小木门前。那些藤蔓都成了褐色，已经干枯了，但上面全是锋利的刺。洛基推开那些藤蔓让我进去时，手被扎破了。

他打开门，一下子钻了进去，我也跟着进去了。我们进入了一个灯光昏暗的狭窄大厅，地板上面铺着红绒地毯，走起路来没有一点声音。洛基带我走过宫殿的后厅，这时我远远听到砰砰的砸门声和呐喊声，战斗打响了。

忽然有什么东西砸到我们旁边的墙上，我听到木头断裂的声音，吓了一跳。

“墙那边是什么地方？”我指着那个方向问洛基。

“前厅。”洛基抓着我的手，看着我说，“如果你真想这么做的话，我们得抓紧时间了。他也会听到这些声音的。”

我点点头，走得更快了。道路曲曲折折，转了好几次弯，然后到了一道很狭窄的楼梯，我几乎得侧着身子才能爬上去。台阶很小，我几乎是在踮着脚尖往上爬。

上到顶部是一扇门，洛基推开门时，我就知道我们在哪儿了。我的面前就是奥伦房间的大门，上面雕刻着藤蔓、仙子和精灵，描绘出一幅奇幻的场景。大厅里空无一人，宫殿外打斗的声音很小，听起来像在很远的地方。

我听到一声尖叫，那声音太像托弗发出的了，接着整个宫殿颤动起来。

“快走吧，我们依计行事。”我跟洛基说。

“可我不想离开你，让你一个人面对国王。”

“没事，我应付得了。”我把手放在他胸前，面对着他，“楼下需要你，我能对付得了国王。”

“温迪，不——”他摇了摇头。

“洛基，求你了。你必须去帮助他们。你很强壮，他们需要你。”我说，但我知道这根本说服不了他，“我会用超能力送你直接飞下去，可那会极大地损耗我的力量；但如果非如此不可，我是会这么做的。”

他的眼睛在黑暗中搜索着我的眼睛，我知道他不想走，但我实在不能让他跟我在一起。我不想让他身涉险地，至少不想让他离奥伦太近。更为重要的是，我的朋友们也需要他，需要在他的帮助下与小妖精作战。

“我能够做到，”我重复道，“我生就如此。”

他还是不想走，但最终还是屈服了。他快速又热烈地亲吻了我。

“我会去帮助他们，然后马上再回来找你。”他说。

“我知道了，去吧。”

他点点头，朝楼下大厅冲去。我深吸一口气，扭头面对那两扇精致的橡木大门，推门进去，准备对我的父亲痛下杀手。

24. 终场的序幕

我推开门，不知道会碰到什么情况，甚至不知道自己希望碰到什么情况。但还是有些出人意料，奥伦醒着，坐在王座上。他穿着黑色的裤子，睡衣没系上，里面也没穿衬衫，露出裸露的上身，所以我猜他刚刚起来。

他很随意地坐在椅子上，身子微微侧倾，一条腿搭在宝座的扶手上。他的手指上戴着许多巨大的银戒指，闪闪发光，晃得人睁不开眼。他手中拿着一杯红酒，慢慢地品着。

我扫视整个大厅，寻找洛基告诉我的那两把剑。

“我的孩子，”奥伦朝我笑笑，依然是那副做派，令我毛骨悚然，“你终于回家了。”

“这不是我的家！”我装腔作势，尽可能显得强势一些，而且从一开始就恩怨分明。

我终于看到了那两把剑，它们挂在墙上，把手处镶着钻石，闪闪发光。

“听上去你似乎带来了一些客人。”奥伦对我的评价置之不理。他晃晃酒杯，看着红酒在杯中打着旋儿。“你应该再等等，等你家大人不在时再举办这场盛大的聚会。搞出这么大的动静，你不怕吗？你还是个乳臭未干的孩子呢。”

“我可不是来聚会的！”这时候了他居然还想幽默，让我勃然大怒，“你知道我来此地的原因。”

“我知道你来此地的原因。”他思维非常清晰，一下子站了起来，将红酒一饮而尽，随手把杯子往旁边一扔，玻璃杯摔得粉碎。“但如果我是你的话，我会再次认真地考虑一些事情。”

“再考虑什么？”我问道。

“你的计划。”奥伦以他惯常的步伐朝我走来，一般人根本觉察不到，“你们还有时间遵循我们约定的条款，还有时间救你和你的朋友，但当然也没有太多时间了。

“我不是一个很有耐心的人，”他一边说着，一边绕着我转圈，“如果你不是我女儿，你早就死了。我对你已经比对其他人宽宏大量得多了。是时候显示一下你的感恩之心了。”

“感恩之心？”我问道，“为什么？为你绑架我，杀我的人？还是为你要颠覆我的王国？”

“为我依然让你活着。”他说道，肃穆的声音忽然在我身后响起，就在我的耳畔。我不知道他怎么一下子就站到了我的身边。

“我也可以对你说同样的话，”我很惊讶自己的声音依然能够那么平静，“我已经让你活了这么长时间，如果你结束这一切，我会继续让你活下去。我们会离开奥达瑞克，你也别再来烦我们——永远！”

“我为什么要这么做呢?为什么要听你的?”奥伦笑了。

“如果你不听的话，我就没有其他选择了。”我说道，这时他正悠闲地走到我的面前。“我会杀了你的。”

“你忘记我们的约定了吗?”奥伦问道，他撇嘴笑笑，双眼中闪烁着某种黑暗，“你忘记自己答应把王国交给我的时间了吗?”

“我没忘。”

“你只是又反悔了，决定取消这一切?”他笑得更厉害了，“因为你知道那会让你把一切都赔光，是吧?”

“我没有什么好损失的，”我坚定地说，“我会打败你的。”

“可能你真的会打败我。”奥伦似乎考虑了一会儿，“但那要等到你失去一切之后才有可能。”

“这就是你的回答?”我问。

“你是问我会不会放弃，让你和你的朋友们从此都快乐地生活?”他问道，语气听上去有些纡尊降贵，但一瞬间又变了。他脸色铁青，说话也变得恶毒起来。“我看还是让我自己来快乐地生活吧，从此之后一劳永逸地解决所有的问题。我是绝不可能向别人让步的，更何况是向你这个被惯坏了的小耗子让步!”

“那我就别无选择了。”

我汇聚自己所有的能量，像我曾经练习过的那样极度专注。我朝他伸出手去，展开手掌，用尽全身所有的力气，开始向外释放、向外推。我知道这种方式杀不死他，但我要让他失去气力才有可能离他近点。

他头发乱了，袍子也向后掀起，但仅此而已。我已经用尽我最大的力气了，我头脑里开始响起吱吱的声音，此时再稍微用力，我的脑袋就会非常疼痛。

可奥伦一动不动，笑得更厉害了。

“这就是你所有的本事？”他仰天大笑，整间房子随之震颤，“看来我太高估你了。”

我继续往外推，拒绝放弃，尽管我已经头痛欲裂。屋里的其他东西——家具、书都已经飞了起来，而奥伦仍旧岿然不动。

我感觉到嘴唇上一丝暖暖的湿润，意识到自己开始流鼻血了。

“公主殿下，亲爱的，”奥伦的声音尽可能地甜美，“你已经精疲力竭了，我实在不愿意看到你如此痛苦。”他叹了口气，想装出一副悲天悯人的样子。“让我来结束你的痛苦吧。”

他朝我走来，举起了拳头，反手朝我脸部一击，力量非常大。我飞了出去，撞在墙上，屋里飞起来的东西一下子都落到地上，落在了我的周围。

洛基以前曾经警告过我奥伦有多么强大，但那时我还没什么直接的体会，直到这一刻我才真正懂了。我简直就像被一台专门推倒建筑物的落锤破碎机击中一样。我撞到墙上的一侧身体剧烈疼痛，很可能断了几根肋骨，腿好像也折了，脖子还没断我就应该感到庆幸了。

“我实在不想这么对你，”奥伦说，说这句话时他竟然没笑，“但我早就告诉过你，反对我会是什么下场。”

我双手撑着身体，倚着墙勉强坐起来。他走到我的身边，俯身看着我。我勉强撑起身子，闭上眼，等着他的第二记重拳，但他打开门，走出了房间。

“把他给我带上来。”奥伦朝大厅喊道。他没关门，返身回到我身边，蹲下来，黑色的眼睛虎视眈眈地盯着我。“我警告过你，而且我每次都给你机会。你应该追随我，而不是反对我。”

“要想让我听命于你，我宁愿去死。”我说。

“我明白了。”他伸出手，想擦掉我额头的血迹，但我一歪脖子躲开了，可就这个动作也让我刺骨疼痛。“随便你吧，好消息是你不会一个人孤独地去死。”

他站起身来，扭头走开。与此同时，基拉和另一个威卓进了房间，他们把洛基押了进来。我以前从未见过那个威卓，他身形庞大，看上去凶暴残酷。

他们实际上是把洛基拖进来的，每人拖着洛基的一条胳膊。他的腿好像折了，拖在地上，脑袋也耷拉着，歪向一边，太阳穴处正向外滴血。

“不！”我大喊道，洛基听到我的声音，抬起头看了看我。很明显，他们几乎把他打死了。

“对不起，温迪，”他说，“我尽力了。”

“不，”我挣扎着想站起来，却根本力不从心。我的身体一动不动，可我顾不得身上刺骨的疼痛。“不要，别伤害他，你让我干什么都行。”

“太晚了。”奥伦摇了摇头，“我只能答应你，让你看着他死。我说到做到。”

“不！求你了，”我哀求道，跌跌撞撞扶住一把椅子，勉强站了起来，“我什么事都愿意做，任何事情。”

“对不起。”奥伦说道。

他走向悬挂两把长剑的那堵墙——那是我掀起飓风之后整间屋子里唯一没动的地方——取下其中一把剑，护手盘上的钻石一闪一闪，发出冷峻的光芒。

我想用超能力阻止他，我伸出手，把剩余的能力全部推了出去。屋子里一些不太重的东西——比如纸张、窗帘都动了，基拉有点害怕，可奥伦从容不迫，根本不为所动。

“洛基以前尝过这把剑的滋味，”奥伦一边说着，一边欣赏着这把宝剑，“就用这把剑来结果他应该是合适的。”

“求你了，”我的手无力地垂下来，“我会听你的话，让我做任何事都行。”

“我已经跟你说过了，”奥伦走了回来，停在洛基面前，“太晚了。”

基拉和另一个威卓把洛基架得高一些，洛基痛苦地发出声音。我的眼泪流了出来，不知道自己还能做些什么。我的超能力在奥伦身上根本不管用，我也不够强壮，不是他的对手，再说也没有任何与他讨价还价的筹码。

奥伦仍然看着我，举起剑，朝洛基的心脏猛地刺了过去。

25 命运

基拉和另一个威卓一下子放开了洛基，洛基瘫倒在地。他们俩都抓住自己的脑袋，使劲地摇晃，刚开始时，我不知道这是为什么。

我根本无法思考，也感觉不到任何事情，只是觉得自己被撕成了两半，痛彻心扉。奥伦好像把我的心从胸中掏了出来，我从未感觉到如此的痛苦和愤恨。

我胸中涌起一股黑色的热浪。我不知道周围发生了什么，眼前朦朦胧胧，一片模糊。

当我受到惊吓或者极度愤怒时，我的潜意识会自行做很多事，而且那时我的潜意识极其强大。以前托弗想把我从熟睡中唤醒时，我就曾无意中用潜意识伤害过他，甚至在埃洛拉折磨洛基时，我也曾在无意中小规模地施展过这种能力。

这一举动——强烈的害怕或恐惧——开启了我内心深处

潜藏的超能力。我有能力在人的脑海中施法，让他们经历巨大痛苦。这通常只是持续几分钟，但我从未像此刻这么愤怒过。

意识到我的能力之后，我马上控制自己的能力，全力对付奥伦。起初，他看上去很困惑，还试图抵御这种感觉。他一直眯着眼睛，歪着头，好像看到了一束很亮的光。

内心深处我知道我的身体应该会疼痛难忍，但我好像没什么感觉。我朝奥伦走去，他已经疼得抓着自己的头，跪在地上呻吟着，并开始乞求我；但我似乎听不到他在说什么。

基拉和另一个威卓也疼得蜷在地上，基拉其实已经难受得哭了起来。我朝洛基走去，但我不敢看他，我真的觉得他已经死了，我很怕看他会让我分神，这样就可能会放开奥伦。我从洛基身上拔出了剑。

我走到跪在那里的父亲旁边，弯下腰。他已经用双手捂住了耳朵，最初嘴里还念念有词，这时我把剑举过头顶，然后我听到他开始疼得号叫起来。

“停下来吧！”奥伦哀号道，“求求你，让我的痛苦结束吧！”

“我不会再让你继续痛苦了。”我一边说，一边瞄准他的脖子，用力挥了过去。

我扭过头去，不敢看，但我听到了他头颅落地的声音。

我站在那里，手中依然握着剑，看了看整个房间。这时我眼前的一切不再模糊，痛感又回来了。我的身上一阵剧痛，双腿开始颤抖，随时可能摔倒。基拉和另一个威卓不再疼得满地打滚，都坐了起来。

“去，”我屏气凝神，勉强说道，“告诉他们，国王死了。”

基拉看了看奥伦的尸体，目瞪口呆，根本不敢质疑我的命令。她和另一个威卓挣扎着爬起来跑了出去，屋里只剩下我和洛基。

我把剑扔在地上，冲到洛基身边跪下，把他抱起来放在腿上；但他的头歪向一边，鲜血染红了他的前胸。我把手放在他胸口上，想让他重新活过来。

“不，洛基，别死，求你了，”我的眼泪如断了线的珠子般滚落下来，“洛基，跟我在一起，求你了。我爱你，你可不能就这么离开我。”

但他根本不动，也不呼吸。我一边哭着，一边探头吻了他的前额，我已经痛苦得感觉不到疼了。我没有任何办法，开始号啕大哭。

“啊，我的天哪，我来得太晚了。”有人说道。我扭过头去，发现是萨拉，她站在门口，看着死去的国王——她的丈夫。

洛基曾经救过她的命，而她又是一名医者。她是我能够救洛基的唯一希望了。

“帮帮我，”我恳求着她，双手托着洛基向她示意，“求你了，你一定要救救他。”

“我……”萨拉没有回答我，接着她跑了过来，跪在洛基的另一边，“我不确定是否能行，他可能已经离我们而去了。”

“求你了，”我哭着说，“你一定要试试。”她深吸一口气，点了点头。

“你还有超能力吗？”萨拉问道。

“我不知道。”我感觉非常虚弱，精疲力竭，与奥伦战斗已经让我把所有的气力都使了出来。

“好吧，如果你还能行的话，帮帮我，”她把手放在我的手上，共同压住洛基胸前的伤口，“把你所有的能力使出来吧，我需要你所有的能力。”

我点了点头，闭上了眼睛，专注于她和洛基。一股温暖的刺痛感穿过了我的手，那种感觉似曾相识，我以前被医治时也有过这种感觉。但接下来，我感到那股力量从我血管里流了出来，或者说被拖了出来，就好像一股温热的液体顺着我的指尖流淌出来。

然后我听到了声音。那是洛基粗重的喘息声，我睁开了眼睛。

他长长呼出一口气，我脸颊上流下了慰藉的泪水。萨拉的手依然放在我的手上，她的皮肤变得满是皱纹，开始收缩。她的头发忽然开始变白，脸也明显地苍老了。她把自己的很多生命力都给了洛基，以此来救活他。

“洛基。”我说。

“嘿，公主殿下。”他灿烂地朝我笑笑，望着我，“怎么了？”

“没什么，”我笑着摇了摇头，“一切都结束了。”

“这是怎么了？”他拿起我的头发，让我看看。我这才发现，我已经满头白发。“我睡了一小觉，你的头发就白了？”

“你不只是睡了一小觉，”我笑了，“难道你不记得发生了什么吗？”

他皱了皱眉头，努力回忆。忽然，他眼里闪过一丝光亮，好像明白了。

“我想起来了……”洛基摸摸我的脸，“我记得我爱你。”我探过头去，狠狠地吻他，他把我抱在了怀里。

26 回家

“温迪！”威拉几乎是在尖叫，我赶紧想站起来。听声音她似乎非常恐慌，让我也忘记了自己有多虚弱，要不是洛基一把扶住了我，我肯定会摔倒在地的。

“别着急，公主殿下，”萨拉依然跪在地板上，没有一丝力气，抬头望着我，“你今天耗费了太多的超能力了。”洛基已经站了起来，一只手搂着我的腰扶着我。

我想感谢她帮助了我，并问问她到底为什么帮我。洛基已经向我解释了他与萨拉的关系是多么密切，但我还是有点难以想象。我刚刚杀死了她的丈夫，她内心深处到底作何感想，我还是有些拿不准。

没等我问萨拉，威拉就出现在国王房间的门口了。她衣服湿了，头发乱成一团，脸上还沾着血迹。

“温迪！”威拉再次大声叫我，朝我跑了过来，一把搂住我。

要不是洛基扶着我的话，她肯定已经把我撞倒了。

“威拉，别那么急。”洛基轻轻推开威拉，不让她再抱着我，以防威拉把我掐死。其实刚才我真的已经被她搂得有点窒息了。

“我很高兴你安然无恙。”她退后一步，看了看整间屋子，目光锁定地板上国王的头颅。奥伦的长发披在头上，刚好像毯子一样盖在上面。“那么这是真的了？国王死了？战争结束了？”

“国王死了。”我点点头，看萨拉如何反应。她是威卓的王后，如果她愿意的话，她可以继续与我们为敌。

洛基也看着萨拉说：“战争结束了。”但我不确定他只是在告诉萨拉，还是宣布战争已经结束。

“国王的恐怖统治已经持续得够长了，”萨拉慢慢站起来，脸色苍白地朝我们笑笑，“我们之间的战争结束了。如果从此再也没有战争的话，我将会非常高兴。”

“太好了，”威拉如释重负地笑了，“当那个追踪者跑过去宣布国王死了时，小妖精们就开始撤退了。很多小妖精已经逃离了宫殿。”

“他们更愿意生活在森林里，而不愿意住在屋子里。”萨拉解释道。

“我们的人怎么样？”我问威拉，一想到战争中的伤亡情况，我的心一下子紧了，“大家都还好吧？”

威拉神情暗淡下来，她撅着嘴摇了摇头。“我还不是很确定。一听到国王死了的消息，我就上来找你了。但……我知道不是所有的人都活了下来。”

"谁?"我追问道。

她稍微犹豫了一下,然后答道:"几名追踪者,我也不是很确定。"

既然威拉不想回答我的问题,那我就得亲自去看一下。我迈步向前,又一次忘记我的腿几乎不能走路了。我双腿一软,恰在这时,洛基一把抱起了我。

我想抗议,想强调我自己能走路,但实际上我确实无力支撑自己的身体。所以我只能指挥他抱着我去到楼下大厅查看情况,那里肯定有不少伤亡。

洛基抱着我走出房间,威拉就在我身边,而萨拉则跟在我们身后。楼上的情况看起来没那么糟,但我怀疑这是因为战场离这儿太远的缘故。经过一张桌子时,我发现一个小妖精藏在下面,他看见我们撒腿就跑,两条小腿转得飞快。

走到下楼的台阶时,我让洛基停下,把我放下来。从那儿我刚好可以俯瞰整个前厅,因为那里高出大厅五米多,所有的情况尽收眼底。

"温迪,我可不觉得——"洛基还是想抱着我,但我勉力挣扎,他很不情愿地把我放了下来。

我抓住楼梯栏杆勉强站住,往下看去。大厅曾经十分庄严整齐,铺着红色的地毯,墙上挂着名画,四处都是红木家具,与大厅墙壁的颜色也很相配。

所有的一切都被毁了,我是指一切的一切,绝无幸免。那些名画都被撕成了碎片,椅子也都残缺不全,地毯烧了,连墙上都满是裂缝。枝形吊灯架上的水晶大都掉落下来砸得粉碎,但吊灯依然挂在顶棚上，还发着光。

地上横七竖八躺着很多人，大部分是特雷奥，也有几个小妖精。幸运的是他们大多数都没死，只是受了伤，但当然也有个别人没有活下来。我认识所有的死者，虽然不是很熟悉，但我还是认识他们的。他们大都是追踪者和换生灵，没有任何超能力，就那么单凭自己视死如归的意志与小妖精搏斗。我一下子有点怀疑我的决策——让他们卷入这场战争——是否正确。

奥萝拉四处走动，治疗着那些受伤的人。她穿梭在追踪者和换生灵之间，让我十分欣慰，因为她似乎没有在乎伤者的身份，只是关注谁受伤最重、最需要治疗。

拉里斯没有明显的伤痕，所以她正在帮忙组织伤员，并对那些轻伤者进行一些简单的救治，比如说给他们包扎一下胳膊。

贝恩倚在墙上，他的衣服湿透了，衬衫上满是血迹，但他还在和托弗说话，所以应该也没事。托弗正蹲在他的面前，撕下自己的衬衫缠在贝恩的腿上；不仅如此，托弗这次似乎也没有因为超能力的透支而陷入疯狂。

我扫视整个大厅，寻找着每一个人，心中一边滴血，一边计算着伤亡的情况。我忽然意识到芬恩没在屋里——生不见人，死不见尸。

“其他人呢？”我问威拉，眼睛依然盯着整个前厅。

“呃，我不确定，”威拉说，“我们曾经告诉每一个人，只要战争结束，就到前厅会合。”

“那如果他人不在这儿的话，意味着什么呢？”我追问道，心中非常担心,害怕听到芬恩的噩耗。

我心乱如麻,这时通往地牢的门一下子打开了,芬恩拾级而上,进了大厅,他父亲用胳膊搂着他的肩膀扶住他。托马斯看上去也不是那么好,但他还能扶住自己的儿子,这是个好现象。

芬恩满脸是血和伤痕,但他抬眼朝我望过来时,我发现他的眼神里有些许骄傲,又有一丝慰藉。我也赶紧朝他微笑了一下,看到他还活着真让我高兴。尽管我和他已经不再有感情,但这绝不意味着我不关心他了。如果他死了,我会悲痛欲绝的。

芬恩和托马斯一瘸一拐走过一张翻倒在地的自助餐台,走到正在给伤员救治的奥萝拉身边。我一直看着他们,就在这时我看到两条腿从翻倒的餐台下面探了出来,穿着窄腿牛仔裤。在我认识的人当中,只有一个人会愚蠢到那种程度,穿着窄腿牛仔裤上战场。

“邓肯!”我大喊着冲下楼梯。幸运的是肾上腺素马上起了作用,驱动着我的双腿朝楼下奔去——尽管剧痛难忍。

可跑到最后一级楼梯时我还是绊了一下,但洛基已经赶到了那儿,一把扶住了我。当我走到餐台旁边时,我瘫倒在地,想把餐台搬开。很明显,在那种状态下我根本不可能做到,但洛基轻而易举就把餐台提了起来。

真是怕什么来什么。被压倒在餐台底下的恰恰就是邓肯,洛基移开餐台之后,我连滚带爬地找到邓肯的头,跪在那儿抱着他。他的胸口正在流血,我发现一根肋骨从他的体侧刺了出来。

“邓肯。”我抽抽噎噎哭了起来,泪水从脸颊上滑落。我把邓肯的头发从前额拢到后面，尽量抑制自己的哭泣。我曾想过要保护他，我也让他发过誓，让他尽一切可能保护自己；而所有的这些都没能实现，让我更加心碎。

忽然，邓肯在我怀里咳嗽起来，喷出一嘴鲜血。

“奥萝拉！”我扭头看着她大喊道，“奥萝拉，我需要你！”

“公主？”邓肯睁开眼睛，朝我微微一笑，似乎有点恍惚，“我们赢了吗？”

“是的。”我压抑着自己强烈的感情，点了点头，把邓肯的头紧紧搂在怀中，“是的，我们赢了。”

“太好了。”他太虚弱，又闭上了眼睛。

“邓肯，坚持住，”我哀求道，尽量抑制自己的泪水，不想让泪水滴下来沾湿邓肯的脸，“邓肯，这是命令，你必须跟我在一起！”

“奥萝拉！”洛基大叫道，因为她实在不够快。

邓肯再次咳嗽，这次更加严重。奥萝拉终于来到了我们身边。由于一直在救治他人，她手上满是鲜血，但她顾不得擦拭，双手压在了邓肯断裂后刺出来的肋骨上。

邓肯大声地呻吟，身体剧烈地颤抖，但我紧紧抱着他。奥萝拉慢慢把他断裂的肋骨推回了原位，又让伤口愈合了，然后她拿开了双手。

“我不能完全治愈他。”奥萝拉说这句话时，邓肯长长地呼了一口气。“我得留点力量去帮助其他人。”

“谢谢，”我朝她笑笑，“我能理解。”

“你需要我的帮助吗？”奥萝拉问道，一边朝我伸出了双手，但我摇了摇头。奥萝拉不解地问:“你确定吗?”

“我会好起来的,”我坚持道,“你去救治其他人吧。”

她点点头离开了。邓肯的身体再次开始颤抖,但我告诉他要好好地躺在那里静养。奥萝拉已经把他最关键的伤治愈了,这样他就死不了了,可这并不意味着他现在就一切如常了。

威拉从萨拉那里找来一些绷带,这时萨拉也明显加入到救援的队伍当中。她走过来给邓肯包扎伤口。

当我大喊奥萝拉过来时,托弗也离开贝恩走了过来,看自己是否能够帮得上忙。邓肯情况稳定之后,我转而望着托弗。他伸出手来扶着我,让我站了起来,我倚在他身上,否则我根本站不住。洛基一直站在我们旁边,随时预备着为我提供更多的支撑。

“你知道吗?我们俩彼此并不相爱,这的确是一大憾事,”托弗一只胳膊搂着我的肩膀,“除此之外,我们的组合几乎就是梦之队。”

“我不这么认为。”我环视四周,看着整间大厅里受伤的特雷奥人和威卓小妖精。

“战争总会有伤亡的,”托弗说,他已经理解我的意思了,“并不是说我对今天的伤亡情况无动于衷,但我们成功地终结了一场世纪之战。想象一下吧,我们拯救了多少生命啊。”

我意识到他是对的。我是说,我原本也明白这个道理——这也是我最初想发动这场战争的初衷——不过眼前的一片狼藉让我暂时忘记了最初的想法。

但现在,与托弗一起站在那儿,我觉得很好。尽管有伤亡和损失，但我们还是达到了我们预先设定的目标。我们解放了我们自己，解放了威卓人民，让大家都免受奥伦的残暴统治和高压政策。我们自由了。

“我们做了正确的事。”我抬头望着他，他苔绿色的眼睛看上去分外明亮。

“确实如此，”他紧紧抱住我的双肩，轻轻吻了吻我的太阳穴，“我为我们所做的一切而自豪。”

“我也是。”

“我们离开这儿怎么样？”托弗问道，“我们带大家回去，让战士们好好调养。咱们回家吧！”

“这个主意听起来好极了。”

“我去看看我妈妈是否还需要什么帮助。”托弗放开我，走向他的母亲。

我尽力让自己站住，但洛基依然离我很近，他正在和威拉一起帮忙处理一位追踪者的断腿，随时都能过来扶我。

“嘿，托弗，”我叫住他，“我们不再处于婚姻的状态中，但这并不意味着我们就不能成为一个好的团队。回去之后，我依然希望你与我一起工作，共同致力于美好的明天。”

“你说得太对了，必须如此，”托弗咧嘴笑了，“相信我吧，处理各种事情我都会有很多好点子的。”

我已经竭尽全力救助了我们的战士，但我真的没有更多力气了，已经难以为继。幸运的是洛基还可以拿出百分之二百的热情和力量，解决了许多问题。奥萝拉尽全力为大家疗伤，并专注于那些伤势较重的人，其余轻伤者的伤口都已经消毒包扎完毕，安置停当，就等我们回到宫殿之后再组织更进一步的诊疗和陪护了。

一切安排妥当之后，我们开始组织车辆，带大队人马回弗瑞宁。对于那些遇难者的遗体，我们尤其悉心照料。他们都是我们的勇士，回家之后我们要好好安葬他们。

尽管我也受伤了，但我坚持最后一个离开。我要亲眼看着所有人都上车之后再走。

动身之前，我与萨拉简单地谈了谈，她让我放心，威卓不会再对特雷奥发动任何攻击。过段日子，我们可以召集会议，签署新的和平协议；但目前，两国都需要休整，一切等两国恢复元气之后再说。

我坐的这辆车是最后离开的，由威拉驾驶。邓肯坐在副驾驶的位置上，睡得很香。托弗决定坐在贝恩的车上，他们那辆车是倒数第二个走的。托弗也基本与我一样，看着所有人都安全撤离之后才离开。

当我们驱车开始长途跋涉时，太阳刚刚升起，蓝色的天际渐渐变成了粉紫色。

我蜷坐在后排，身旁是洛基，他搂着我，我把头枕在他肩上。我身上依然疼痛，但有他在身边感觉还不错。他吻了吻我的额头，我身子再蜷蜷，与他更近了。在威卓宫殿时就是他一直在照顾我，但只有单独待在车里时我们俩才表现得亲密起来，反正也没外人。威拉看了我们一眼，没有说话。我知道，一会儿回到弗瑞宁之后，她会有一千个问题等着问我，但这会儿，她还是让我们享受愉快的二人世界了。

“真想回家，我已经迫不及待了。”我说。

“家。”洛基说着这个字眼，笑了笑。

“什么？”我抬头仰视着他，“有什么好笑的。”

“我只是……觉得我好像从来没有过家的感觉。”他低头朝我笑笑，“直到我遇见了你，一切才真正得以改变。”

洛基低头温柔地吻我，我知道他想更加深情地吻我，但又怕伤到我，毕竟我身上还带着伤呢。他继续温柔地吻着我，我感觉浑身发热，于是用尽全身力气紧紧地抱住他。

不知过了多久，我们终于停了下来，他把额头抵在我的额头上，喘着粗气。“我也已经迫不及待想跟你一起回家了，公主。”

“我现在可是女王了，你知道的。”我逗弄着他，他笑了，再次吻了下来。

尾声：四个月后

战争之后的头几个星期，日子还是比较艰难的。我断了几根肋骨，而且肩膀处脱臼。当时我们很多人都需要奥萝拉和萨拉的治疗，所以我自己就坚决没有再耗费她俩的能力，而是用传统的方式慢慢休养。

很多人都发现我恢复的速度很快，因为我有威卓的血统，但开始的几周依然非常难熬。然而也有很多让人高兴的事，比如洛基全心全意地照顾我，说实话，几乎是须臾不离我左右。

恢复得差不多时，我为母亲举行了葬礼。整个王国的人都到场了，令我惊讶的是，连卡宁的国王和王后也来了，同行的还有欧姆特的女王。他们来向我母亲致敬，同时也感谢我们结束了威卓的残暴统治。

奥伦对特雷奥有强烈的兴趣，所以他把大部分注意力放到了我们部族，但其他部族也未能幸免。还没到葬礼时间，数以万计的人民就涌向了街头，向埃洛拉致意并庆祝胜利，直到那一刻，我才真正意识到我到底做了什么。

我也从其他特雷奥人甚至是其他部族的人那里听说了很多埃洛拉的事迹——我母亲曾做过多少事情保护他们，做过多少协调和妥协，放弃过多少常人难以放弃的东西，还有她为保持和平所做的所有努力。埃洛拉给予过人民太多的东西，看到人民对她真心的爱戴和怀念，真让人十分感动。

失去埃洛拉让我理解了妈妈的重要性，也从此明白里斯失去了什么。尽管我寄主家庭的妈妈金曾那样对待过我，我也明白她做那些事完全是出于爱，出于对那个她甚至一面都没见过的孩子的爱。

马特带着里斯去见了金，她依然待在那家精神病院里。马特尽量与金——他的妈妈恢复了一点关系，尽管他还是很抵触，可愿意去见她已经是很大的进步了。

里斯计划今年秋天在那家医院附近读大学，这样他就可以经常去看他的妈妈，慢慢地逐步了解她。马特说金已经好些了，如果她能继续好转的话，总会有出院的那一天的。

可马特还是回到了弗瑞宁，他说他的家就在这儿，我为此深深地感恩。我知道我已经是成年人了，现在还有了自己的王国，但我觉得自己还没准备好独自生活，远离家人——我的哥哥。

奥斯林纳仍然在致力于重建，但马特已经花了大量时间帮他们重建家园。他的设计精妙绝伦，让特雷奥人看到一个换生灵做事如此出色，实在是一件好事。

我们依然在努力消除等级偏见。我知道，要经过漫长的时间才能让大多数人放弃原有的观念，接受新的思想——任何人都可以自由地与相爱的人结合，无论他（她）是特雷奥、追踪者还是换生灵。当然，我们仍然有很长的路要走，但至少我们已经在路上了，而且正在往正确的方向迈进。

在我加冕成为女王之前，我就很确定将来我们一定要颁布法令，破除门第观念，让有情人终成眷属。威拉当然希望能够尽快实施，要知道她八岁时就开始四处张罗着要为自己购置结婚礼服了。

在我们特雷奥的社会中，她扮演了一个更加积极的角色。我刚刚回来卧床休息的那段时间，她主动冲到前面处理了大量日常事务。这非常好，因为这样一来，我去度蜜月时就能把统治大权交给她了。

在葬礼之前，托弗和我就已经宣布婚姻无效了。他执意如此，因为我和洛基在一起时的灵气光晕太过明亮，简直要让他失明了，再不尽快成全我们他会觉得很难受。

在宣布婚姻无效之后，托弗似乎更加开朗了。多亏他在竞选活动中的努力，贝恩当选为新一届的宰相，这比我们的上一任强多了。他们俩现在正共同致力于把特雷奥社会建设得更好。

托弗已经有了心仪的人，尽管他总是三缄其口。其实我知道那个特别的人应该是谁，可他还是有点担心大家知道他是同性恋之后的反应。但我相信不久的将来，特雷奥社会就不会那么闭塞和封建，到那时他也就会敞开心扉了。

打败威卓之后，托马斯离开了，他与他的家人去了另一个部落定居，我想应该不会回来了。芬恩留了下来，取代他父亲成为追踪者的首领。

看到芬恩在宫殿巡逻时感觉还是有点别扭。我已经不再爱他，不像我曾经那样爱他了；不过我得承认，如果说我内心深处一点也不在乎他，那也是不可能的。他是我的初恋，我的第一个爱人，我之所以能成为现在的女王，他起了极其重要的作用。

最初，他总是冷冰冰的，拒我于千里之外。但慢慢地，我们俩之间的坚冰逐渐消融，我们又渐渐成为了朋友，这也算一种进展吧。

看到他跟奥斯林纳的米娅谈恋爱，我以为自己会妒火中烧，可我没有，只是真诚地祝福他。我想让他快乐，这是真心话，我觉得自己不是那个能让他快乐的人，但肯定有人能让他快乐。

还有洛基……好吧，坦率一点说，自打我们回来，他就一直在我身边，但我一直没让他再上我的床，我要让自己成为一个忠贞的女人。他同意了我的要求。

两周前，花园里春暖花开，我们在那儿举行了一场小型的婚礼，跟我的第一场婚礼完全不同。这次参加婚礼的只有我最亲密的人，包括我的姑妈玛吉。其实婚礼最大的不同在于这才是我想要的婚礼，我嫁给了一个我爱得死去活来的人。

玛吉与我们在一起住了几个星期，大部分时间很愉快。这里发生的一切都匪夷所思，她的大脑还难以完全转过弯来，但至少她马上接受了里斯。谢天谢地，她在这儿的最后一周几乎一直是里斯陪着，这样我和洛基终于能有点时间单独在一起了。

不幸的是，时间似乎总是不够。春宵苦短日高起，可我还是想继续和洛基蜷在被窝里。通常，他都跟我一样嗜睡，但今天却有些反常。

他拉开窗帘，阳光晒了进来，明亮得有些刺眼。我使劲闭着眼睛，把脑袋埋进枕头。

"嘿，温迪，"洛基跪在床边，用手梳理着我的头发，"你知道今天还是来了。"

"我知道，可我真不想让今天到来。"我睁开眼看着他。阳光也让他的眼睛有些睁不开，可他还是看着我，朝我笑笑。"我不应该让你答应这件事。"

"你不让我？"洛基笑了，"我可是国王，没有人敢让我做这做那。"

"那是你的想法。"我嘲笑道，他笑得更厉害了。

"但你要严肃点，亲爱的，你今天会起床送我吗？"洛基问道，他抓住我的手吻了吻，"当然，其实你无须送我，我可知道最近早晨的时光对你来说意味着什么。"

"不，既然你要走，我就要去送你，"我叹了口气，"可是你最好尽快回来。"

"我会尽最大努力的，"他笑了，"这个世界上没有什么事情能让我远离我的女王。"

我掀起被子，走进衣帽间穿好衣服。我们要举行一个仪式欢送洛基，所以我必须选一身漂亮的礼服，甚至要戴王冠。大多数时候我都尽量不戴王冠，但正式场合必须戴。

洛基已经为今天的仪式穿戴整齐，我感觉他一小时前就已经起来了，可我一直在睡，因为最近这段时间我一直非常劳累。我得说这是因为洛基在蜜月期间让我太累了，这绝对是原因之一，但也不是全部原因。

“今天早上你感觉怎么样？”洛基问道，他倚着衣帽间的门，看着我穿上一件暗绿色的礼服。

“除了有点悲伤之外，还行。”我套上礼服，但我没法拉上拉链，于是我转身背对着他。“帮个小忙，谢谢。”

“你真应该找个女侍者之类的，”洛基一边说着一边给我拉拉链，可似乎非常费劲，“否则一些事情根本无法进行下去。”

“可这就是丈夫应该做的事啊。”我跟他开玩笑。他依然在给我拉拉链，好不容易拉上了，但我知道问题在哪里，知道我衣服几乎穿不上的原因。

洛基从身后抱住了我，把手放在我腹部那最温暖柔软的部位，吻了吻我的肩膀。

“我们得尽快告诉他们。”洛基搂着我说。

“我知道，”我叹了口气，“但等你回来之后，好吗？我可不想单独应付这件事，还得回答好多问题，除非你跟我一起。”我回过头来，这样我就面对着他了。“这意味着你必须尽快回来。”

“好像你必须再找个理由我才会乖乖回来似的。”他笑了，开玩笑地拽拽我银色的鬓发，那缕头发总是不肯乖乖待在它原先的地方。

洛基拥我入怀，深深地吻我，这依然会让我不由自主地迷醉，腿发软。我一直以为这种感觉会逐渐消失，但他每次触摸我的肌肤、亲近我时，我总会如此。

我们去了正殿举行仪式。萨拉已经在那里等我们了；芬恩作为追踪者的统领，也在那里守卫；贝恩作为宰相自然也得在场。萨拉昨天晚上就已经到了，这样她就可以和洛基同车回去，以示二人团结一致。

洛基和我坐在王座上，等着其他人的到来，然后仪式开始。我昨晚已经见过宰相贝恩，我应该怎么说，他早已经告诉了我。王国之间的联合在历史上非常少见，但很明显还是有一个我应该遵守的程序。

大家一到场，洛基和萨拉就在我面前各就各位。我站起来，尽可能庄严肃穆地背诵了贝恩教我的话。背诵过程中我好像说得有点含混，但主要意思是我们把威卓和特雷奥联合起来了，宣誓共同协作、共存共荣，就是这样。

作为协约的一部分，洛基要回去帮助他们重建威卓王国。由于我杀死了国王，他们的社会体系也就完全崩溃了。萨拉勉强维系着整个王国，但如果没有外部力量的注入，这个国家还是会分崩离析的。

“既然你们俩都同意共同合作、和平共处、互相尊重，我宣布联合仪式圆满成功，”我结束了仪式，“你们现在可以……共同协作了。”

“谢谢。”萨拉双手提着裙子，向我行屈膝礼。

“谢谢。”洛基朝我躬身致意，一脸坏笑。

“你只需要去两个星期吗？”我问他。

“绝对至多两个星期，然后我就马上回到您的身边。”洛基让我放心。

“我也向您保证，除了必须完成的事务，我决不会耗费他更多的时间。”萨拉补充道。朝我微笑时，她的眼神很温暖。我本不想把丈夫借给她的，但她救了洛基的命；而且，如果威卓能致力于成为我们的盟国，而不是我们的敌人，毕竟是件好事。

洛基吻了我，尽管这其实是不礼貌的。一位国王和女王是不应该在公众场合示爱的，但洛基总是尽可能地打破这个规矩。当然，说实话，我也没怎么强调过这条规矩。

“赶快忙完，抓紧回来！”我小声跟他说。

“如您所愿。”洛基微微一笑。

他转身欲走，我忽然感觉腹中一股熟悉的翻腾。这不是由于我对洛基的爱，这次有所不同，是我腹中的小生命。我把手放在肚子上，好像是让胎儿安静似的。

在我还是托弗妻子时，我和洛基共同度过的那个夜晚带来了这个小东西，我们都非常惊讶。几周前我告诉了洛基，我们俩虽然非常紧张，但也十分激动。我们都是第一次当爸妈，又是第一对王族父母。我们的孩子是绝不会做奇翎的。

我知道奇翎在生下来后连夜就要送走，所以说我们的社会还需要很多改变和重建，我们将来也不会再依赖这种方式获得财富。

但我们每天都在努力工作，致力于此，致力于改变一些东西。我和洛基，还有威拉、托弗，甚至芬恩，我们会把特雷奥社会变得更加强大、美好。这会是一个伟大的民族，彼此欣赏、相互珍爱、热爱生活。

不管有多么积重难返，我都会力排众议，让这儿成为一个更好的地方、一片乐土。这就是做女王的乐趣。

超能部族术语汇编

灵　　气——有时也称灵气光晕，指环绕在人或物体周围的一团微弱光亮。不同颜色的灵气含义不同。

奇　　翎——出生时被秘密调换、放到人类寄主家庭抚养的特雷奥部族成员。

弗 瑞 宁——特雷奥部族首府，也是特雷奥社会中最大的城市，位于明尼苏达州密西西比河沿岸的陡崖上。特雷奥部族的宫殿即在此处。

小 妖 精——身高不足三英尺的怪物，样貌丑陋，形体怪异。

寄主家庭——奇翎所寄居的家庭。寄主家庭的选择标准为家庭财产和社会地位。奇翎在特雷奥部族中的地位越显赫，其寄居的寄主家庭条件也就越优越。

卡　　宁——现存的超能部族之一。他们喜爱安静，性情平和，以其能融入周围环境的能力著称。他们的皮肤就像变色龙一样，能改变颜色，帮助他们融入周围的环境。他们跟特雷奥一样，也一直沿袭着古老的传统，继续把奇翎送到人类中间，但并不是非常普遍。他们的后代只有十分之一会成为奇翎。

换生灵——通常简称为“影子”。这个词直译的意思是“人类”，但经常特指特雷奥部族将奇翎留在寄主家庭时带走的人类孩子。

男爵——特雷奥部族和威卓部族男性王室成员的头衔，赐予有卓越超能力的精灵。等级相当于公爵，位于特雷奥公民之上，国王（女王）和王后之下。特雷奥部族的社会阶层如下：

国王/王后（女王）

王子/公主

男爵/女爵

特雷奥公民

追踪者

换生灵

寄主家庭中的人类成员

人类（在精灵社会以外长大的普通人类）

女爵——特雷奥部族和威卓部族女性王室成员的头衔。

欧姆特——人口仅比思科吉尔部族略多。欧姆特部族的精灵以粗鲁著称，脾气很坏。他们也依然沿袭古老的传统，把奇翎送到人类社会中，但较之于特雷奥部族，他们不会选择等级那么高的贵族。与其他精灵部族不同的是，欧姆特部族的精灵在外表上不是很吸引人。

奥达瑞克——威卓部族的首都，是威卓国王宫殿的驻地，坐落于北科罗拉多州。

意念控心术——一种中等强度的心灵控制法术。具有这种能力的人可以仅凭脑海中的想法便让他人按照自己的意愿行动。

预知能力——预先知道某事将要发生的能力，特指通过超感官渠道获得的关于未来的预测。

意 念 力——这是一个笼统的词，是生成力量、控制活动等各种意思的总称，是一种使无生命物体和远距离物体移动的意念驱动力，据说是心灵力量的施展。包括意念控制、预知能力、心灵遥感、自我治愈能力、远距离传物能力以及变形术。

思科吉尔——一个水生的精灵部族，几乎绝迹。他们需要大量的新鲜淡水才能生存，并且大约三分之一的思科吉尔人都长着鳃，这样他们可以在水下呼吸。他们一度繁盛，人数众多，但现在只剩下大约五千思科吉尔人生活在这个星球上。

鹳——“人类告诉小孩，他们是鹳带来的；但在精灵的世界里，小孩是追踪者带来的。”所以鹳也就是追踪者的俗称，含贬义。

追 踪 者——特雷奥部族成员，经过特殊训练，负责找到奇翎并把他们带回部族。追踪者不具备超能力，但具备了解特定精灵内心想法的能力。他们能够感知自己负责追踪的精灵是否处于危险之中，感知自己和精灵之间的距离。追踪者位于特雷奥部族的最低层，地位仅在换生灵之上。

特 雷 奥——特雷奥部族，成员相貌美丽，拥有控制心灵的超能力。奇翎是特雷奥部族的支柱成员。特雷奥群体像所有精灵一样，脾气暴躁，但聪明伶俐，有时也很自私。曾经人口众多，但如今人数与超能力都在衰减，不过他们仍然是最大的精灵部族之一。特雷奥部族是热爱和平的部族。

特雷奥语——特雷奥部族使用的古老语言，用来书写部族的重要文件，以防被人类破译。语言所使用的符号类似于阿拉伯语和古代斯拉夫语字母，不同于标准的拉丁字母。

威 卓——有暴力倾向的精灵部族，虽具备一定的心灵超能力，但主要优势在于其优越的体力和超长的寿命。此部族也面临着渐渐消亡的威胁。威卓部族的成员虽大多相貌美丽，但后代多半都是小妖精。威卓是唯一包含怪物成员的精灵部族。

从此以后

21 纷至沓来

“可以前我这么给你们做蛋糕时，你们都很喜欢吃呀？”马特非常惊愕，但想想又有些不甘心。

他站在餐台的另一侧，手中拿着一只盖满糖霜的戚风蛋糕，中间插着一根蓝色的蜡烛。我实在不忍告诉他真相，因为他看上去非常伤心，可我又想让今天完美无缺，不留一点遗憾。

“温迪以前是在撒谎呢。”威拉手中拿着满满一碗蓝莓，走到马特身边，安慰性地吻了吻他。毕竟，说开这件事对马特是很大的打击。

“但……”马特依然不解，他摇了摇头，“可这是为什么呢？”

“她不想伤害你的感情，”威拉解释道，“而今天她计划周详，设计得完美无缺，于是真相也就不得不水落石出了。”威拉满脸歉意地看着他。“其实我们都不喜欢吃你做的生日蛋糕。”

“但你们一直都在吃呀！”马特始而疑惑不解，终而义愤填膺，他看看我，又看看威拉，“我一直这样给你们做蛋糕吃，甚至还给洛基吃，大家都没说什么呀，难道你们所有人都瞒着我？！”

“马特，我爱你，”威拉拍拍他的肩膀，“等有时间我们再探讨蛋糕的问题，但这会儿不行，说话的工夫大家就到了。”

这句话好像有提示作用，大厅里响起了门铃声。

“我来开门。”威拉另一只手又拿走一大串香蕉——她要布置招待客人的水果，然后匆匆跑去开门了。

“我一会儿就到。”我告诉威拉，但我还是首先走到哥哥马特身旁，“对不起，马特，其实我早就应该告诉你，但你一直那么努力地关爱我，为我做吃的，所以我实在说不出口。”

“没什么，”他低头看着蛋糕，把食指插进去，又放到嘴里尝了尝，“我非常难受，因为这个蛋糕是我花大力气专门为他做的。”

“他并不需要一个特别的蛋糕，”我朝马特笑笑，“他只想花更多时间与自己最喜欢的舅舅待在一起。”

马特也笑了，心情明显好了起来。大厅里人声鼎沸，一阵熟悉的恐慌感忽然席卷了我的全身。整整一周我都疲惫不堪，想为儿子设计一个特别的宴会；当然，虽然一切已经准备停当，最后一分钟时，我还是习惯性地觉得一切似乎并不完美，让我有些手忙脚乱。

“我现在必须走了，”我一边说着话一边走开，“你过来时帮我拿着酸奶吧。”

“没问题。”马特点点头。

我从餐台上拿起宝宝的喝水杯和一瓶葡萄汁——其实这

才是我来厨房的真正目的——匆匆离开了。威拉实际上也是来厨房拿水果布置宴会的，而我是来拿东西喂儿子的，结果恰恰碰到马特偷偷做了生日蛋糕，想给大家一个惊喜。我们这才把隐藏多年的秘密告诉了他：特雷奥和威卓是不会喜欢这种人类的生日蛋糕的。

等我到大厅时，威拉已经开门让里斯和雷亚农进来了。里斯把自己的帆布包放在了地上，但雷亚农还是把自己的包背在肩上。

“你们来了！”我笑着跑到他们面前，“很高兴你们能来，上次跟你们通话，你们好像还说不确定能否回来呢。”

里斯咧嘴笑了。“得了吧，这可是我外甥的生日呢，我怎么可能错过呢？”

我拥抱了他，姿势很别扭，因为手里还拿着果汁。但里斯毫不在意，使劲地抱了抱我。然后，我又快速地拥抱了一下雷亚农。

“来，我帮你拿一下。”里斯说着从我手中拿走了果汁。

“我没意识到今天这么正式，”雷亚农看了看我，她用手梳理了一下她红色的头发，把缠绕在发间的一片橘红色枫叶拿下来，“你看上去真美。”

“什么？”我看了一眼身上的打扮——我穿着裙子，但并不是通常穿的那种很正式的长袍，可较之于里斯、雷亚农的牛仔裤来说，我看上去还算是正装打扮吧。“对不起，我猜这是当女王当的吧。已经习惯穿裙子了，现在不穿一件我都会觉得怪怪的。”

我已经当女王一年半了，当初刚来到弗瑞宁时那些似乎是很陌生的繁文缛节，现在我已逐渐适应。我很清楚，我既没有埃洛拉优雅，也没有她出众，难以望其项背；但我已经慢慢成长起来了，埃洛拉如果在世的话，还是会为自己的女儿骄傲的。

“你根本无须道歉，”雷亚农挥挥手，“你看上去非常完美。”

“你也是。”我说，她笑了。“但我这会儿得去准备了。先把行李放下吧，你们原先的房间已经准备好了。”

“我们是应该先放下行李，”里斯说着就拿起了自己的包，“宴会在哪儿举行？”

“你原先的游戏室，”我一边说着一边上楼梯，“我们又稍微装修了一下，这对他来说就很完美了。”

“太好了，我很高兴能有人把游戏室重新利用起来。”里斯笑了。

“大学里一切都还好吧？”我回头看着里斯，“回家会落下几节课，没问题吧？”

“是的，上大学棒极了。”里斯点点头，“所以我不能落下太多的课，后天就得走。”

我皱了皱眉。“那你这次回来也太仓促了。但不管怎么说，你能回来，我还是很高兴的，你们的生活都很充实。”

“可能还不如你忙呢。”里斯指出。

我笑了。“那倒是，你可能都想象不到我有多忙。”

我既是一位新妻子，又是一位新母亲，还是一位新女王，有时真的会让人心力交瘁。管理这个王国，我每天只能睡不到五个小时，自从我加冕以来就一直如此。尽管我们已经进入了一个新的和平时代，但还是有一些归属不明确的领土，这意味着女王有很大的工作量。

我并不是孤军奋战，我其实有很好的支持团队。有托弗、威拉、加勒特、宰相贝恩作为我的顾问，我们能够让特雷奥产生巨大的变化。应该承认，在我为国家大事操劳时，洛基负担了大部分家务，扮演了一个很好的居家男人的角色，幸而马特和威拉只要得空也都愿意帮我们带孩子。

上楼走到游戏室门口后，里斯把果汁还给我，我谢了他。他和雷亚农继续向前，去自己房间放下行李。

还没开门，我就听到儿子在咯咯地笑。他一定是这个星球上最快乐的孩子之一。他的笑容非常有感染力，脸颊也胖嘟嘟的。他继承了他爸爸的金色眼睛，但一头黑发和我一样，很不听话。

我推门进去，立刻明白他为什么笑得如此开心了——托弗正用超能力把他举起来，让他飘浮在半空中呢，还不时地晃晃他。

他在空中手舞足蹈，哈哈大笑，棕褐色的皮肤也变成了红色。

“托弗！”我把果汁放在地上，赶紧把儿子从空中摘下来，“我跟你说过的，你忘了吗？”

“对不起，温迪，”托弗羞怯地笑笑，“可他太喜欢这么玩了。”

“得了吧，温迪。”洛基也过来帮腔，但明显是跟托弗一伙。

他站在房间的一侧，正在帮助贝恩装饰礼品桌。贝恩用一些蓝绿丝带把桌子装饰起来，洛基给他递着胶带。很多礼品盒已经放在桌子上了，都用闪亮的包装纸包着。我估计这些都是贝恩、托弗、威拉和马特给孩子的礼物，因为到现在为止只有他们几个到了；当然，里面还有我和洛基给孩子准备的礼物。

“你知道，托弗是绝不会让奥利弗出什么事的。”洛基说。

“这都几个小时了，他们一直这样玩得很好。”贝恩也补充道。

我看看怀中的奥利弗，这时他也开始牙牙学语。他现在只能说几个词，比如说“妈妈”、“爸爸”，但他最喜欢说的词是“多多”——我猜其实他是想说“托弗”，只不过发音还不标准罢了。实际上，这会儿托弗可能是他最喜欢的人，因为奥利弗最爱在空中飞舞了。我当然也可以这么做，但我总是太过紧张，不敢这样，怕有什么闪失。

“你想跟托弗叔叔玩，是吗？”我尽量以一种发怒的声音问道，但儿子看上去如此开心，佯装发怒也并不容易。我叹了口气，把奥利弗递给托弗。“一定要小心点，每次最多几分钟，不能没完没了，要是被玛吉看到的话，她会抓狂的。”

托弗顺从地笑笑。“明白。”我敢说他非常喜欢和奥利弗玩，就像奥利弗喜欢跟他玩一样。

洛基走到我身边，抱着我的腰吻了我。“无须担心，别一副忧心忡忡的样子。”

“我并不担忧什么。”我撒谎了，扭头看着丈夫，“我只是很难相信这就过去一年了，这一切是怎么发生的？”

“时光在你的欢声笑语中飞逝啊。”洛基咧嘴笑了。

我快速地亲亲他。“我得赶快把宴会的准备工作做完，里斯和雷亚农已经来了。”

我从地上捡起那瓶果汁，走到餐桌边倒进大酒杯里。威拉已经开始在这儿忙活了，她把从厨房拿上来的各种水果和小吃摆放在餐桌上。

本周六，在楼底大厅里，我们将会为奥利弗举行一个盛大的生日聚会，整个王国的人都将受邀参加。数个世纪以来，奥利弗是特雷奥王室成员中第一个不做奇翎的人，所有特雷奥人都为他着迷。

当我最初告知整个王国，不会让奥利弗成为奇翎时，一些国人为之震惊，而且非常不满。即便过了这么长时间，个别人依然拒绝接受此事。但我坚定地认为，我们必须有所创新，这样作为一个王国才会更好地发展。我们需要自己抚养孩子，教他们我们的生活方式，这样他们就不会抛弃我们了——近年来奇翎拒不回来、抛弃我们的事件时有发生。

最后，特雷奥妥协了，我觉得这很大程度上是因为我已经逐渐赢得了他们的信任。我打败了威卓国王，将两个王国和平地统一了起来，他们慢慢意识到我实际上是能够帮助他们的。

当然，我在第一时间宣布怀孕的消息时——彼时我与洛基结婚才刚满一月——还是在特雷奥引起了不小的轰动。那时我已经怀孕五个月了，奥萝拉最初都怀疑孩子是托弗的，但托弗很明确地告诉了她，孩子肯定不是他的。

大部分特雷奥人对奥利弗的态度最初也都有所保留，但见到他之后则大为改观。他只有几周大的时候，我们就给他举行了洗礼仪式，几乎整个王国的人都来观礼。大家跟我一样，第一眼看到奥利弗时就爱上了他——不爱上他是很难的，因为他简直太可爱了。

我敢说，在特雷奥的历史上从没有哪个小孩像奥利弗那样受到了如此的关注和爱护。

特雷奥对奥利弗如此喜欢，作为母亲，我看在眼里，乐在心里，于是决定这个周六举行盛大的聚会，大宴宾客。我想在此之前先举行一个小型聚会，邀请我最亲近的人。既然同时策划两场聚会，那么这场小型聚会的准备工作就落到了威拉和贝恩身上，他们二人也欣然接受了任务。

里斯去年离开弗瑞宁去上大学之后，我们又为奥利弗重新装饰了一下游戏室。其实没必要有多大变动，我们只是在房间四处摆满了玩具，又在天花板上画了云彩壁画。威拉和贝恩从今天早上就开始收拾，用亮色的飘带装饰整间屋子，又在各处用气球加以装点。

游戏室的房门猛地开了，我赶紧转身盯着托弗，生怕他伤着奥利弗。托弗温柔地把奥利弗放到了地上。进来的是马特，手里拿着我让他拿来的酸奶，身后跟着的是里斯和雷亚农。

一落地，奥利弗就欢快地叫喊，跌跌撞撞跑到洛基身边去了。他很着急，差点摔倒，幸亏洛基手快，及时把他抱到了怀里。

“这才是我的好儿子！”洛基吻了吻他胖乎乎的脸蛋。

马特开始很严肃地问里斯在大学里的学习情况，所以威拉过去把马特手中的酸奶接了过来，放在我身后的桌子上，然后审视整间屋子的布置情况。

“好了，我觉得装饰工作已经完成，也起到了效果，这间游戏室从来没像今天这么漂亮过。”

贝恩也已经完成了礼品桌的装饰工作，他微笑着点点头，似乎很同意威拉的话。托弗站在他身边，一只胳膊温柔地滑过贝恩的肩膀，把他搂在怀中。这件事还没有公开——至少还未正式公开，但托弗也没有刻意隐瞒。任何人只要与他们待上一段时间，都会发现他俩是深深相爱的。

“干得不错，”我朝威拉笑笑，“谢谢。”

“我一直如此啊，”威拉说，“顺便问问，我们什么时候开始？”

我瞥了一眼挂钟上充满童趣的星星和月亮。“呃，实际上，现在就应该开始了。”

“还有谁没来？”威拉问道。

我刚要张嘴回答问题，玛吉就风风火火地冲进了游戏室，她还是那么饱含热情，一如既往。加勒特也跟在她身后走了进来，带着几个很大的、装满生日礼物的盒子。

“我们过生日的小宝贝在哪儿呢？”她问道，洛基还没来得及回答，她已经一把把奥利弗从洛基怀中抢了过来，“嘿，你已经长得这么大了！”

“谢谢夸奖，我一直在努力呢。”洛基咧嘴朝玛吉笑笑，玛吉用力拍了拍洛基的肩膀。

“我在说你的宝贝儿子呢。”玛吉笑着亲亲奥利弗，又逗逗他，而奥利弗也欢快地咿咿呀呀，不知道在说些什么。“想死我了，奥利弗！”玛吉接着说。

玛吉在弗瑞宁待了一段时间之后又去旅行了。最近这几个月她一直在法国学习油画，这是她一直以来的梦想，但又从未有机会实现，这次总算如愿以偿了。正是为此，她一直跟奥利弗叽里咕噜地讲法语，用法语把他夸了个遍。

加勒特把几个礼品盒搬了进来，贝恩和托弗马上过去帮他。我委托加勒特去机场接玛吉，因为其他人都很忙；还有一个原因——他们两人都不讨厌对方，似乎愿意彼此陪伴。要知道，自从我母亲去世之后，加勒特相当孤单。

有人接手处理礼物，加勒特终于轻松了。他走到雷亚农身边，拥抱了她。虽然雷亚农只是个换生灵，但毕竟是他养大的，雷亚农也一直觉得加勒特就是自己的父亲。

威拉不甘心父亲与雷亚农那么亲密，也过去与父亲说话。她和雷亚农一直都不那么亲密，威拉一向看不起人类，可既然她已经开始与马特约会，那么两人的关系也就好转了。她们永远不可能情同姐妹，但至少是朋友。

整个下午玛吉都在跟我儿子讲法语，她似乎很愿意这么做，可我想问问她的近况。我走到她身边，她拥抱了我，把奥利弗夹在我们俩中间。

"你看上去很漂亮！"玛吉终于放开了我，可她依然滔滔不绝，"你一定很适合当母亲，因为你看上去容光焕发、激情四射。"

"谢谢。"我朝她努努嘴，"你也很好啊，在法国一定很惬意吧。"

"噢，那儿简直妙不可言！"玛吉眉飞色舞，"你们全家都应该找个时间去看看。”

不一会儿，邓肯进来了，手里拿着我在弗瑞宁一家面包店专门为奥利弗订的生日蛋糕。蛋糕是夹心的，夹的都是他喜欢吃的东西，他平常一吃就吐的加工过的食品根本没有——尽管那些都是人类蛋糕中最常见的配料。

“来，”马特从邓肯手中接过蛋糕，“我会把这只蛋糕跟其他食物放到一起，但我告诉你，这只蛋糕肯定不会比我那个好。”

“我不知道哪个好，”邓肯小心翼翼地把蛋糕送到马特手上，“在那儿等他们包装时，我尝了一小块，很不错啊。”

玛吉问他们在讨论什么，威拉给她解释了一番，结果玛吉也加入到蛋糕的争论大战中去了。

邓肯在屋里转了一圈，四处看看。他一条腿已经瘸了，这总会让我想起在威卓宫殿的那一战。邓肯身上还有好几处伤疤，好在其余那些伤疤都还在衣服下面。可每次看见他一瘸一拐都让我十分心疼。

他依然是我的贴身保镖，也兼职给我照看儿子，但薪酬待遇都已经大大提高了。实际上，我掌权以来，所有在弗瑞宁工作的追踪者收入都有了很大幅度的提高，并配有相应的医疗保健和福利待遇。对那些保护、照顾我们的人多加体恤和关爱，是我的创举之一，其实他们理应有这样的待遇。

我还想做更多的改变，但不幸的是，我暂时还不能实施所有的计划。威拉手上依然不能戴上婚戒，这总是会让我悲哀地意识到我依然还有很长的路要走。

一些事情已经开始改善了——我们已经立法，特雷奥人可以爱他们想爱的任何人。托弗与贝恩半公开的恋情是坚冰解冻的一个信号，还有威拉与我哥哥马特的恋情也是如此。现在这些都已经是公开的了，但也还有不尽如人意的地方，比如，威拉必须放弃自己的贵族头衔才能真正与马特成婚。

我下决心促成他们的婚事，同时又保留威拉的贵族头衔。可在具体执行的过程中，我却总是四处碰壁。每当这时，托弗总是提醒我，到现在为止我登基才一年半时间，所有事情的发展都需要一个过程，最终我们一定会到达成功的彼岸。

门外忽然传来了敲门声，声音不大，洛基过去开门。小汉娜站在那里，一头黑发梳成两只可爱的小辫。

“她现在喜欢见什么敲什么。”米娅拘谨地笑笑，解释道。

“啊，那你可得小心点，”洛基说，“我听说再过一段时间就会见什么砸什么了。”

见到小汉娜，奥利弗开始尖叫，想挣脱玛吉，下去和汉娜玩，玛吉最终还是顺了他的心意。看见奥利弗，汉娜也跑进屋里，他俩马上开始跌跌撞撞地玩起了游戏，尽管我看不懂，但他俩似乎很开心。

没有多少特雷奥小孩能和奥利弗玩，他的玩伴着实很少。所以，汉娜很可能是他最好的朋友，尽管汉娜实际上比他大一岁半。

“随你怎么插科打诨，反正过不了多久奥利弗也就差不多要开始了，”芬恩咧嘴笑着警告洛基道，“小孩从一两岁开始，先是敲敲打打，再过一段时间就是接话茬儿，接着就到了见什么踢什么、拿什么砸什么的阶段了。”

洛基笑了。“我已经迫不及待了。”

“这个应该放在哪儿？”芬恩拿出奥利弗的生日礼物。

“来，给我就行。”洛基赶忙接过来。

“感谢你们的光临，”我过去问候他们，“我一直拿不准，不确定你们能否来参加聚会呢。”

上周芬恩带着米娅和汉娜去奥斯林纳探望家人。看到芬恩请假带自己的家人远行，真是一件好事。这至少说明，他开始眷顾家人，不把工作放在第一位了。或者可以这么说，他终于找到了他爱的人，将其置于自己的职责之前了。

“我们绝不能错过王子的生日啊。”米娅抚摸着自己的大肚子，心不在焉地说，随着她手臂的缓缓移动，她婚戒上的钻石也闪闪发光。“还有，如果我们真的错过了，汉娜会很失望的。”

“噢，我的天哪！”雷亚农倒吸一口冷气，“米娅，我一直还没有觉察呢，你怀孕了！什么时候生？”

“三个月之后。”米娅笑笑，脸稍微有点红。

“哇，”雷亚农摇了摇头，好像不能相信似的，“参加你的婚礼还恍若昨日呢，你们现在肯定很激动吧？”

米娅和芬恩交换了一下眼神，脸上都流露着爱的喜悦。“我们现在是紧张加兴奋。”米娅说。

威拉说这段时间大家会集中生很多小孩，确实如此。雷亚农把米娅拉走了，这样她们就可以激动地探讨制订计划，来迎接这个即将到来的“婴儿潮”。

洛基走到一边，与托弗、贝恩和邓肯谈论我们下周即将与卡宁国王进行的会见。马特和加勒特正在与里斯谈论学校的事。这样一来，就剩下我和芬恩站在那里了，我们俩一起看着奥利弗和汉娜在那儿推一个很大的球。

“想好名字了吗？”我问道。

“想好了——利亚姆·托马斯。”

“也就是说，你们知道是个男孩了？”

芬恩点点头。“我们实在等不及了。”

“我那时也是如此，”我笑了，“利亚姆是个好名字，既好听又简单。”

“可不能像奥利弗·马修·劳伦·施塔特一世那样。”芬恩跟我开玩笑，他在说我和洛基经过艰难斟酌给儿子起的名字。我们最终还是给奥利弗确定了两个中间名，因为我们想到最后实在不知道选哪个好了。

我佯装生气。“嘿，那可是个好名字。”

“确实如此。”芬恩微微一笑，表示同意。

“我们真的很高兴你们能来。”我更加严肃地看着他。他黑黑的瞳仁盯着我的眼睛，我能发现他双眼中洋溢着幸福。以前那里更多的是阴郁和烦躁，现在却显得很有活力。

“能来参加王子的生日聚会，我们也很高兴。”芬恩笑着对我说。

我回过身，看着孩子们欢快地玩耍。

“我们第一次见面时，你是否曾经想过，所有的一切会这样了结？”

“没有，”芬恩摇了摇头，“就是想一万年也想不到会是这种结局，但能像现在这个样子我还是很高兴，真的。”

“是啊，我和你想法一样。”我表示同意。

汉娜忽然跑向芬恩，抓住他的手。“爸爸，来看！”

“职责所在，失陪了。”芬恩朝我笑笑，被汉娜拉走了。

芬恩当然不是汉娜的生身父亲，但他的确是孩子唯一能够记得的父亲。当汉娜第一次完全自发地叫他“爸爸”时，他感到震撼。随后，芬恩找洛基进行了一次长谈，其实就问了他一个问题：如果洛基死了，奥利弗可能会叫自己的继父“爸爸”，若是如此，洛基会作何感想。

当时我并不在场，但没过多久洛基把这一切告诉了我。他跟我说，如果自己死了，有哪个男人可以像他一样地去关爱奥利弗，又像他一样地爱我并愿意照顾我，那么那个男人就当得起“爸爸”这个称号。他告诉芬恩，如果芬恩真的能做到这些，那就让汉娜叫他“爸爸”吧。所以从那时开始，汉娜就一直叫芬恩“爸爸”了，而芬恩也真的尽职尽责地当起了爸爸。

六个多月前，芬恩和米娅结婚了，坦率一点说，我从未见过芬恩如此幸福。他逢人就笑，而且笑得非常轻松，米娅似乎也对这段婚姻很满意。第一次见到她时，我就觉得她心地善良、极有教养，而现在通过逐渐地了解，我发现她表里如一，确实是这样的人。

他们琴瑟和谐、幸福美满，这与我和芬恩之间的那段苦恋有天壤之别。想起这一切，我觉得自己实在是很傻——我竟然还曾想努力和他在一起，真是匪夷所思。

汉娜正忙着让芬恩看些什么，无暇顾及奥利弗，所以奥利弗跑了过来，张开双手。我把他抱起来，紧紧搂在怀中。

每当这时我总会想起我的妈妈，现在我才理解，放弃抚养自己的亲生骨肉对她来说意味着什么。如果埃洛拉真的爱我的话——这一点现在我已经确认无疑了——那么我一降生就彻底离她而去，对她的打击绝对是毁灭性的。在奥利弗出生之前，我就已经体会到了我对他的爱，那种爱是与生俱来的，并且在我心中与日俱增。等到他出生之后、被我抱在怀中时，我对他的爱简直是汹涌澎湃，难以用语言形容。

说实话，我从没像爱我儿子那样爱过任何人。而且非常奇怪，我感觉我以前好像就没活过，直到我有了儿子，才开始真切地活在了这个世界上。或者说之前的我只是浑浑噩噩地活着，直到儿子出生才把那个一直休眠的真我惊醒似的。

尽管我爱所有的人，甚至可以这么说，尽管我爱洛基，可作为母亲我对儿子的那种爱和这些爱都不一样，完全不同。在这个世界上，奥利弗对我来说意味着一切，较之儿子，其他任何人好像都无足轻重了。

我坐了下来，一只手揽着奥利弗，让他坐在我腿上。我们转身看着屋里刚刚添置的一幅很大的画像——埃洛拉的肖像。照片中的埃洛拉很年轻，美丽得令人惊叹，她坐在后花园的一把椅子上，穿着一件蓝色的长袍，那是她刚刚怀上我的时候。这是我唯一能找到的她看上去开心的画像。

“那是谁？”我伸手指着画像问奥利弗，他也学着我伸手指了指画像。“照片里是谁呀？”我又问道，他咿咿呀呀地想学我说话，但还是没真正地说出什么。“那是你的姥姥埃洛拉，她很爱你，虽然她从来没见过你。”

“奥利弗！”汉娜在我身后叫他，奥利弗开始在我怀里不老实。“奥利弗！”

我又亲了亲他的额头，把他放在了地上。“去玩吧。”

我又回头看了看整间屋子，看了看这些对我的生命有重大影响的人。玛吉正把手放在米娅的肚子上，可能是想摸摸肚里的孩子吧。马特、里斯和雷亚农也正在谈论着什么。

威拉坐在地上，汉娜把一根粉红色的塑料头绳扎在她头上，不知为什么，奥利弗正在一块一块地把积木递给威拉。接着，奥利弗又开始把蓝色的飘带缠绕在威拉身上，芬恩和洛基在旁边站着，看得开怀大笑。

托弗一直与贝恩并肩坐在沙发上，但他这会儿又走到孩子们身边，让那些积木飞了起来，两个孩子都非常好奇，愣愣地看着。邓肯也一瘸一拐地走过来参与其中，他把积木从空中拿下来，像小丑一样同时拿着几块积木抛在空中，玩起了杂耍，以此来逗两个孩子开心。

洛基注意到我独自站在一边，他走了过来，依然微笑着，但双眼充满了关切。

“出什么事了吗，我的女王？”

“没有，什么事都没有，”我摇了摇头，朝他笑笑，“其实恰恰相反，我很开心。”

“那就好。”他向前探探身，温柔地吻了我，然后又拉着我的手，后退一步，“来吧，我们一起加入这个开心的派对吧。”

2 永远

威拉和雷亚农还是让我离开了。客人走后，我再三表示要留下，和她们一起打扫、整理房间，但她们很坚决，因为我已经够忙的了。洛基和奥利弗半小时之前就已经离去，因为奥利弗要休息。说实在话，我也很困了，可能就是我脸上掩饰不住的倦意让她们坚决让我走。

我沿着长长的大厅往前走，一边把聚会时头上和身上粘的一些五彩碎纸片择出来——那些都是彩罐[①]造的孽。生日聚会进行过程中，尽管奥利弗努力尝试了，可他毕竟只有一岁，还是无力打破彩罐，所以洛基走上前去帮忙。不幸的是，有时他好像不知道自己的力气究竟有多大——他的重重一击让那个彩罐像一颗小型炸弹一样炸开了，糖果和彩纸也四散溅开。

① 装糖果和玩具的彩罐，聚会时悬于高处，由蒙眼小孩用棒击破。在一些欧美国家盛行，作为圣诞节或生日庆祝会的一部分。

我微微拉开育婴室的门，听到洛基正在对儿子温柔地低声吟唱。洛基平时随着收音机大声歌唱时，经常会跑调。可是一唱起儿歌，他的声音就非常温柔，充满了慈爱，听着那美妙的摇篮曲，真的让人感动。

“我独自走在一条熟悉的小路上，寻觅着一张友善的面孔。”洛基低声唱着，“我期望着能遇见你，因为我把我的整个身心都给了你。我多想再看到你，再次与你翩翩起舞，我的爱人。”

我把门开得再大一些，探头进去看看育婴室的情形——里面的场景和我想象的差不多：洛基把孩子抱在怀中，微微地前后摇摆；奥利弗的头倚在洛基胸前，可能快睡着了。

洛基曾告诉过我，他母亲就曾经常给他唱那首摇篮曲，但只有当母亲把他抱在怀中，像跳舞一样摇摇摆摆时才会唱。所以他也就这样哄奥利弗入睡。

屋子里的灯都关上了，只留下一盏小夜灯，在天花板上投射出好多颗星星。洛基抱着奥利弗站在窗前，蓝色的月光静静地洒在二人身上，给他们披上一层银辉，美丽而圣洁。

看着洛基如此关爱儿子，我心中汹涌澎湃，涌出一股爱的激流，无以言表。

和我一样，洛基深爱着奥利弗，从未想过要跟奥利弗分开。我告诉洛基我怀孕之后，洛基首先跟我说的就是：“孩子绝不能成为奇翎，他是我们的孩子，我们要把他养大。”

与洛基结婚时，我觉得我已经很爱他了；但看着他对孩子如此关怀备至，我感觉我又一次爱上洛基，甚至比以前更爱他了。我看到了一个男孩逐渐成熟，露出了真男人的本色，而他又是那么循循善诱、温文尔雅，这个世界上很难找到比他更好的丈夫，也很难找到比他更好的孩子父亲。

“嘿，”见我轻手轻脚地走了进来，洛基朝我打招呼，“我觉得他已经睡着了。”

“我也这么想，”我走过去，站在洛基身边，“他今天跑跑跳跳，整整玩了一天，能撑到这会儿才睡着，已经让我很惊讶了。”

“至少今天他很有可能睡上一整晚了。”洛基笑了笑。

“至少我们可以这么希望。”我说，洛基温柔地笑了。我伸出手。“来，让我把他放在床上。”

“好的。”洛基又吻了吻奥利弗的额头，把孩子递到我手上。顺利完成交接之后，洛基快速在我脸颊上亲了亲，耳语道：“我去换睡衣了。”

“我一会儿就来。”我说。他悄悄地走了出去。

我又抱着奥利弗待了一会儿，没有其他原因，只是因为我喜欢把他抱在怀里的感觉。米娅曾经告诉过我，一定要珍惜跟孩子度过的所有时光，因为小孩长得很快。其实我已经意识到这一点了。我简直难以想象，生孩子还恍若昨日，可转眼间一年就过去了，我的儿子已经学会走路，甚至已经开始牙牙学语了。

我小心地把奥利弗放到他的童床里。他动了一下，伸了伸胳膊，但没醒。

我再次弯下腰，亲了亲他的额头，耳语道：“晚安，我的小王子。”

当我走进我们夫妇的卧室时，发现洛基已经换好了睡衣——其实就是一条丝绸短裤，没有上衣——正坐在床边。多亏他身体强壮，他身上大部分伤疤都已经褪去，但有些还是能看出来。

最显眼的就是他胸前的那块伤疤，奥伦曾经将那把剑从那里插入了洛基的心脏。看到那块很明显的伤疤，我有时就能直接落下泪来。那种生离死别场面的记忆，哪怕只有一秒钟，也令人痛彻心扉。

“放下他了？”洛基问道，“没有再醒吧？”

“没有，他完全睡着了。”我走到卧室一侧的珠宝架那里，摘下耳环和项链，“我想他会睡上好一会儿的。”

我儿子非常可爱，几近完美，但他总是睡不宁。整晚让他睡觉绝对是个奢望，他能连续睡四个小时我就已经万分庆幸了。幸运的是，今天应该就是难得的几个夜晚之一。

“他现在已经一岁了，”洛基指出，“不再是那个小婴儿了，时常会给你点惊喜的。”

“可能是吧。”我耸了耸肩，回头看着洛基，心中想着今天跟芬恩说过的话，“你有没有设想到事情最终会是这个样子？”

“什么意思？”洛基抬头看着我，问道。

“当你见到我时，”我走到他身边，洛基又拉着我的手，让我离他更近，但我依然站在他面前，“你想过所有的事情最终会是这样吗？”

“没有，”洛基撇着嘴笑了，“但我是这么希望的。”

“你第一次见我时就有这种希望了吗？”我问道，“那时你们想绑架我，基拉还把我打了个半死。”

“就是从那时起。你知道我为什么阻止她吗？”

“我不相信你说的话，”我摇了摇头，“你怎么可能知道我们最终会在一起呢？”

“我不知道。”他双手揽住我的腰，把我拉到他怀中，我双手搂住他的脖子，低头盯着他。“但我一看到你的双眼，”他停了下来，琢磨着正确的词，“我就会把这一切设计好的，你也会知道这一切。”

“设计好什么？”

“就是我即将要说的这些话，听起来很傻，但这是真的，”他深吸了一口气，“我在你的双眼中看到了我的整个世界。”

我朝他笑了笑，不知道怎样理解这一切。“这是什么意思？”

“我也不知道怎么解释，”他耸了耸肩，“我看着你的眼睛，想让你昏过去，这样我们就可以安全地把你带回奥达瑞克。但我看着你的双眼时，我就是……就是看到了这一切。确切地说，不是我们现在周围的一切，而是我们能够分享的、真挚深邃的爱。”

“真的吗？”我问道。

“那时我还没有意识到我会那么地爱你、爱奥利弗，”洛基纠正了一下自己，“但从我见到你的那一刻，我就已经深深地爱上了你，难以自拔。”

“你是从什么时候开始很明确地知道这一切的？”我问。

“你是说我爱你这件事吗？”洛基问，我点了点头。他抬头盯着我看了一秒钟，思索着。“当你第一次从奥达瑞克逃跑时，我站在地牢的大厅里，你们跑了。这时你停了下来，回头看着我，然后有人叫你，你也就扭头跑了。那一刻我心如刀绞，感觉到从未有过的心碎。

“我是说，我很高兴你能够逃离，”洛基继续说，“我知道那对你来说再好不过了。但我马上意识到我将会多么地想念你，而且我们在一起的时间太少了，简直屈指可数。”他把我的一缕头发捋到耳后。“我一直认为我不会爱上什么人，直到我碰见了你，温迪。”

我低头吻他，他双手用力，把我紧紧搂在怀中，我已经逐渐适应并喜欢上了他的这种强壮。他抱着我滚到床上，翻了个身，把我放下，俯在我身上。

通常，当我们俩能单独在卧室里，同时又还没有完全筋疲力尽时，我们会急急忙忙地做爱，因为我们都知道时光宝贵，可能只有几分钟时间。我们随时有可能被奥利弗夜间醒来的哭声打断，要不就是王国发生了什么重大事件，侍卫前来禀报。邓肯就曾不止一次地打断过我们的好事。

可这次，洛基不紧不慢，非常温柔。他深深地吻我，紧紧抱住我，让我有一种莫可名状的紧张。他吻了我的脖子，嘴唇游走在我的锁骨之间，让我浑身发颤。

然后他停了下来。他用一只手撑住自己的身体，低头朝我笑笑，轻捋着我额前的一缕银发。

“你自己都还没有回答这个问题呢，只是一味地问别人，”洛基指出，“你有没有想过事情最终会是这样呢？”

“就是做梦也不敢想事情竟然会这样啊，”我说，“我从来没想象过自己竟然能这么开心、这么幸福。”

“嗯，”洛基眯着眼睛，一丝坏笑挂在他嘴唇上，“回答得很好。”我伸手想把他搂住，让他压在我的身上。而洛基却把我的双手按在床上。“别急，你还没回答另一个问题呢。”

“什么问题？”

“你是什么时候爱上我的？”

我张口就要回答这个问题，但忽然意识到我想说的好像不太对。我以为自己爱上他的那一刻是加冕那天我们接吻的时候，然而我知道我真正爱上他是在那之前。可我又觉得这一切太不可思议了，甚至连我自己都不愿意承认。

“在我的婚礼上，”我最后说道，“不是我们的婚礼，而是我与托弗的婚礼。你来了，并且与我跳舞。你让我感觉……反正那种感觉我从未有过。我甚至想永远那么与你跳下去，不想停。”

“我们现在能跳舞了吗？”洛基很殷勤，一脸坏笑。

“不行，我想我们还有些其他事要做。”我笑了，把他搂在怀中，深深地吻了上去。